AF569791

ullstein

HANNAH ESSING, geboren 1993, wuchs im Ruhrgebiet auf, zum Studium zog es sie aber in die Ferne. Nach einigen Stationen im Ausland, wie etwa Zypern und Armenien, lebt sie nun mit ihrem Freund in Bonn. Mit ihrem Debütroman, einem Urlaubskrimi, gewann sie den Krimipreis Harzer Hammer 2024.

HANNAH ESSING

DEIN HEIMWEG

Thriller

Ullstein

Besuchen Sie uns im Internet:
www.ullstein.de

Wir verpflichten uns zu Nachhaltigkeit

- Papiere aus nachhaltiger Waldwirtschaft und anderen kontrollierten Quellen
- ullstein.de/nachhaltigkeit

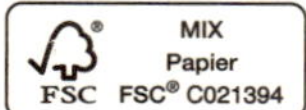

Originalausgabe im Ullstein Taschenbuch
1. Auflage April 2025

Bei Fragen zur Produktsicherheit wenden Sie sich bitte an
produktsicherheit@ullstein.de
Umschlaggestaltung: bürosüd° GmbH, München
Titelabbildung: © www.buerosued.de
Gesetzt aus der Quadraat by *pepyrus*
Druck und Bindearbeiten: ScandBook, Litauen
ISBN 978-3-548-07026-1

Für Alina

@rosarotewolken auf X:

#meinheimweg gehört nicht mir.

Prolog

Heute

Ich kralle meine abgekauten Nägel in das Lenkrad, lehne meinen Kopf erschöpft dagegen. Das flaue Gefühl in meinem Magen weicht auch nach wenigen Minuten nicht, also raffe ich mich auf und steige aus. Auch wenn ich nichts mehr will, als den Motor anzuwerfen und den Parkplatz zu verlassen.

Der frische Wind streicht durch mein Haar, als ich die Autotür hinter mir zuschlage. Das Geräusch klingt von den Wänden des Hinterhofs wider. Der Januar ist lieblicher als erhofft, und dennoch liegt ein feiner Nebel wie ein kaltnasser Schleier in der Luft. Ich atme tief durch, sauge den Geruch des frischen Morgens ein, ehe ich das Auto abschließe.

Der Bewegungsmelder am Eingang ist seit Monaten kaputt, und so bahne ich mir den Weg durch die Dunkelheit; jeder Schritt zögerlich, langsam, und doch genug Muskelerinnerung von den vielen Malen, die ich in den frühen Morgenstunden auf dem dunklen Parkplatz gewandelt bin.

Meine Schritte hallen über den Asphalt, im Takt zu meinem aufgeregt pochenden Herzen. Heute Morgen singt kein Vogel. Hier bin nur ich. Und meine Sehnsucht nach einem der weichen Sessel im Konferenzraum, um einige Stunden Schlaf nachzuholen.

Die Umrisse des Gebäudes liegen vor mir, und für einen Moment fühle ich mich ganz allein auf der Welt, so allein, in diesem Augenblick, in dem alle um mich herum noch schlafen. Doch bevor ich weiter darüber nachdenken, weiter im Selbstmitleid versinken kann, wie ich es sonst so gerne tue, fühle ich etwas Weiches unter meinen Füßen nachgeben und finde mich plötzlich auf allen vieren wieder.

Meine Handballen brennen. Der Schmerz treibt mir Tränen in die Augen, während ich mich aufrapple. Mit zusammengekniffenen Augen betrachte ich den dunklen Haufen auf den Pflastersteinen, der mich zu Fall gebracht hat.

Ist es ein Tier? Ein streunender Hund oder ein Fuchs? Eine eiskalte Gewissheit ergreift mich, lässt mich erschaudern. Meine Nackenhaare stellen sich auf, als ich auf die Knie sinke und den Schatten einer menschlichen Gestalt erkenne.

»Hallo?« Es ist das erste Wort, das ich heute Morgen spreche. Meine Stimme ist rau. Keine Antwort. Vorsichtig rüttle ich an der Schulter der Person und zucke zurück, als ich etwas Feuchtes berühre.

Ich verstehe sofort, was die klebrige Substanz an meinen Fingern ist. Meine Nase füllt sich mit einem metallischen Geruch. Mit zitternden Händen taste ich nach meinem Handy, ziehe es aus meiner Tasche, die neben mir liegt. Das Touchpad reagiert zunächst nicht, ist zu verschmiert von dem Blut. Blut, hallt es in meinen Kopf – Blut, Blut, Blut, so viel davon. Ich habe es mir flüssiger vorgestellt, weniger schmierig, mehr wie Wasser als Matsch.

»Emmy König«, flüstere ich, als sich der Notruf am anderen Ende der Leitung meldet. »Saalfelder Straße …« Meine Stimme versagt auf der letzten Silbe. »Kommen Sie schnell. Jemand ist tot. Schon wieder.«

Im schwachen Licht meines Handys sehe ich auf den reglosen Körper, die weit aufgerissenen Augen, die verkrampften Hände. Wieder ein Mord, schießt es mir durch den Kopf. Nicht du, denke ich. Mein Puls rast, und ich reiße den Mund auf und schreie.

Agata Makris auf LinkedIn:
Schlüssel zwischen den Fingern halten, laut telefonieren. Was sind eure Tricks für einen sicheren Heimweg? #meinheimweg

Kapitel 1

Damals: Oktober

»Wir sind hier wie eine Familie«, sagte sie mit einem Lächeln, sodass ihre gebleachten Zähne funkelten. Ich hatte den Satz in bereits so vielen Vorstellungsgesprächen gehört, dass er mir körperlich zusetzte. Statt eines wohligen Gefühls breitete sich Übelkeit in meiner Magengegend aus. »Familie« in einem Unternehmen bedeutete in der Regel unbezahlte Überstunden, toxische Arbeitsplatzbeziehungen und im besten Fall einen Obstkorb. Das war immerhin mehr, als ich von meiner tatsächlichen Familie bekam.

»Wir haben natürlich auch einen Obstkorb«, bestätigte sie meine Gedanken. »Tischtennisplatte, Sitzsäcke in einer Ruhezone und einen Kühlschrank mit Bier. Alles, was einen modernen Arbeitsplatz ausmacht.« Sie lachte laut und hell, dann zeigte sie auf eine bronzene abstrakte Statue, die auf einem Podest stand. »Wir haben sogar einen Preis dafür bekommen. Start-up des Jahres. Darauf sind wir sehr stolz.«

»Das ist toll«, erwiderte ich, und zusammen schritten wir weiter durch die umgebaute Turnhalle. Ich sah sie von der Seite an, ein Lächeln auf den Lippen. »Und gegen Bier habe ich echt nichts.« Ich bemühte mich um einen lockeren Tonfall, der mir nicht ganz gelingen wollte. Ich war nervös.

Nervös wegen des neuen Jobs, wegen der fremden Menschen. Nervös zuzulassen, dass jemand mich kennenlernte. Nervös, weil wieder alles schiefgehen konnte. Nervös, dass die Scherben meines Lebens, die ich verzweifelt versuchte aufzulesen, mir erneut aus den Fingern gleiten würden.

»Ich auch nicht. Aber Tampons auf den Toiletten und weniger dämliche Kommentare von Kollegen wären mir noch lieber.« Sie sah mein Stirnrunzeln und ruderte zurück. »Sorry, ich will dich nicht an deinem ersten Tag schon verschrecken. Die meisten sind in Ordnung. Aber du weißt ja, wie das ist, oder?« Sie musterte mich, und ich fragte mich, was genau sie sah. In dem grellen Licht war meine Bluse sehr viel durchsichtiger, als ich es beim Anziehen bedacht hatte. Das passierte, wenn man sich im Halbdunkel anzog und am Abend vor dem ersten Arbeitstag zur Beruhigung zwei kleine Fläschchen von der Supermarktkasse trank. Ich konnte nur hoffen, dass mein Atem nicht nach billigem Wodka stank.

»Ich weiß, wie das ist«, antwortete ich und beschloss, mich von ihrem Blick nicht entmutigen zu lassen. »Bei meiner letzten Stelle hat es einen Hausmeister gegeben, der uns manchmal an den Arsch gegrapscht hat.« Ich verdrehte die Augen, und sie fiel mit einem Kopfschütteln ein.

»Und deine letzte Stelle hast du verlassen, weil …?«

»Ich brauchte einfach Veränderung«, sagte ich. »Ein neues Abenteuer.« Es war eine Lüge, aber am ersten Tag sollte man wohl kaum davon erzählen, wie einem mit Pauken und Trompeten fristlos gekündigt wurde. Schon zum zweiten Mal. Aber der Wunsch nach einer neuen Herausforderung hatte in meinem Vorstellungsgespräch gezogen, genau wie das begeisterte Empfehlungsschreiben meiner früheren Chefin. Es beschrieb in ausschweifenden Details, was für ein Wunderkind ich war und wie hart ich arbeitete. Und war von oben bis unten erstunken und erlogen. Wenn man seine Empfehlungsschreiben fälschte, konnte man nämlich schreiben, was man wollte. Ein echter Lifehack, der mir nach ewiger Suche endlich diese Stelle verschafft hatte.

»Die findest du hier sicher!«, lächelte die Frau mit den perfekt frisierten Haaren, und ich hoffte, dass irgendwer im Laufe des Tages noch mal ihren Namen sagen würde. Ich hatte ihn in dem Moment wieder vergessen, kaum dass sie ihn ausgesprochen hatte. Namen wollten in meinen Hirnwindungen einfach nicht hängen bleiben. Ich hatte es schon mit allen möglichen Gedächtnistricks versucht, aber es nützte nichts.

»Ich bin froh, bei euch zu sein«, sagte ich und meinte es. Nicht weil ich das Start-up-Leben für mich entdeckt hatte, sondern weil ich irgendeine Stelle brauchte – und zwar dringend.

»Emmy, wo wohnst du eigentlich? Hier in Ehrenfeld?«

Ich nahm eine weitere vorbereitete Lüge aus meiner Sammlung. »In einem Airbnb, so lange, bis ich eine Wohnung gefunden habe.« Ich zuckte mit den Schultern. »Nicht perfekt, aber du kennst ja den Wohnungsmarkt in Köln. Ich bin leider wegen Eigenbedarf aus meiner letzten Bleibe geflogen.« Eine blumige Umschreibung für den Umstand, dass mein Ex mich aus unserer gemeinsamen Wohnung gekickt hatte. Ich war beinahe überrascht, wie leicht mir die Lügen von den Lippen gingen. Ich seufzte tief, mitleiderregend, wie ich hoffte.

Sie nickte verständnisvoll. »Dann hoffe ich, dass du schnell etwas findest. Du kannst eine Suche im Slack-Channel posten, dann sieht es jeder hier in der Firma, und irgendwer kennt immer irgendwen. So habe ich es gemacht, als Tim und ich nach etwas Größerem gesucht haben, und innerhalb von zwei Wochen hatten wir einen unterschriebenen Mietvertrag. Wunderschöner Altbau, und Tim hat alles frisch renoviert. Er würde alles für mich tun!« Sie strahlte.

Wie ihr Freund hieß, wusste ich nun. Leider war ich damit immer noch nicht schlauer, was ihren Namen anging. Lisa? Lea? Laura?

»Aber genug von mir.« Sie winkte ab und führte mich weiter durch die ehemalige Turnhalle. »Ich zeig dir jetzt deinen Arbeitsplatz, und danach stelle ich dich den Kollegen vor. Du wirst sehen, alle sind supernett.« Sie zog das Wort in die Länge, betont beide Silben einzeln, su-per. Ich nickte nur, ließ sie weiterreden. »Und wenn du Glück hast, schenkt Aaron dir später noch was von seiner kostbaren Zeit. Als ich hier angefangen habe, hat es eine knappe Woche gedauert, bis ich den Chef überhaupt mal zu Gesicht bekommen habe.« Ein Schatten legte sich über ihr Strahlen, doch er war so schnell wieder verschwunden, dass ich glaubte, es mir eingebildet zu haben. Dieses Mal hatte ich mir fest vorgenommen, mich aus allem rauszuhalten, keinem Office Gossip zuzuhören und niemandem meine Meinung zu sagen – ein Fähnchen im Wind. Die Tatsache, dass ich mich mit ebendieser nur schwer zurückhalten konnte, hatte mich schon viel zu oft in die Scheiße geritten.

Hinter einer Ecke erwartete mich eine Arbeitsinsel aus mehreren Schreibtischen. Innerlich seufzte ich. Ich vermisste es jetzt schon, in einem eigenen Raum zu arbeiten, die Tür zu schließen und meine Ruhe zu haben. Scheiß Start-ups, die Großraumbüros als Co-Working Spaces wieder hip sein ließen, als wären sie nicht schon immer ein Instrument zur Überwachung der Mitarbeitenden gewesen.

»Die meisten kommen erst so ab zehn, wir sind da ganz relaxed. Solang du beim Daily um elf dabei bist, ist das total entspannt. Nur der große Jour fixe ist jeden Montag schon um zehn. Da geht's darum, wo wir als Firma hinwollen und ob unsere Arbeit zu unserer Wertematrix und Mission passt.«

Ein stechender Kopfschmerz bildete sich über meiner linken Augenbraue, und ich presste den Daumen fest dagegen. Ob der Schmerz vom Alkohol oder von der Erwähnung der Wertematrix kam, war schwer zu sagen. »Im Laufe der Woche haben die einzelnen Teams dann jeweils ihren Jour fixe. Da du im Marketing allein bist, fällst du raus, aber ich würde vorschlagen, dass du dir regelmäßige Check-ins mit Sophie, unserer Grafikerin, einstellst. Uns ist wichtig, dass die verschiedenen Teams regelmäßig zusammenkommen, damit wir holistisch arbeiten und nicht als getrennte Posten. Zum Beispiel IT, Entwicklung und Business Development oder Marketing und HR.« Sie strahlte mich erneut mit ihrem Zahnpastalächeln an. »Das wäre dann ich.«

Ich war versucht zu fragen, warum sie als einzige HRlerin nicht bei meinem Bewerbungsgespräch dabei gewesen war, aber ich wollte keinen womöglich wunden Punkt treffen.

Ein Kerl mit Man Bun und Segelschuhen tauchte hinter ihr auf und legte eine Hand auf ihre Schulter. Sie zuckte zusammen. »Hey Süße«, sagte er, und ich fluchte innerlich, da ich immer noch nicht ihren Namen kannte. »Und du musst die Neue sein«, sagte er und hielt mir eine Hand hin. Ich ergriff sie. »Emmy.«

»Ich bin Valentin.«

Valentin, Valentin, Valentin. Ich versuchte, mir den Namen einzuprägen.

»Ich bin drüben beim Business Development.« Er deutete mit dem Kopf auf die Arbeitsinsel, an der auch Vielleicht-Laura arbeitete. »Wir werden uns sicher noch öfter sehen.« Er zwinkerte mir zu.

»Das bleibt nicht aus, so ganz ohne Wände«, sagte ich trocken, und Vielleicht-Luisa lachte laut auf.

»Sie ist witzig, oder? Ich finde, sie ist witzig!«

Valentin schien mich weniger lustig zu finden, er grinste gezwungen. »Schön, dich im Marketing zu haben. Dann kannst du den ganzen Tag Memes posten.«

»Mach dir nichts aus ihm«, sagte Vielleicht-Lena, nachdem Valentin sich abgewandt hatte. »Er sieht aus wie ein Golden Retriever, aber er kann etwas bissig sein. Aber man gewöhnt sich daran.«

Ich sah sie schweigend von der Seite an. Sie wirkte nicht wie jemand, der sich an so was gewöhnte, vor allem nicht nach ihrem spitzen Kommentar über die Männer in dem Unternehmen.

»Ich stell dir unsere Entwickler vor.« Sie führte mich zu einer geschlossenen Tür, und ich trauerte ein bisschen darum, nicht in genau dieser Abteilung zu arbeiten, die als einzige in einem Büro mit Tür arbeitete. Neben dem Chef natürlich. Diese Trauer war sogleich vorbei, als wir den Raum betraten und eine Wolke aus Deo, Schweiß, Yum-Yum-Nudelsuppe und stickiger Luft mir entgegenflog. Dieser Geruch schien wohl eine Berufskrankheit zu sein, genau wie die heruntergelassenen Rollläden. Vier Köpfe sahen auf. Einer davon flauschig und mit großen Ohren.

»Oh, hi«, rutschte es mir begeistert heraus, und ich hockte mich hin, um den großen Hund zu streicheln. Er winselte begeistert und drehte sich auf den Rücken, die Pfoten in die Höhe gestreckt, sodass ich keine andere Wahl hatte, als ihn am Bauch zu kraulen. »Du bist ja ein Hübscher«, murmelte ich.

»Es ist eine sie«, riss mich eine Stimme aus meinem Moment des Friedens. Ich sah auf und schaute in die zusammengekniffenen Augen eines Mannes, an dem alles schrie, dass ich mich besser von ihm fernhalten sollte.

»Wie heißt sie?«, fragte ich, während ich die Hündin weiter kraulte. Ihr Fell war weich und warm, und ich wollte mein Gesicht hineindrücken.

»Arya.«

Ich hob eine Augenbraue. Den Namen würde ich mir zur Abwechslung merken können. »Wie bei *Game of Thrones?*«

Er zuckte mit den Schultern, wandte den Blick ab. »Das

ist Filip«, sagte Lina. »Lass dich von seiner Grimmigkeit nicht abschrecken. Er hat einen weichen Kern.« Das zu glauben, fiel mir schwer, wenn ich den Totenkopf auf seinem Unterarm betrachtete, die Haare, die ihm in die Augen fielen und die er mit einer unwirschen Geste zur Seite schob, ehe er sich am Bart kratzte. Ich hatte eine Schwäche für Männer wie ihn. Männer, die mich weniger gut behandelten, als sie sollten. Nach meiner letzten gescheiterten Beziehung hatte ich mir geschworen, die Finger von ihnen zu lassen. Also stand ich auf und ging einen Schritt von dem Hund weg, auch wenn es mir im Herzen wehtat. »Ich bin Emmy, hi in die Runde.«

Ein anderer Entwickler stand auf, reichte mir die verschwitzte Hand. Er hatte einen nervösen Tick, bei dem sein rechtes Auge in regelmäßigen Abschnitten zuckte, und sein T-Shirt spannte über seinem Bauch. Er stellte sich als Johnny vor. Neben seiner Arbeit als Entwickler kümmerte er sich auch um die IT, erklärte er, weil es sich nicht lohnte, extra jemanden dafür einzustellen. Sollte ich also mal Computerprobleme haben, wäre er mein Mann.

Der Dritte im Bunde, mit Brille und dunklen Locken, sah auf und nickte kurz. Sein Name war Hakim.

»Freut mich«, lächelte ich tapfer. »Ich bin seit heute fürs Marketing verantwortlich. Noch muss ich mich etwas orientieren, aber wenn ich erst mal richtig angekommen bin, würde ich mich freuen, wenn ihr mir mehr über eure Arbeit erzählt. Nur so kann ich dabei helfen, das Unternehmen angemessen nach außen zu repräsentieren.« Der mit dem zuckenden Augenlid nickte eifrig, der Bebrillte sah nicht einmal auf, und der Tätowierte hob die Augenbrauen. »Klar. Aber wir haben viel zu tun.« Er sah wieder auf seinen Bildschirm, und ich verstand den Wink mit dem Zaunpfahl. Meine Begleiterin und ich warfen uns einen kurzen Blick zu, dann verschwanden wir aus dem Büro.

Ich lernte weitere Menschen – alles Männer – kennen, deren Namen ich mir natürlich nicht merken konnte, bevor wir gemeinsam zu meiner Arbeitsinsel zurückkehrten.

»Wie ich sehe, sind endlich die beiden wich-tig-sten Personen angekommen.« Lisa/Luisa grinste und hob den Zeigefinger scherzend. »Und nein, Aaron meine ich nicht.«

Zwei Frauen waren miteinander ins Gespräch vertieft. Die größere trug das Haar in einem smarten Bob, an den Füßen glänzende DocMartens. Ihre Körperhaltung war lässig und strahlte ein Selbstbewusstsein aus, das die kleinere Blondine mit der Brille neben ihr nicht hatte. Doch sie war die Erste, die auf mich zukam und mir sanft die Hand gab. »Ich bin Sophie. Wir werden ganz eng zusammenarbeiten, ich bin die Grafikdesignerin hier. Richtig schön, dass du da bist.«

»Alana«, sagte die größere Frau und drückte meine Finger so fest, dass ich glaubte, meine Knochen knacken zu hören.

»Alana ist unsere CFO, bei ihr laufen alle Finanzen zusammen«, erklärte meine Begleiterin. »Sie ist die Einzige, auf die Aaron hört.«

»Zumindest manchmal. Wir sind alte Freunde«, erklärte Alana. »Danke, Lena.« Ding, ding, ding, dachte ich. Endlich kannte ich ihren Namen.

»Ich freu mich, hier zu sein«, log ich, und Lena klatschte freudig in die Hände. »Jetzt setz dich erst mal, und lies dich ein.«

Sie bewegte die Maus des Computers, und der Bildschirm leuchtete auf. »Dein Benutzername ist Emmy Punkt König, König mit oe.« Sie sah mich mit einer Neugier an, die ich gewöhnt war. »Ist Emmy eine Abkürzung? Emilia oder so?«

Ich zuckte mit den Schultern, nicht bereit zu erklären, dass meine Eltern das Vorurteil gegenüber Menschen aus der Arbeiterschicht wahr gemacht und sich für einen englischen Vornamen entschieden hatten. »Nein, einfach nur Emmy.« Kevinismus hieß das Phänomen, aber das würde ich ihr nicht auf die Nase binden.

»Schöner Name«, sagte sie, fragte aber zum Glück nicht weiter nach. »Die Passwörter sind alle nach dem gleichen Prinzip aufgebaut, Vorname und Einstellungsmonat. Johnny ist nicht besonders kreativ.« Sie tippte mit ihren perfekt manikürten Fingern auf der Tastatur herum, und ich versteckte meine abgekauten Nägel in den hinteren Hosentaschen. Mit einem Pling erwachte das Gerät zum Leben. Lena lächelte mich an. »Willkommen bei AA.Mal.«

...

Bis zum Mittagessen lernte ich die anderen kennen, die für mich ein auswechselbarer Cast an sich ähnelnden Männern waren – so sehr, dass zwei von ihnen sogar die gleichen Namen besaßen. Mark M und Mark L bilden das Sales-Team,

Oliver und Yannick unterstützten Alana in der Buchhaltung, und Henning war SCRUM-Master. Ich hatte sie alle schon wenige Sekunden, nachdem sie sich vorstellten, vergessen.

Beim Essen merkte ich schnell, dass Lena, Alana und Sophie unterschiedlicher nicht sein konnten und dennoch ein eingeschweißtes Team waren, ein eigener kleiner Hexenzirkel, der sich von den Männern abschottete. Sie steckten die Köpfe zusammen und flüsterten, wann immer sie unter sich waren, und ich war als Neue außen vor. Es erinnerte mich auf unangenehme Weise an die Schule, an den Club der coolen Mädchen, zu denen ich nie gehören konnte. Auch dann nicht, wenn meine Kleidung neu war und ich mir jedes Schimpfwort, jeden Fluch und jedes bisschen Dialekt, das noch in mir steckte, verkniff.

Wir saßen alle zusammen am Konferenztisch, und ich biss in mein mitgebrachtes Brötchen, versuchte, Valentin auszublenden. Alana hatte von ihrer Freundin Clara erzählt, die als Lehrerin arbeitete, und das Gespräch hatte mit einem Mal eine unangenehme Wendung genommen.

»Alles, was ich sagen will«, tönte Valentin laut, »ist, dass es etwas komplizierter ist als das. Der Gender-Pay-Gap hat viele Faktoren. Mehr Frauen sind in Teilzeit, mehr Frauen entscheiden sich für Berufe, die schlechter bezahlt sind.«

Lena stöhnte lautstark auf. »Wie kannst du ignorieren, dass beides strukturelle Probleme sind?«, sagte sie, und ihre Stimme zitterte. »Aber was wundere ich mich, dass ihr uns nicht ernst nehmt? Aaron schafft es ja nicht einmal, den Bewegungsmelder auf dem Parkplatz reparieren zu lassen.«

Sie bewegte sich auf einem emotionalen Grenzgebiet,

das ich nur zu gut kannte: Die Wut war so groß, dass sie in Form von Tränen herauszuplatzen drohte. Was in einer Situation wie dieser absolut demütigend wäre. Ich sah auf mein angebissenes Brötchen, als würde ich nichts von dem Sturm merken, der aufbrauste.

»Warum gehen nicht mehr Männer in Teilzeit? Warum werden Mädchen nicht schon früher bestärkt, technische Berufe zu ergreifen?«, fragte Alana mit ruhiger Stimme, ganz auf Lenas Seite, und schüttelte den Kopf. »Du machst es dir zu einfach, Valentin.«

Er setzte zu einer weiteren Tirade an, und ich stellte die Ohren auf Durchzug. Ich hatte keine Lust, seine Monologe mitzuverfolgen, aber genauso wenig wollte ich Teil dieser Diskussion sein. Ich hatte vor langer Zeit aufgegeben, mit Menschen zu diskutieren, die mich nicht respektierten. Und ich wollte nicht noch stärker mit Man Bun aneinandergeraten.

»Wie lange bist du schon bei AA.Mal?«, fragte ich stattdessen Johnny, der neben mir saß.

Das Zucken seines Auges wirkte noch nervöser als sonst. »Ähm«, begann er, unfähig, den Blick von Lena und Valentin abzuwenden. »Quasi von Anfang an.«

»Oh, das ist ja spannend«, sagte ich und blendete die Streithälse aus. »Kanntest du Aaron schon vorher?«

»Nein«, antwortete Johnny. »Aber Filip. Er war der Erste, der angefangen hat und mich ins Boot holte. Wir kennen uns noch von früher. Haben mal zusammen woanders gearbeitet.«

Ich sah zu Filip, der am Ende des Tisches saß. Ich verlor

mich darin zu beobachten, wie er mit einer Hand Arya streichelte. Seine Finger waren lang und schlank, und ich verspürte den Wunsch, seine Tattoos aus der Nähe zu betrachten. Aus seinem rechten Ärmel lugte eine Schlange, die auf dem Handrücken endete, auf den Fingerknöcheln befand sich ein großes X. Auf dem untersten Fingerglied standen Buchstaben, doch ich konnte nicht erkennen, welches Wort sie bildeten. Er hob den Blick, als hätte er gemerkt, dass ich ihn anstarrte. Seine grünen Augen trafen meine, nur für den Bruchteil einer Sekunde, ehe er sich wieder auf sein Essen konzentrierte. Meine Wangen brannten. Ich sollte mich von Männern wie ihm fernhalten, so viel stand fest. Männer wie er brachen mir das Herz.

»Und ist er schon immer so offen und freundlich?«, scherzte ich mit gesenkter Stimme, bereute es aber gleich wieder, als ich beobachtete, wie Johnnys Wangen sich röteten. »Er hat ein großes Herz«, beteuerte er. »Er hat nur Probleme damit, es zu zeigen. Aber er ist einer der Guten.« Sein Blick flackerte zu Valentin, dann sah er auf die Tischplatte.

»Du könntest etwas sagen, weißt du?«, sagte ich sanft, machte eine unauffällige Kopfbewegung zu den beiden Streithähnen. »Auf dich hört er vielleicht eher.«

»Das bezweifle ich«, gab Johnny zurück. »Aber du könntest doch auch.« Er hielt meinem Blick stand, als ich die Lippen schürzte. Er hatte recht. Ich richtete mich auf, hielt den Rücken gerade und wandte mich zu Valentin, Alana und Lena. »Ich denke –«, startete ich, wurde jedoch unterbrochen, als jemand meinen Namen sagte.

Schweigen breitete sich aus. Aaron stand vor mir und lächelte. In echt war er noch hübscher als auf meinem Bildschirm. In seinem Gesicht fand ich etwas, das mir schon bei meinem virtuellen Vorstellungsgespräch aufgefallen war: eine Selbstsicherheit, die ich selten bei anderen wahrnahm, eine Ruhe und das Wissen um den Charme, den er ausstrahlte. Aber auch ein beunruhigender Hunger nach mehr.

Aaron Mal war ein Wunderkind: Im Unterschied zu vielen anderen war er während der Corona-Lockdowns nicht in Schockstarre verfallen, sondern hatte die Veränderungen im Arbeitsmarkt als Chance gesehen. Er hob die Videotelefonie auf ein neues Level, entwickelte ein umfassendes Ökosystem für New Work. Gemeinsame Chaträume, neuartige Tools fürs Projektmanagement, Online-Konferenzräume; alles Angebote, um in der digitalen Welt zu kollaborieren. Er hatte den Zahn der Zeit getroffen.

Hunderte mittelständische Unternehmen nutzten die Lösungen, der erste Großkonzern liebäugelte bereits damit, wie Aaron mir im Vorstellungsgespräch verraten hatte. Mit gesenkter Stimme, als wäre es ein Geheimnis, das nur wir beide teilten. In dem SPIEGEL-Artikel, den ich über ihn gelesen hatte, hieß es, dass er wie Zuckerberg oder Musk in seiner Garage angefangen hatte. Nach kürzester Zeit hatte er drei Mitarbeitende. Inzwischen arbeiteten deutlich mehr Leute für seine Firma, und es wurde weiteres Wachstum vorhergesagt. Aaron Mal war der Golden Boy der deutschen Start-up-Szene und hatte bisher nicht nur einen, sondern schon zwei TEDx Talks gehalten, war für mehrere Preise nominiert und regelmäßiger Gast in Podcasts.

Aarons blonde Haare fielen ihm ins Gesicht, die Art, wie

er sie mit gespitzten Lippen zur Seite pustete, war beinahe filmreif; dazu die blauen funkelnden Augen, mit denen er mich musterte. Ich hasste es, dass ich mir in diesem Moment wünschte, mir mehr Mühe mit meinem Make-up und meinen Haaren gegeben zu haben. Unbewusst strich ich eine Strähne hinters Ohr, dann stand ich unbeholfen auf. »Hi, Aaron. Schön, dass wir uns endlich live sehen.«

Er lachte, warm und weich. »Ich hätte dich gerne selbst begrüßt. Ich war leider superbusy.« Er sah auf seine Smartwatch. »Aber jetzt hätte ich eine halbe Stunde Zeit. Hast du Lust, mit in mein Büro zu kommen?«

In seinem Büro deutete er auf den Stuhl gegenüber seinem Schreibtisch und schloss die Tür hinter sich. Ich setzte mich und wartete. Schweigen füllte den Raum, und ich bemerkte erst nach wenigen Sekunden, dass sich meine Zehen schmerzhaft in die Sohlen meiner Schuhe krallten. Die Anspannung war real, denn wer fand sich schon gerne unvorbereitet in einem Gespräch mit dem Boss wieder? Ich atmete tief durch, bemühte mich, die Souveränität, die ich im Vorstellungsgespräch an den Tag gelegt hatte, erneut heraufzubeschwören.

»Es ist wirklich schön, dass du da bist«, sagte er, bevor er sich setzte. »Du warst meine absolute Favoritin bei den Vorstellungsgesprächen. Ich hatte wirklich gehofft, dass du unser Angebot annimmst, und bin froh, dass du es getan hast.« Er lehnte sich nach vorn, verschränkte die Hände unter dem Kinn. »Ich hoffe, du hattest einen guten Start. Lena arbeitet momentan noch an einem Onboarding, damit der Einstiegsprozess systematischer ist, dazu gehören dann auch regelmäßige Feedbackgespräche und all so ein Quatsch.« Er lachte laut auf, als hätte er die Unsicherheit in meinen Augen aufflackern sehen. »Versteh mich nicht falsch, das ist alles sehr wichtig. Aber ich bin froh, wenn ich mich nicht näher damit beschäftigen muss, sondern mich auf die wesentlichen Dinge konzentrieren kann.« Er lehnte sich zurück. »Die Vision.«

»Ich weiß, du hast viel zu tun«, entgegnete ich. »Aber wenn es mal ruhiger ist, können wir uns vielleicht darüber unterhalten. Deine Vision für dieses Unternehmen zu hören und deine Leidenschaft selbst zu erleben, ist wichtig für meine Kommunikationsarbeit. Um herauszufinden, wie wir nach außen auftreten wollen.« Er nickte, dann stand er auf, lief um seinen Schreibtisch herum und lehnte sich gegen die Kante, die Finger um das Holz der Tischplatte gelegt. »Darüber können wir gerne reden, schick mir doch einfach einen Terminvorschlag. Aber erst einmal will ich mehr von dir hören.«

Ich durchwühlte den Koffer an Lügen, die ich in meinem Gehirn verstaut hatte. »Studiert habe ich –«, setzte ich an, doch er unterbrach mich harsch, wedelte mit der Hand, als würde er eine Fliege verscheuchen wollen. Ich verstummte. »Spar dir das. Ich kenne deinen Lebenslauf. Schließlich habe ich dich eingestellt. Also sag mir lieber, was dich bewegt.«

Hauptsächlich der Wunsch, endlich wieder meine Miete zahlen zu können, dachte ich, sprach es aber nicht aus. Und der Wunsch, eines Tages einen Job zu finden, der mich erfüllte. Ich war so lange auf der Jagd nach der großen Karriere gewesen, hatte immer geglaubt, dass sie mich glücklich machen würde. Aber das hatte sie nicht. Jetzt suchte ich nur noch nach Sicherheit.

Nachdenklich legte ich die Stirn in Falten, während ich fieberhaft nach einer Antwort suchte, die ihn beeindrucken konnte. Ich hatte Geschichten immer geliebt, schon als Kind. Meinen Eltern konnte ich damit wenig imponieren, doch ich verstand schnell, dass meine Lehrer empfänglich waren für gute Texte, elegante Sätze – und kluge Lügen. Ich las meiner kleinen Schwester vor, sobald ich alt genug war. Ich diskutierte Gerichtsvollzieher in Grund und Boden. Ich schrieb den Nachruf meines Vaters. Worte formten, wer ich war. Worte bahnten mir den Weg aus der Sozialwohnung an die Uni, bis zu diesem Moment, in das Büro von Aaron Mal. Aaron mit seinen blauen Augen und dem netten Lächeln. Aber das konnte ich ihm so nicht sagen. Konnte ihm nicht sagen, dass mein Deutschlehrer derjenige gewesen war, der verständnisvoll war, wenn ich in der ersten Stunde einschlief oder wenn ich keine Zeit gehabt hatte, meine Hausaufgaben zu machen, weil ich nach der Schule gleich zwei Nebenjobs hatte.

»Es gibt nichts Spannenderes als Marketing«, sagte ich deswegen. »Von Zahnpastawerbung über Dating-Profile bis hin zu Wahlen – alles ist Marketing. Es kann interessieren, informieren und inspirieren. Aber auch manipulieren«, fügte ich halb ernst hinzu.

Er lachte und wackelte mit dem Zeigefinger. »Ganz schön frech. Und genau deswegen habe ich dich eingestellt,

Emilia.« Es klang, als wäre es seine persönliche Mission gewesen, mich einzustellen, und so lächerlich ich es auch fand, kam ich doch nicht umhin, mich geschmeichelt zu fühlen. Aaron wusste, was er tat. Auch wenn er den falschen Namen benutzte und ich mich nicht traute, ihn zu korrigieren. »Und dafür bin ich dankbar«, sagte ich und stand auf, als er auf seine Uhr sah. »Der volle Terminkalender ruft, hm?«

»Es tut mir sehr leid«, sagte er und klang dabei ehrlich. »Ich würde dieses Gespräch sehr gerne fortführen. Beim nächsten Mal nehme ich mir mehr Zeit. Versprochen.« Er zwinkerte mir zu, und ich lächelte.

»Danke. Und viel Erfolg.« Er tippte bereits auf seinem Smartphone, als ich die Tür hinter mir schloss, erleichtert, dass ich die erste Feuerprobe überstanden hatte. Ich würde es schaffen. Irgendwie würde ich es schaffen.

Ich überstand den Rest des Tages, verabschiedete mich von Lena, Alana und Sophie, die über ihre Pläne für den Abend diskutierten – ohne mich miteinzubeziehen –, und zog meine Jacke an, schulterte meine Handtasche und ging hinaus in die Dunkelheit. Die Herbstluft war klar und frisch, und ich legte für einen Moment den Kopf in den Nacken, atmete tief ein, bemüht, die Anspannung des Tages loszulassen. Es war stockdunkel. Das Licht neben dem Eingang sprang nicht an. Lena hatte recht, der Bewegungsmelder schien kaputt zu sein. Ich konnte mein Auto sehen, zumindest die Umrisse, also stapfte ich durch die Dunkelheit, eine Hand in der Handtasche, um den Schlüssel zu finden.

Ein Knacken hinter mir ließ mich innehalten. Schritte, glaubte ich, doch als ich stoppte, verstummten sie. Ich drehte langsam den Kopf, glaubte, eine Bewegung im Augenwinkel wahrzunehmen. Meine Finger fanden mein Klappmesser. Angespannt hielt ich es neben den Körper. Wartete auf Geräusche. Hörte nichts. Sah nichts.

Ich eilte zur Fahrertür, die sich nur schwerfällig öffnen ließ, und warf mich hinein, ehe ich sie verriegelte. Dann erst atmete ich auf. Ich legte das aufgeklappte Messer auf den Beifahrersitz und schälte mich aus meiner Jacke, dann startete ich den Wagen und verließ den Parkplatz. Im Rückspiegel war nichts zu sehen. Niemand war da. Meine Paranoia war mit mir durchgegangen.

Die Straße war leer, also erreichte ich schnell die Autobahn und fuhr ganz gemütlich auf der Mittelspur, dann an der dritten Ausfahrt ab und auf die nächste Raststätte. Ich kniete mich auf meinen Sitz, wühlte auf der Rückbank herum, bis ich einen Becher, eine Wasserflasche und meine Zahnbürste gefunden hatte, dann putzte ich mir, ans Auto gelehnt, die Zähne. Ich spuckte aus, schlüpfte aus Jeans und Bluse und zog einen Jogginganzug an, dann fuhr ich das Auto weiter vor, bis ich unter einer Laterne stand, die es mit schummrigem Licht erfüllte. Ich verriegelte die Tür und schob meinen Sitz zurück, deckte mich mit einer Decke von der Rückbank zu. Ich wünschte, ich wäre in dem Airbnb, von dem ich Lena vorgelogen hatte.

Ich sah auf mein Handy. Zwei blaue Haken an meiner letzten gesendeten Nachricht leuchteten mir provozierend entgegen.

Nur für ein paar Nächte,

stand dort.

Bitte, Mama. Darf ich nach Hause kommen?

@amelie02 auf X:
Meine Freundinnen und ich sagen uns immer: Schreib mir, wenn du zu Hause bist. Aber was mache ich, wenn die Nachricht einmal nicht kommt? #meinheimweg

Kapitel 2

Heute

Eine freundliche ältere Dame auf der Polizeistation gibt mir Ersatzkleidung, während meine eigene als Beweismittel in Plastiktüten wandert. Die schwarzen Leggings sind eine Nummer zu klein und der braune Pulli mindestens vier Nummern zu groß, worüber ich dankbar bin, weil ich so das Gefühl habe, darin verschwinden zu können. Wenigstens die billigen schwarzen Turnschuhe passen wie angegossen. Ich klammere mich an einer Tasse Tee fest, wärme meine frierenden Hände.

Der Raum, in dem sie mich untergebracht haben, ist kein verspiegelter Verhörraum, wie man es aus dem Fernsehen kennt, sondern ein Besprechungsraum mit einer Vase vertrockneter Blumen auf dem Tisch und einem Teller voller Kekse, die ähnlich trocken wirken. Ein Verhörraum ist nicht nötig, wird mir erklärt, weil ich nicht verdächtig bin. Ich bin nur eine Zeugin. Diejenige, die die Leiche gefunden hat. Ich blinzle hart, als könnte ich so die Erinnerungen an das, was ich gesehen habe, vertreiben.

»Zucker?«, fragt der Kommissar, als er sich mir gegenüber auf einen Stuhl fallen lässt. Ich habe ihn schon einmal gesehen, vor einigen Monaten, an einem anderen Tatort, und einmal in unserem Büro. Ich schüttle den Kopf, hebe endlich die Tasse an die Lippen. Der Tee ist nur noch lauwarm. »Wir haben eine psychotherapeutische Beratung angefordert, Frau König.«

»Ich denke nicht, dass das nötig sein wird«, antworte ich, auch wenn ich nicht sicher bin, ob das der Wahrheit entspricht. Ich will das Gesehene nicht aufarbeiten, sondern irgendwo tief in mir vergraben und nie wieder darüber nachdenken.

»Ihre Entscheidung«, sagt er und legt ein Diktiergerät auf den Tisch. »Ich würde Ihre Zeugenaussage gerne festhalten, wenn Sie einverstanden sind.«

Ich nicke, und er drückt eine Taste des Geräts, nennt Ort, Datum, Zeit und seinen Namen. Kommissar Niemann heißt er, hat schütteres Haar und müde Augen.

»Emily König«, spricht er weiter. Ich unterbreche ihn. »Emmy.«

»Kein Spitzname?« Ich schüttle den Kopf und frage mich, ob mein Name nicht in einer der Listen aufgeführt ist, die nach dem ersten Fall angelegt worden waren. Aber damals wurde ich nicht befragt. Weil alles so eindeutig auf einen Überfall hingewiesen hatte. Mein Kopf dreht sich bei dem Gedanken, dass es mehr als das gewesen ist. Dass jemand ermordet wurde.

»Emmy König«, fährt Niemann korrekt fort. »Wohnhaft in –«

»Gemeldet bin ich bei meiner Mutter. Aber –« Ich zögere. Niemann schweigt, sieht mich aufmerksam an. Gibt mir Zeit zu antworten.

Ich seufze. »Ich habe momentan einige persönliche und ... finanzielle Probleme. Derzeit bin ich meistens in meinem Fahrzeug anzutreffen.«

»Sie übernachten in Ihrem Auto?«

»Richtig. An Raststätten, nicht an der Straße. Ich habe mich erkundigt und weiß, dass es nicht verboten ist.«

»Verboten nicht, aber nicht ideal, Frau König. Es gibt Hilfsstellen ...« Sein Blick ist freundlich, getränkt von Mitleid. Ich schweige. Ich will nicht meine persönlichen Entscheidungen mit ihm besprechen.

Niemann räuspert sich. »Was sind Ihre Aufgaben bei –« Er sieht auf seinen Zettel. »AA.Mal?«

»Ich bin fürs Marketing zuständig. Alles rund um Social Media, aber inzwischen auch viel PR. Ich bin in meine Aufgaben reingewachsen.« Ich zögere. »Gerade nach allem, was letztes Jahr passiert ist.«

Er nickt, geht aber nicht darauf ein. Dann will er wissen, was heute Morgen passiert ist.

Stockend beginne ich, ihm zu erklären, wie ich über die tote Frau gestolpert bin. Als meine Stimme versagt, ist er geduldig und versichert mir, dass ich mir Zeit lassen kann. Ich mag, wie er spricht. Es lädt dazu ein, ihm alles zu erzählen. Ein ungewohntes Gefühl für jemanden wie mich, bei der Geheimnisse auf der Tagesordnung stehen, bei der kleine Lügen die Rettungsanker sind, mit denen ich mich über Wasser halte.

Als ich alles erzählt habe, sieht Niemann schweigend auf seinen Notizblock. Ich frage mich, was dort steht. Über mich. Und über die Menschen, die tot sind. Tot. Ich kann es noch immer nicht glauben. Tränen prickeln in meinen Augen, als Niemann weiterspricht.

»Wo waren Sie letzte Nacht zwischen 23 und ein Uhr?«, will er wissen und sieht mir in die Augen.

»Was?« Mein Atem stockt. »Bin ich – bin ich verdächtig? Ich verstehe das nicht. Ich dachte, ich bin nicht verdächtig!« Die Worte sprudeln nur so aus mir hervor, stolpern über meine Lippen. Ich spüre bereits das kalte Metall von Handschellen an meinen Handgelenken, sehe mich verzweifelt meine Mutter anrufen, versuche, mir vor Augen zu führen, wie viel Geld auf meinem Konto ist und wie viel ein Anwalt kosten würde.

»Frau König«, sagt Niemann mit fester Stimme, bringt mich dazu innezuhalten. »Bitte beruhigen Sie sich. Diese Frage ist, zuallererst, reine Formalität.«

Verzweifelt durchkämme ich mein Gehirn, doch alles vor dem Fund auf dem Parkplatz gleicht schwarzer Leere. Ich atme tief durch, lege die Hände flach auf die Tischplatte und schließe die Augen. In Fragmenten kommen die Erinnerungen zurück: an zwei Gläser Wein auf einem dunklen Tisch, an raue Lippen auf meinen. An ein Glücksgefühl, das droht meine Brust zu zersprengen. Ein Gefühl, an das ich mich noch nicht gewöhnt habe und das nun wieder in weite Ferne gerückt ist.

»Ich war bei McDonald's«, presse ich schließlich hervor, lasse aus, wo ich davor war. »Es muss gegen elf gewesen sein. Ich hatte Hunger. Der Laden ist gleich an der Raststätte, an der ich immer schlafe.« Ich zucke mit den Schultern. »Ich weiß nicht, ob es dort Kameras gibt. Aber ich glaube, ich war mindestens eine Dreiviertelstunde da, denn ich habe mein Handy geladen, während ich gegessen habe, und der Akku ist relativ voll.«

»Wir werden das überprüfen«, sagt er, ehe er beruhigend eine Hand hebt. »Aus rein formellen Gründen. Sie sind keine Verdächtige, Frau König. Aber die Situation ist eine andere als im vergangenen Jahr, wie Sie sich denken können. Wir gehen von Totschlag, wenn nicht sogar Mord aus. In zwei Fällen.« Er lässt die Worte einen Moment in der Luft hängen, ehe er fortfährt. »Sie und ich wissen, dass es kein Zufall sein kann, dass beide Opfer aus demselben Unternehmen stammen. Dass beide mit mehreren Messerstichen ermordet wurden. Wir werden das Start-up genau unter die Lupe nehmen. Wenn Ihnen also etwas einfällt, das wir wissen müssen, egal, was, dann melden Sie sich.«

Er schiebt seine Visitenkarte über den Tisch. Das Papier ist dünn, die Schrift leicht verwaschen. Die gedruckte Telefonnummer ist mit einem Kugelschreiber durchgestrichen, daneben handschriftlich eine Handynummer notiert. »Rufen Sie mich an, egal, zu welcher Zeit. Alles kann uns bei den Ermittlungen helfen.«

Ich schaue auf. »Was ist mit der Überwachungskamera?«, frage ich.

»Welche Kamera?«

Ich runzle die Stirn. »Aaron wollte eine Kamera installieren. Damit wir uns sicherer fühlen.«

Niemann schüttelt den Kopf. »Tut mir leid, Frau König. Von einer Kamera weiß ich nichts.«

Die Tür öffnet sich, und eine Frau tritt ein. Sie würdigt

mich keines Blickes. Ihre straßenköterblonden Haare sind zu einem Pferdeschwanz gebunden, der hin- und herwippt. Sie ist groß wie Niemann, aber ihre Gesichtszüge sind härter. »Kann ich dich kurz sprechen?«, fragt sie, und ihr Kollege schiebt den Stuhl nach hinten, steht auf. Er nickt mir zu, dann verlassen sie gemeinsam den Raum.

Ich trinke meinen Tee. Meine Finger zittern leicht. Meine Kehle ist rau. Mein Körper fühlt sich ausgelaugt an und steht zugleich immer noch unter Strom. Ob dieses Gefühl jemals vergehen wird? Ein Teil von mir wünscht sich, mit der Therapeutin zu sprechen, doch ich weiß auch, dass ich vermutlich niemals ein Wort hervorbringen könnte.

Ich stelle die Tasse auf den Tisch, ehe ich mich an dem Holz festklammere, als könnte der billige Konferenztisch mir Halt bieten. Ich will meine Wange auf die kühle Oberfläche pressen. Erst als Niemann wieder eintritt, drehe ich den Kopf. Ich habe keine Ahnung, wie lang er weg war.

»Danke für Ihre Geduld«, sagt er und räuspert sich. »Leider hat die Spurensicherung mir eben mitgeteilt, dass sie Ihr Auto bis zum Ende der Woche einbehalten muss. Wegen möglicher Spuren, zum Beispiel an den Reifen«, erklärt er schnell, vermutlich besorgt, dass ich erneut in Panik verfallen werde.

Ich spüre, wie mir meine Gesichtszüge entgleiten. Ich will nichts weiter, als den verblichenen Stoff des Fahrersitzes unter mir zu spüren, das abgewetzte Leder des Lenkrads unter meinen Fingern zu fühlen. Abzuschließen. Alleine zu sein. Mich sicher zu fühlen.

»Ich habe Ihnen ein Taxi gerufen«, sagt der Kommissar und zögert. »Können Sie irgendwohin?«

Ich will weinen. Ich will schreien. Stattdessen starre ich in die Leere, bewegungslos. Schließlich presse ich ein Lächeln hervor. »Danke. Ich komme schon zurecht.« Das tue ich immer. Ich bin eine Überlebenskünstlerin.

• • •

Niemann begleitet mich nach draußen, wo das Taxi am Ende des Parkplatzes wartet. Ich fühle seinen Blick auf mir, als ich mich von der Polizeistation entferne. Er hat etwas Väterliches, Sorgsames, was beinahe unangenehm angenehm ist.

Ein lautes Hupen reißt mich aus den Gedanken, lässt mich zusammenzucken.

»Emmy!« Ich entdecke Aaron, der den Kopf aus dem Fenster seines Autos streckt und mich zu sich winkt.

Ich ziehe die Hände in die Ärmel des übergroßen Pullis und stolpere zu seinem Tesla. Mein Chef ist eigentlich niemand, den ich jetzt sehen will. Ganz im Gegenteil. »Was machst du hier?«, bringe ich hervor. Aaron tippt ungeduldig auf dem großen Touchscreen am Armaturenbrett herum. Auf dem Beifahrersitz hockt Filip, dessen Blick ich nicht lesen kann.

»Steig ein«, sagt Aaron barsch, ohne aufzuschauen.

Ich sehe zu dem Taxi, das auf mich wartet. »Ich wollte nach Hause«, erkläre ich.

Filip wendet den Blick ab, doch Aaron sieht auf. »Ich hab

ein Café gemietet, wir können den Rest der Woche dort unser Office einrichten.«

»Auch heute?«, frage ich, und Aaron seufzt entnervt.

»Gerade heute. Sobald die Presse Wind von der Geschichte bekommt, geht das ganze Drama wieder von vorne los. Du weißt am besten, wovon ich spreche.«

Ich nicke. Schließe für einen Augenblick die Augen und atme tief durch, dann rutsche ich auf die Rückbank. Arya ist da und fiepst begeistert, als sie mich sieht, lehnt ihren großen Körper gegen mich. Ich drücke mein Gesicht in ihr weiches Fell, atme ihren Duft ein. Wärme erfüllt mich. »Ich gehe heute früher nach Hause«, sage ich nach einigen Augenblicken.

Aaron wirft mir über die Schulter einen kurzen Blick zu, auf der Stirn eine steile Falte, ehe er sich wieder auf den Verkehr konzentriert. »Wir haben viel zu tun«, sagt er. »Wir müssen die Gelegenheit nutzen. Das könnte der entscheidende Push für die App sein. Das könnte eine große Sache werden.«

»Aaron«, sage ich mit fester Stimme. So laut, dass Arya nervös die Ohren spitzt. »Ich bin wortwörtlich über eine Leiche gestolpert und in eine Blutlache gefallen. Wenn du also darauf bestehst, dass ich acht Stunden arbeite, reiche ich noch heute meine Kündigung ein.«

Sein Blick trifft meinen im Rückspiegel. Sein Adamsapfel hüpft unruhig auf und ab. Filip sieht starr aus dem Fenster.

»Na gut«, gibt Aaron schließlich nach. »Kümmre dich um die wichtigsten Sachen. Wir brauchen eine wasserdichte

Pressemitteilung, damit wir vorbereitet sind. Danach kannst du den Rest des Tages freinehmen.«

»Gut«, antworte ich knapp, dann konzentriere ich mich auf Aryas weiches Fell in meinen Händen. Mein Herzschlag verlangsamt sich. Ich lehne den Kopf gegen die Kopfstütze und schließe die Augen. Filip und Aaron sprechen leise miteinander, doch ich verstehe ihre Worte nicht. Das Murmeln und das leichte Schaukeln des Wagens wiegen mich in einen traumlosen Halbschlaf.

»Emmy?«, weckt mich eine tiefe Stimme, und ich schrecke auf, orientierungslos. Erst jetzt bemerke ich, dass wir zum Stehen gekommen sind. Mit weit aufgerissenen Augen starre ich in Filips Gesicht, der sich zu mir umgedreht hat. »Wir sind da«, sagt er. Die ersten Worte, die er an diesem Morgen an mich richtet.

Ich fahre mir mit den Ärmeln übers Gesicht, ehe ich aussteige. Aaron knallt heftig die Tür hinter sich zu, sodass Arya zusammenzuckt. Ich kann nicht nachvollziehen, wie man ein 100.000-Euro-Auto derart behandeln kann. Aber Aaron ist nachlässig mit allem, was er besitzt, als wollte er beweisen, dass Geld ihm nichts bedeutet. Außer sein Unternehmen. Das verteidigt er mit Klauen und Krallen.

Aaron läuft vor, während Filip und ich hinter ihm hertrotteln, Arya zwischen uns. Ich habe noch nie gesehen, wie er seine Hündin mit Leine ausführt, aber das Tier ist so gut erzogen, dass es noch nie abgehauen ist.

»Bist du okay?«, fragt Filip, ohne mich anzusehen. »Nein«, antworte ich schlicht.

Wir betreten das Café. Es ist hip, natürlich, mit beigen

Sesseln und selbst gemalten Wandbildern. Ich sehe jeden, der hier ist, und spüre schmerzlich die Abwesenheit derer, die nicht da sind.

Hakim und Johnny, sitzen in einer Ecke, richten Laptops ein. Es ist ein Déjà-vu.

»Alle Laptops, die im Büro sind, sind vorerst unerreichbar«, erklärt Aaron mit lauter Stimme, als wäre ich schwerhörig oder als hätten wir nicht genau das gleiche Problem schon vor Monaten gehabt. »Ich habe meinen Laptop natürlich dabei«, schiebt er hinterher.

Johnny sieht auf, und ich glaube, den Anflug eines Augenrollens zu sehen, doch alle anderen haben den Blick weiterhin auf ihre Bildschirme gerichtet. Er steht auf und reicht mir einen Laptop. »Danke«, sage ich, und er nickt. »Dasselbe Passwort«, sagt Johnny und lächelt schwach. »Wie immer. Also bitte gleich ändern.«

Ich nehme an einem langen Tisch mit vielen bunt gemischten Stühlen Platz, die aussehen, als stammten sie aus mindestens fünf verschiedenen Klassenzimmern. Ein Kloß formt sich in meinem Hals, als ich den Laptop öffne und das hellblaue Logo von AA.Mal mich auf dem Desktophintergrund anstrahlt. Es flackert vor meinen Augen. Ich blinzle einige Male angestrengt, versuche, mich zu konzentrieren. Ich kann mir nicht vorstellen, Worte aufs Papier zu bringen, auch wenn Worte stets mein Rettungsanker waren. Jetzt fehlen sie mir.

Trotzdem öffne ich einige Dateien, dann ein leeres Dokument. Unbewusst stecke ich mir eine Locke zwischen die Lippen, kaue darauf herum. Schreibe zwei Wörter, lösche sie. Schreibe drei Wörter, lösche sie. Ich will meine Stirn auf die Tastatur schlagen, heftig und wiederholt, bis die Buchstaben aus der glänzenden Fassung fliegen, bis der Bildschirm aufplatzt, bis –

»Ich störe dich kurz«, sagt Aaron und lässt sich auf den Stuhl mir gegenüber fallen, ein heller Holzstuhl mit dunkelrotem Gestell, von dem der Lack abplatzt. Es ist keine Frage, sondern eine Information. Aaron stellt selten Fragen.

»Mach das«, erlaube ich ihm, dann räuspere ich mich. »Schau her, ich nutze das Message House, das wir letztes Jahr erstellt haben. Und die Grundprinzipien, über die wir schon gesprochen haben.« Als sein Blick leer bleibt, schiebe ich hinterher: »Schnelligkeit, Wahrhaftigkeit, Verständlichkeit und Konsistenz. Die Leitlinien für unsere Krisenkommunikation.« Ich bin selbst überrascht, dass ich die Informationen so runterrasseln kann. Dass meine Gedanken nicht nur voll sind von Blut, Blut, Blu –

»Hast du die Kommentarfunktion auf unseren Kanälen gesperrt?«, fragt Aaron.

»Noch nicht.«

»Mach das. Sonst überfluten uns wieder alle mit diesem verdammten Hashtag.« Er schüttelt den Kopf. »Ich will, dass wir offensiv vorgehen. Wir müssen nicht in die Defensive. Wir haben uns nichts zuschulden kommen lassen.«

Ich hebe automatisch die Augenbrauen. »Dann sollten wir nicht die Kommentare sperren, sondern mit gutem Community Management –«

Er unterbricht mich. »Besorg uns ein paar Speaker Slots,

vielleicht einen Podcast …« Er plappert vor sich hin, und mir fällt es schwer mitzuhalten.

»Aaron«, unterbreche ich ihn schließlich.

Seine Augen funkeln. »Was?«

»Vielleicht ist es an der Zeit, dass wir einen Experten hinzuziehen. Die ganze Situation … Ich glaube, das ist zu groß für uns.«

Sein Blick wird kalt. »Emmy, vielleicht ist es an der Zeit, dass du deinen Job machst«, sagt er hart.

Ich schlucke und nicke. »Entschuldige mich einen Augenblick«, presse ich hervor und laufe mit schnellen Schritten zum WC.

Mit einem Knall fällt die Tür hinter mir zu, und ich schluchze auf, hoffe darauf, dass mich niemand hören kann. Mit den Händen stütze ich mich auf dem Waschbecken ab, sehe in mein blasses Spiegelbild. Meine Augen sind blutunterlaufen, meine Haare kraus. Mein aufgeschreckter Blick schockiert mich selbst. Ich bin normalerweise gefasster, geschickter darin, meine Gefühle hinter einer Mauer zu verstecken. Aber der heutige Morgen hat große Risse in meiner Fassade hinterlassen.

Das Vibrieren meines Handys lässt mich zusammenzucken, und ich sehe auf den Bildschirm. Die Nachricht entlockt mir ein überraschendes Zucken meines Mundwinkels. Ich lese:

Alles ok?

Ich gehe in eine der Toilettenkabinen, schließe hinter mir ab und setze mich auf den heruntergeklappten Deckel.

Nein. Keine Ahnung, wie ich den heutigen Tag überstehen soll.

Es dauert einige Minuten, bis eine Antwort kommt.

Komm heute Abend zu mir. Du brauchst die Auszeit.

Ich denke an mein Auto, das Niemann einbehalten hat.

Kann ich die ganze Woche bei dir bleiben?

Die Antwort kommt sofort:

Natürlich. Immer.

Ich komme, sobald ich kann.

Erleichtert atme ich auf. Ein Licht am Ende dieses sehr, sehr dunklen Tunnels. Es warten eine heiße Dusche, etwas zu essen und ein weiches Bett auf mich. Nur noch ein paar Stunden. Nur noch ein wenig durchhalten.

Du hast ja einen Schlüssel.

Ich erhebe mich schwerfällig, als wären meine Knochen so

viel älter als meine achtundzwanzig Jahre, meine Muskeln schmerzen. Es kostet mich Überwindung, die Tür zu öffnen – und zugleich mache ich einen ruckartigen Schritt nach hinten, als ich bemerke, dass jemand davorsteht. Dabei bleibe ich mit den Beinen hängen, falle nach hinten und stoße mir heftig den Kopf an der gefliesten Wand. »Fuck«, stöhne ich und reibe mir den Hinterkopf.

»Ich wollte dich nicht erschrecken«, sagt Lena mit flacher Stimme. Warum dann, um alles in der Welt, steht sie direkt vor der Kabinentür wie ein Psychopath?

»Schon gut«, murmle ich, rapple mich auf und schiebe sie zur Seite. Am Waschbecken lasse ich kaltes Wasser über meine Hände laufen, wasche mir das Gesicht. Noch immer spüre ich Lenas Blick auf mir ruhen. Ich muss etwas sagen. Aber ich habe keine Ahnung, was.

»Du hast sie gefunden«, ergreift Lena zuerst das Wort, und ich gebe einen zustimmenden Laut von mir, während ich mein Gesicht mit Papiertüchern abtupfe. Ich atme tief durch, dann drehe ich mich zu ihr um. »Es tut mir leid, Lena. So leid.«

Sie nickt tapfer. »Mein Freund meinte, ich soll mir heute freinehmen. Aber ich habe das Gefühl, dass ich hier sein muss. Falls jemand darüber reden möchte. Ich möchte für alle ein offenes Ohr haben.«

»Die Polizei hat mir psychologische Beratung angeboten. Vielleicht wäre so etwas sinnvoll.«

Ihre Stirn legt sich in Falten. »Denkst du, ihr könnt nicht mit mir reden?«

Ich denke: Du bist HR-Managerin und keine ausgebildete Psychologin, verdammt. Doch ich verkneife es mir. Die Stimmung zwischen uns ist schon seit Wochen angespannt, und ich weiß nicht, warum. Also will ich es nicht noch schwieriger machen.

»Ich denke, dass du dir das nicht aufbürden solltest«, sage ich höflich, und noch bevor Lena weitersprechen kann, lächle ich sie schwach an und verlasse die Toilette.

Sie alle haben die Blicke von mir abgewandt, als ich zurück an meinen Platz gehe, mich schweigend setze. Ich beuge mich über den Laptop, dann reiße ich mich zusammen und beginne mit der Arbeit.

• • •

Ich bleibe länger als geplant. Durch die Fenster fällt längst kein Licht mehr. Der Raum hat sich geleert, nur Aaron und Lena sitzen noch, ins Gespräch vertieft, in der Sitzecke. Mein Rücken und mein Nacken schmerzen, doch wenigstens hat der tiefe Fokus mich abgelenkt. Ich strecke mich, dann gehe ich zu den beiden anderen. Erst jetzt bemerke ich bewusst, wie underdressed ich in meinen geliehenen Klamotten im Gegensatz zu ihnen bin. Ich vergrabe meine Hände in der Bauchtasche meines Pullis.

»Ich bin jetzt weg.« Die beiden blicken auf, wirken überrascht, als hätten sie gar nicht gemerkt, dass ich noch da bin. »Ich habe alles auf dem Server abgelegt, damit du noch mal draufschauen kannst«, erkläre ich Aaron. »Gerade deine Statements müssen sich nach deiner Wortwahl anhören.«

»Ja, ja.« Er winkt ab. »Geh nach Hause. Ruh dich aus. Morgen dann in alter Frische.«

Ich verkneife mir alles, was ich sagen will, also verabschiede ich mich, packe meine Sachen und verschwinde.

Ich bestelle mir ein Uber, warte im Licht einer Straßenlaterne, bis der Fahrer vorfährt. Ich rutsche auf die Rückbank, versuche, nicht an all die True-Crime-Storys zu denken, in denen Frauen von Taxifahrern ermordet wurden, an sexuelle Übergriffe und Entführungen. An all die Sicherheitstipps, die man immer bekommt: Sag niemals deinen Namen zuerst, sondern warte, bis der Fahrer seinen nennt. Stell sicher, dass die Kindersicherung an den hinteren Türgriffen ausgeschaltet ist. Teile deinen Standort mit deinen Freundinnen. Hinterlass Haare und Fingerabrücke – nur für den Fall.

Mein Kopf schwirrt, ich fühle mich verletzlich und unsicher, und ich atme hörbar aus, als der Uber-Fahrer die kurze Distanz überwunden und mich vor der Haustür abgesetzt hat. Ich schließe auf und steige die Treppe hinauf. Mit jedem Schritt fühlt sich mein Körper schwerer an. Als könnte er spüren, dass ein Bett in greifbarer Nähe ist.

Ich betrete die Wohnung, schlüpfe aus den billigen Turnschuhen. Werfe meinen Pulli zu Boden, dann die Leggings hinterher. Die weiße Baumwollunterhose behalte ich an. Einen BH habe ich nicht bekommen auf der Polizeistation, aber der war unter dem riesigen Pulli auch kaum nötig.

Ich laufe in meiner Unterhose durch die Wohnung, folge dem sanften Lichtschein, der unter der Wohnzimmertür durchscheint. Als ich die Tür öffne, ist niemand da. Das Sofa leer, genau wie der große Ledersessel. Mit gerunzelter Stirn sehe ich mich um.

»Hallo?«, frage ich zögerlich. »Ich bin da.« Eine Hand legt sich auf meine nackte Schulter, und ich wirble herum, schnappe nach Luft. Dann schluchze ich erleichtert auf und falle in seine Arme, lasse endlich den Tränen freien Lauf.

@ierjekmepfkk auf X:
ist für menschen in deutschland illegal aber ich hab immer pfefferspray dabei. ist besser als ne app von irgendeinem elon musk wannabe.
#meinheimweg

Kapitel 3

Damals: Oktober

Hattest du Erfolg bei Mama?,

tippte ich gleich am nächsten Morgen in den Chat mit meiner Schwester. Angie und ich hatten einmal ein sehr enges Verhältnis, das zu bröckeln begann, als ich auszog, um zur Uni zu gehen. Meine Schwester hatte sich verraten gefühlt. Alleingelassen. Dazu kam die Pubertät, und schon waren wir nicht mehr das eingespielte Team, das wir früher gewesen waren. Angie war jetzt zwanzig und hatte gerade eine Ausbildung angefangen. Vielleicht würde es wieder besser werden, dachte ich, wenn sie auch auszog. Wenn sie verstand, warum ich damals gehen musste.

Noch nicht gefragt,

antwortete sie nur kurz. Mein Kiefer schmerzte vor Anspannung. Meine Hoffnung war gewesen, dass Angie unsere Mutter überzeugen konnte, dass ich für ein paar Wochen bei ihnen schlafen durfte. Ein Sofa wäre völlig ausreichend, solange ich endlich eine Nacht in mehr als vier Quadratmetern verbringen konnte. Aber neben Angie und meiner Mutter gab es nun auch noch Dirk. Und Dirk mochte es nicht, wenn Fremde da waren, hatte meine Mutter gesagt. Jetzt war ich also schon eine Fremde.

In meinen Träumen war ich noch dort, die Erinnerung so greifbar und schmerzhaft, dass ich sie fast fühlen konnte: neben meiner Mama auf der Couch, Angie im Schneidersitz vor mir auf dem Boden. Ich flocht ihre Haare, mein Papa schnarchte in seinem Sessel. Ich war glücklich. Die wenigen guten Momente, die sich in meine Netzhaut eingebrannt hatten. Mich verhöhnten. Mich verfolgten. Ich war ein Geisterhaus. Ich war mein eigener Geist, der mich verfolgte.

In Verbindung mit dem neuen Job fühlte sich alles zu viel an. Ich war nicht sicher, ob die anderen mich mochten, und obwohl ich nichts auf ihre Meinung geben wollte, sehnte ich mich nach Gemeinschaft. Ob die anderen fühlten, dass ich anders war als sie? Härter, verschlossener, eine Lüge auf zwei Beinen, die keine polarisierende Meinung aussprach, sondern nur Zustimmung nach außen trug, vorgetragen in perfektem Hochdeutsch und ganz ohne Schimpfwörter.

Es war ironisch, dass in einem Kölner Start-up jeder Hochdeutsch sprach. Aber ich hatte meinen Dialekt schon lange hinter mir gelassen, hinter der Tür mit den vielen Aufklebern, in meinem kleinen Kinderzimmer, das ich mir mit meiner Schwester geteilt hatte. Hatte ihn zurückgelassen in der Kneipe, in der alle rot-weiße Schals trugen und Kölsch tranken. Hatte meine Sprache poliert, gewetzt, jedes lokale Merkmal ausgemerzt. Ich brach mich selbst in mundgerechte Stücke, damit sich niemand an mir verschluckte.

Ich rückte meine Maske zurecht und setzte ein Lächeln

auf, machte mich bereit, auf den Parkplatz zu fahren. Doch so weit kam ich nicht, denn der Parkplatz war mit rotem Absperrband markiert. Ein Haufen Polizisten und ein Rettungswagen standen davor. Rotes pulsierendes Licht durchbrach die Dämmerung.

Irritiert stieg ich aus und sah mich um. »Entschuldigen Sie –«, sprach ich eine hochgewachsene Polizistin an, die eilig davonlief, ohne sich mit mir zu beschäftigen. Ich stemmte die Hände in die Hüften, sah mich um. Trotz der großen Menschenansammlung lag eine tiefe Stille über dem Parkplatz. Ich sprach einen weiteren Polizisten an, der mich nur unwirsch darauf hinwies, dass ich bitte nicht herumstehen und stören sollte.

Ich murrte leise, dann ging ich weiter und kramte mein Handy aus der Tasche, um Aaron anzurufen. Er würde mit Sicherheit wissen, was los war. Ich hatte die Kontakte geöffnet, und mein Daumen schwebte über seinem Namen, als jemand mit voller Wucht gegen mich prallte und im nächsten Moment die Arme um mich schlang. Mein erster Instinkt war zu schreien und die Person unwirsch von mir zu stoßen, als ich begriff, wer mir in den Armen lag. »Lena?«, fragte ich. »Was ist los?« Ich tätschelte ihr unbeholfen den Rücken.

Sie löste sich von mir. Ihre Augen waren blutunterlaufen, und sie starrte mich ausdruckslos an. »Sie ist tot«, brachte sie hervor.

»Was?« Ich runzelte die Stirn. »Wovon redest du?«

Sie schüttelte den Kopf unter Tränen, und ich verlor die Geduld. Ich legte meine Hände an ihre Oberarme, rüttelte sie, und sie schrie auf, als hätte ich sie zu fest angefasst. Vielleicht hatte ich das. Ich wusste es nicht. »Was ist los?«, fragte ich erneut, wollte nicht wiederholen, was sie gesagt hatte. Ein einfaches Adjektiv. Komperativ toter, Superlativ am totesten, selten genutzt. Denn wer tot war, war nun einmal tot. Sprache rettete mich hier nicht, rettete niemanden.

»Alana«, sagte sie schließlich, und ich hielt den Atem an. Zwei Minuten war mein Rekord in der Grundschule gewesen, beim Schwimmunterricht im Hallenbad. Danach war mir schwindelig geworden, und ich hatte mich an den Beckenrand setzen müssen.

»Was?«, fragte ich erneut. Die Information war nicht beim Empfänger angekommen, aus Lenas Mund gekommen, ja, aber hatte mich nicht erreicht. Drang nicht vor, drang nicht durch. Alana, so viel verstand ich, aber der Rest des Satzes waren nur Buchstaben, konnten nicht verarbeitet werden.

Lena sprach weiter, aber die Worte prallten nur so an mir ab, ob Verb oder Adjektiv, Subjekt oder Adverb, es machte keinen Unterschied mehr, nicht länger. »Alana ist tot«, schluchzte sie. »Sie hat gestern doch länger gearbeitet und hat sich nicht mit uns getroffen. Ich war bei Sophie, wir dachten, sie ist zu Hause. Aber auf dem Heimweg wurde sie überfallen. Hier auf dem Parkplatz. Jemand hat mit einem Messer mehrmals auf sie eingestochen.«

Ich hielt mich an der kalten Steinwand fest, während die Welt um mich herum tanzte. »Ich glaube, ich muss mich setzen.«

Lena schob mich vor sich her, sorgte beinahe dafür, dass ich mit jemandem zusammenstieß.

Der junge Mann mit Bart und Brille hielt mich fest. »Sind Sie okay?«, fragte er, und ich sah ihn an, doch sah ihn nicht wirklich. Ich hatte keine Antwort auf seine Frage.

»Was ist denn passiert?«, fragte er mich, und ohne darüber nachzudenken, antwortete ich. »Unsere Kollegin ist tot«, brach es aus mir hervor. »Sie wurde direkt vor der Firma überfallen.« Ich schüttelte den Kopf, versuchte, einen Sinn in dem zu finden, was ich sagte. »Der Bewegungsmelder ist schon so lang kaputt. Vielleicht, wenn sie den Angreifer rechtzeitig gesehen hätte …«

Der Mann hob die Augenbrauen. Erst jetzt bemerkte ich das hungrige Glitzern in seinen Augen, das mir den Magen umdrehte. »Darf ich Sie damit zitieren?«

• • •

»Ich werde eine Kamera auf dem Parkplatz installieren«, sagte Aaron, als er vor mir die Treppe hochging. »Damit ihr euch sicherer fühlt.« Die anderen waren nach Hause geschickt worden, aber mein Job fing gerade erst an. Dabei waren meine Beine schwach. Es fühlte sich noch immer surreal an und gleichzeitig unausweichlich. Ich dachte an das Bedürfnis, ständig über die Schulter zu sehen. An das Klappmesser in meiner Handtasche, von dem ich hoffte, es nie benutzen zu müssen. Keine Frau ging gerne allein nach Hause. Wir alle sagten unseren Freundinnen, sie sollten schreiben, wenn sie gut zu Hause angekommen waren. Und wir alle redeten uns ein, dass es uns nie treffen würde. Nur namen- und gesichtslose Frauen, über die wir in der Zeitung lasen. Doch jetzt hatte es Alana getroffen. Mehrere Stiche in den Bauchraum, hatte Aaron mir erklärt. Handy und Brieftasche fehlten.

Aaron ließ mich in seine Wohnung. Ein helles, modernes Loft mit großen Fenstern und dunklen Holzdielen. Er hatte die Tür mit seinem Smartphone entriegelt. Er nutzte das Smarthome-System eines anderen Kölner Start-ups, wie er mir erklärt hatte.

Ich schlüpfte aus meinen Turnschuhen und sah mich um. Ein großes Sofa stand vor einem riesigen Fernseher, daneben ein Lounge Chair aus Leder mit Holzveredelungen und passendem Hocker, davor ein flauschiger weißer Teppich. Neben einem Sideboard und einer Kücheninsel gab es kaum Möbelstücke, keine Pflanzen, keine Dekoration, bis auf ein großes abstraktes Gemälde in gedeckten Farben.

»Bist du gerade erst eingezogen?«, fragte ich.

Aaron hob den Kopf, wandte den Blick ab von den beiden Gläsern, die er gerade mit Sprudelwasser füllte. »Nein, ich wohn' hier seit drei Jahren. Wie kommst du drauf?«

Ah, Minimalismus: Eines dieser Dinge, die sexy waren, war man reich – und asozial, war man arm. Ich winkte ab.

»Mach's dir bequem«, wies er mich an. »Und nimm dir alles aus der Küche, was du brauchst.« Er ließ sich aufs Sofa sinken, stellte den Laptop auf den gläsernen Wohnzimmertisch und öffnete ihn. Sofort fing er an, wie wild in die Tasten zu hauen. Aus dem großen Fenster sah ich auf Bäume, Wiesen und einen kleinen Teich, obwohl wir mitten in der

Stadt waren. Im Frühling und Sommer musste es wunderschön sein. Ein Stückchen Frieden in der Betonwüste. Aber Wohnungen am Stadtwald waren unbezahlbar.

Ich ließ mich neben ihm auf dem Sofa nieder, holte den Laptop aus der Tasche, den Johnny mir auf die Schnelle eingerichtet hatte, damit ich arbeiten konnte.

»Ich starte mit der Pressemitteilung, okay?«, und Aaron nickte.

»Die darf absolut keine Angriffsfläche bieten. Es muss klar sein, was für eine Katastrophe es für uns ist und wie sehr wir um Alana trauern. Schreib was drüber, dass ich sie seit Jahren kenne und sie eine gute Freundin der Familie war. Was in die Richtung. Aber nicht zu viel.« Ich runzelte die Stirn, nickte aber, und Aaron beugte sich erneut über seinen Laptop. Ich begann zu tippen, doch er unterbrach mich. »Und Emmy? Zeig mir die Mitteilung vorher. Nichts geht raus, ohne dass ich es freigegeben habe.«

Ich erstarrte, dachte voll Horror an den Journalisten, der mich am Tatort ausgequetscht hatte. Jetzt war der Moment, es Aaron zu erzählen, doch ich hielt die Klappe.

Aaron arbeitete konzentriert, hatte die Zungenspitze zwischen die Zähne geklemmt. Er sah nicht aus wie jemand, der um seine Mitarbeiterin und alte Freundin trauerte. Er sah einfach aus wie ein Mann, der versuchte, seinen guten Ruf zu retten. Und vielleicht war er nicht mehr als das.

Wie schreibt man eine Pressemitteilung?, googelte ich und öffnete ein neues Dokument. Ich schrieb einige Sätze, bis ich festhing und mich ablenkte, indem ich auf mein Handy sah, das bis dahin in meiner Tasche gelegen hatte.

Ich runzelte die Stirn, als ich bemerkte, wie viele Benachrichtigungen eingegangen waren. Mein Magen verkrampfte sich, als ich auf das Instagram-Icon klickte. Es schien nur ein Thema zu geben: der Tod einer jungen Frau auf ihrem Heimweg. Ich sah unzählige Posts. Die Details über Alanas Tod hatten also bereits den Weg in die Öffentlichkeit gefunden. Ein Kommentar ließ mir das Blut in den Adern gefrieren.

> *#meinheimweg kann niemals sicher sein, wenn unsere Ängste nicht ernst genommen werden. Dazu gehören auch Kleinigkeiten wie eine intakte Außenbeleuchtung.*

Mit zitternden Fingern klickte ich auf den Hashtag. Mehr Beiträge, als ich befürchtet hatte, öffneten sich. Junge Frauen sahen ernst in die Kamera, berichteten in der Caption von ihren Erlebnissen auf dem Heimweg. Sprachen in die Kamera. Posteten Fotos von dunklen Straßen. Wieder und wieder nutzen sie den Hashtag: #meinheimweg. Wieder und wieder markierten sie uns, fragten, was passiert war, warum niemand Alanas Tod hatte verhindern können. Jede Presse war gute Presse, sagte man, aber im Studium hatte ich schnell gelernt, dass das nicht der Wahrheit entsprach. Das hier war ein PR-Albtraum und ein realer noch dazu.

»Aaron«, sagte ich leise und schluckte. »Wir haben ein Problem.«

@LaraLuna auf Threads:

Bitte lauf nachts einfach nicht hinter mir, wenn du ein Mann bist. Wechsle die Straßenseite. Zeig mir, dass du keine Gefahr bist.
#meinheimweg

Kapitel 4

Heute

Filip drückt mich an sich, hält mich fest, während ich in sein T-Shirt weine. Arya schmiegt sich an meine nackten Beine. Ich kann nicht leugnen, dass ich mich lange nicht so sicher gefühlt habe wie in diesem Augenblick. In seinen Armen zu sein, ist alles, was ich jetzt brauche.

Mein Schluchzen verstummt, und Filip schiebt mich weit genug von sich, um mir die Tränen aus dem Gesicht zu wischen. Seine Finger sind rau, doch seine Berührungen zärtlich. Er schüttelt den Kopf. »Du glaubst nicht, wie schwer es war, mich vorhin zurückzuhalten«, sagt er, ehe er mir über die Haare streicht. »Es tut mir so leid, Em. Das muss fürchterlich gewesen sein. Ich kann mir gar nicht vorstellen …« Er drückt einen Kuss auf meine Stirn. »Keine Ahnung, wie du das ausgehalten hast.«

»Ich weiß es selbst nicht.« Ich verziehe das Gesicht. »Aaron ist ein riesiges Arschloch. Lena hat einen Vollknall. Und ich hab doch nicht früher Feierabend gemacht, obwohl ich das gebraucht hätte.« Vor Filip wage ich es, meine Maske kurz verrutschen zu lassen. Mehr ich selbst zu sein. Ohne mich für das zu schämen, was ich bin, und das zu bereuen, was ich nicht bin.

»Ich muss dringend duschen«, sage ich, ohne auf eine Antwort zu warten, und gebe ihm einen kurzen Kuss, kraule Arya hinter den Ohren und laufe ins Bad. Ich lasse die Tür offen, stecke meinen Kopf heraus. »Kannst du mir Gesellschaft leisten?«

Er nickt ernst. »Natürlich.«

»Ich meine nicht …«, beginne ich unsicher, aber er winkt ab.

»Ich hab schon verstanden.«

Erleichtert entledige ich mich meiner Unterhose und steige in die Dusche. Ich habe gerade das Wasser angedreht, als Filip hereinkommt und sich auf den Toilettendeckel setzt. Ich sehe seine Umrisse durch den Duschvorhang. Fühle mich ein kleines bisschen weniger einsam.

»Die Polizei untersucht mein Alibi«, rufe ich, während das Wasser über meinen Körper plätschert. »Sie sagen, sie verdächtigen mich nicht. Aber es fühlt sich trotzdem komisch an.«

»Sie überprüfen alle Alibis«, sagt Filip. »Ich hatte gestern, nachdem du gegangen bist, noch einen Videocall mit Johnny wegen eines Bugs in unserem System. Ich war so genervt davon, lang arbeiten zu müssen. Aber jetzt scheint es, als würde mir das ein sicheres Alibi geben.«

»Ich kann nicht fassen, dass das nötig ist.« Ich shampooniere meine Haare ein-, zweimal. Brauche lange, um sie auszuspülen, wie immer bei meinen dicken Locken. Versenke meine Finger tief in ihnen, ehe ich die Nägel aneinanderreibe, versuche, den Zwischenraum unter ihnen zu säubern.

»Ich auch nicht«, sagt er. »Aber ich bin sicher, dass es

sich bald klärt. Ich kann mir nicht vorstellen, dass jemand von uns ...«

Ich schweige. Ich habe noch keine Zeit gehabt, mich wirklich damit auseinanderzusetzen. Jetzt frage ich mich, ob wirklich einer meiner Arbeitskollegen in der Lage ist, jemanden zu ermorden. Was sie gut können, ist, mich um den Verstand bringen. Ja. In einer E-Mail »Allen antworten« drücken, obwohl es nicht nötig ist? Auf jeden Fall. Aber Mord? Ich traue den meisten von ihnen nicht einmal zu, zu viel ausgezahltes Wechselgeld zu behalten. Einen Menschen zu ermorden, schon gar nicht. Doch das änderte nichts daran, dass zwei Menschen aus unserem Unternehmen tot sind. Und die Polizei ermittelt.

Ich stelle das Wasser aus, schiebe den Vorhang beiseite. Filip hält mir ein frisches Handtuch entgegen, das ich dankbar annehme. Ich fühle mich schon besser, jetzt, wo ich sicher sein kann, jeden Blutpartikel von mir geschrubbt zu haben.

»Du hattest keinen Schlafanzug mehr in deiner Schublade, also hab ich dir Sachen von mir rausgelegt«, sagt er und deutet auf eine graue Jogginghose und ein schwarzes Bandshirt, die auf dem Wäschekorb liegen.

»Du bist der Beste.« Ich versuche mich an einem Lächeln. Es fühlt sich echter an als die mickrigen Versuche zuvor. Ich schlüpfe in die Kleidung, die sauber nach Waschmittel riecht.

»Willst du was essen?«

Ich überlege. Ich habe ein Sandwich in dem Café gegessen, und normalerweise würde das nicht ausreichen, mir ist noch immer flau im Magen. »Nein«, sage ich schließlich. »Ich will einfach nur ins Bett.«

Er begleitet mich ins Schlafzimmer, deckt mich mit dem schweren Federbett zu. »Willst du allein sein?« Er lächelt schwach. »Ich spreche nur von mir, Arya werd ich sicher nicht von dir fernhalten können. Sie spürt, wenn es einem nicht gut geht.«

»Ich will weder auf den Hund noch auf dich verzichten. Legst du dich zu mir, bis ich eingeschlafen bin?«

Filip nickt und zieht sich bis auf die Boxershorts aus, dann schaltet er die Nachttischlampe an, ehe er das große Licht löscht und sich neben mich legt. Er hat richtig geraten, dass ich völlige Dunkelheit heute nicht aushalten kann. Wir schweigen im Einklang. Arya springt mit einem Satz aufs Bett, macht es sich auf meinen Füßen bequem. Wärme durchflutet mich.

Ich schließe die Augen. Öffne sie wieder. Presse sie erneut zusammen. Doch egal, was ich tue – ich werde das Bild des leblosen Körpers nicht los. »Ich weiß nicht, wie ich jemals wieder schlafen soll«, sage ich in die Stille hinein. Filip antwortet nicht, lässt mich weitersprechen. »Ich gehe alles immer und immer wieder durch. Frage mich, ob ich was übersehen habe. Ob ich ihr irgendwie hätte helfen können.«

»Sie war schon lange tot, als du sie gefunden hast.«

Mein Körper spannt sich an. »Woher weißt du das?«

»Sie haben uns doch nach unseren Alibis gefragt. Zwischen 23 und ein Uhr. Das muss die Tatzeit gewesen sein.«

»Klingt logisch.« Ich seufze. »Ich kann keinen klaren Gedanken mehr fassen. Ich seh immer nur ihr Gesicht.« Erneut laufen mir Tränen über die Wangen, und meine Nase ist verstopft. Also setze ich mich auf. »Ausgerechnet sie«, schluchze ich. Das sanfte, süße Wesen. Ich will nur vor Augen haben, wie sie sich auf ihrem Bürostuhl zu mir dreht oder wie sie ihre Brille sorgsam putzt. Doch jetzt ist da nur noch ihr leerer, starrer Blick. Nichts weiter.

Filip stützt sich auf den Ellenbogen, reibt mir unbeholfen den Rücken. »Es ist wirklich schrecklich«, sagt er mit rauer Stimme. »Keine Ahnung, wer so was tun würde.« Er räuspert sich. »Aber du bist nicht schuld, Em. Du hättest nichts anders machen können.«

»Gott, ich hasse es, dass du mich so siehst.« Ich schlucke und wische mir mit den Handballen über die Augen. »Ich weine sonst nie.«

»Es wäre merkwürdig, wenn dich das nicht mitnehmen würde«, winkt er ab und reicht mir eine Packung Taschentücher von seinem Nachttisch. Ich putze mir die Nase – so laut, dass Arya die Ohren anlegt. Es braucht drei Anläufe, bis meine Nebenhöhlen sich wieder freier anfühlen. Obwohl Filip und ich in einem Frühstadium von – von was auch immer – sind, schäme ich mich nicht für meine jetzt wohl rote Nase und die benutzten Taschentücher, die ich neben das Bett werfe. Sosehr mich meine eigenen Gefühle – eingezäunt mit Stacheldraht in der Mitte meiner Brust – auch ängstigen und so neu das zwischen uns auch sein mag, so sehr muss ich auch zugeben, dass ich mich bei Filip sicher fühle. Dass es guttut, bei ihm zu sein.

Besonders jetzt, als er mich in seine Arme zieht, mich fest an sich drückt. Er streichelt mir über die Haare, bis seine Bewegungen langsamer werden. Es ist so friedlich in seinem Arm. Sein Herz klopft langsam, sein Atem geht regelmäßig. Ich schließe die Augen, höre ihm zu. Ich bin Krieg, Hungersnot und Weltuntergang. Er ist Waffenstillstand. Für nur einen Moment.

• • •

Die nächsten Tage verbringen wir wie die letzten Wochen: Auf der Arbeit gehen wir uns aus dem Weg, die Nächte verbringen wir ineinander verschlungen, damit ich wenigstens eine geringe Chance habe, die Bilder in meinem Kopf zu vergessen und zu schlafen. Nachts flüstert er mir süße Nichtigkeiten ins Ohr, tagsüber schickt er mir nichtssagende GIFs auf Slack. In der kleinen Küche des Cafés geht er mir aus dem Weg, während er in seiner eigenen jeden Abend für mich kocht. Im Büro zeigt er mir die kalte Schulter, in seinem Bett hinterlassen meine Nägel rote Striemen auf seinem nackten Rücken. Der starke Gegensatz zwischen beiden Situationen sorgt für ein Schleudertrauma in meinem Herz.

Ich bin nicht die Einzige, deren Gefühle verrücktspielen. Die Stimmung im vorübergehend eingerichteten Büro schwankt: In der einen Minute liegt eine bedrückende Stille im Raum, in der anderen surrt es vor elektrisierter Anspannung.

Wir alle warten. Auf den Feierabend, auf eine Rückkehr der Normalität, auf neue Informationen der Polizei. Aber auch auf den großen Knall. Auf das unaufhörliche Vibrieren der Handys, auf die Journalisten, die vor der Tür Schlange stehen, auf den Hashtag. Alle warten auf den Hashtag. Doch er kommt nicht. Aber es ist nur eine Frage der Zeit. Da bin ich mir sicher. Der Dienstag vergeht, dann der Mittwoch. Am Donnerstag zieht Filip mich in die Putzkammer, küsst meine trockenen Lippen. Ich presse die Augen so fest zusammen, dass die Tränen keine Möglichkeit haben zu fließen.

»Wir müssen aufpassen«, sage ich und schiebe ihn von mir, halte jedoch seine Hände in meinen. Ich habe mich an ihn geheftet, emotional, körperlich, als fürchte ich, mich sonst in meiner Traurigkeit zu verlieren. Und vielleicht besteht die Gefahr. Denn alles in meinem Leben habe ich bisher allein verkraftet. Allein überlebt. Aber die Leiche zu meinen Füßen, das Blut an meinen Händen ... Wenn ich Filip nicht berühre, ist es zu präsent. Wenn ich bei ihm bin, wird alles Schreckliche für einen Moment zu einem Hintergrundsummen. Ich schaffe es nicht länger, emotionalen Abstand zu Filip zu halten, sondern schöpfe Trost aus seiner Nähe. Es ist gefährlich. Gefährlich für mich und die Mauern, die ich um mich gezogen habe. Denn ich kann Filips Erwartungen an mich nicht erfüllen.

»Oder wir sagen es einfach allen«, flüstert Filip, und ich lache auf.

»Nein, Lena hasst mich so schon. Und die anderen reden bereits genug über mich. Außerdem geht Aaron mein Privatleben nichts an.« Weiter will ich diesen Umstand nicht erläutern.

Ich küsse Filip beschwichtigend auf die Wange, dann

verlasse ich die Kammer und pralle mit jemandem zusammen, der gerade vorbeiläuft. Schnell schließe ich die Tür hinter mir, lasse Filip stehen.

»Scheiße, sorry«, sage ich zu Johnny, dessen lachsfarbenes Hemd einen großen Fleck aufweist, dort, wo der Kaffee aus der Tasse geschwappt ist.

»Nein, nein«, meint er schnell. »Mein Fehler. Ich hätte besser aufpassen sollen.«

»Unsinn.« Ich nehme ihm die Tasse ab. »Ich mach dir einen neuen. Milch?«

»Und Zucker.« Er lächelt traurig. In seinen Augen sehe ich vieles: Unsicherheit, Trauer, aber auch Mitleid. Ich hasse Mitleid. Es erinnert mich zu sehr an die Lehrerin, die mich beiseitenahm, um mir zu sagen, dass meine Kleidung nicht frisch roch. Oder die Mitschülerin, die mir ihr halbes Pausenbrot gab. An die Bibliothekarin, die mich fragte, wo meine Winterjacke wäre, bevor sie verstand, dass ich keine besaß. Mitleid ist eine böse Erinnerung an eine Zeit, in der fremde Menschen mir wenig andere Gefühle entgegenbrachten. Und Mitleid hilft nicht. Es tröstet nicht, ich kann mir nichts davon kaufen. Ich kann mit Wut umgehen, mit Hass. Aber nicht mit Mitleid. Und auch nur schwer mit anderen positiven Emotionen, wie mein Gespräch mit Filip mir erneut bewiesen hat. Jede Freundlichkeit hinterfrage ich, jede sanfte Berührung macht mich skeptisch. Ich halte es für einen Trick, einen schlechten Scherz auf meine Kosten.

Ich wende mich ab und laufe in die Küche, Johnny im Schlepptau. Ich hoffe, dass er nicht versuchen wird, mit mir zu reden. Bisher halten sie sich alle zurück, fragen mich nichts, sehen mich nur mit ihren traurigen Augen an. Sie beobachten jede meiner Bewegungen, jede Regung meiner Mimik, warten auf eine Reaktion. Auf einen Zusammenbruch. Doch ich habe mich im Griff. Ich antworte ruhig auf Aarons wahnsinnige Vorschläge, anstatt ihn herauszufordern. Bin höflich zu Lena. Bemühe mich, meine Fassade aufrechtzuerhalten.

Ich fülle den Siebträger. »Du musst feste …«, beginnt Johnny, verstummt aber, als ich den Hebel mit Gewalt zur Seite schiebe.

»Ich habe mal als Barista gejobbt«, sage ich trocken. Einer der vielen Studentenjobs, die ich hatte, um mein Studium zu bezahlen: Barista, Putzfrau, Kellnerin, Nachtwächterin. Die Liste ist lang.

»Ah«, gibt er unverbindlich zurück. Schweigend sehen wir zu, wie der Kaffee durch die beiden kleinen Löcher läuft.

»Wie geht es dir?«, fragt Johnny, ohne mich anzuschauen.

Ich zucke mit den Schultern. »Keine Ahnung. Wie geht es dir?«

Überrascht sieht er auf. »Ich bin verwirrt. Und kann mich kaum auf meine Arbeit konzentrieren.«

Ich nicke. Das kann ich nachvollziehen.

Ich stelle die Tasse auf die Theke, schütte Milch hinzu, rühre einen Löffel Zucker ein. »So, hier, als Entschuldigung für–«, sage ich und drehe mich um. Und stocke, weil Johnny direkt vor mir steht. Ganz nah.

»Hast du keine Angst?«, fragt er mit gesenkter Stimme.

Ich habe ihn noch nie so angespannt gesehen in all den Monaten, in denen wir zusammenarbeiten. Ich runzle die Stirn. »Angst?«, frage ich. Ich bekomme nicht mehr als ein Flüstern zustande. Er ist mir zu nah. Das gefällt mir nicht.

»Dass du die Nächste bist.«

Ich mache einen ruckartigen Schritt zurück, stoße an die Theke und verschütte, zum zweiten Mal an diesem Tag, den Kaffee.

Johnny murmelt eine Entschuldigung und flieht ohne Kaffee aus der Küche, lässt mich zurück mit dem Fleck auf meiner Bluse und einem unwohlen Gefühl im Magen. Ich ziehe meine Jacke über, um den Spritzer einigermaßen zu bedecken. Ich sehne mich nach einer Zigarette.

Stattdessen sitze ich wieder an meinem Laptop, bereite Beiträge für den unausweichlichen Moment vor, in dem die Öffentlichkeit vom Mord erfährt. Jedes Mal, wenn ich ihren Namen tippe, kitzelt mich die Gänsehaut im Nacken. Es ist ungewohnt zu arbeiten, ohne mich zu ihr zu beugen und sie zu fragen, wann wir uns Kaffee holen würden. Ohne ihre geweiteten Augen, wenn Lena und Aaron streiten. Ohne ihr Kichern als Reaktion auf mein Augenrollen, wenn Valentin etwas Dummes sagt.

Du hast es verdient, früher Feierabend zu machen, würde sie sagen, und ich würde lachen: Wir beide.

Ich zwinge mich, die Gedanken an sie loszulassen, und denke stattdessen über Johnnys Worte nach. *Hast du keine Angst?* Ich starre auf den angefangenen Beitrag für Aarons LinkedIn-Kanal.

Tragisches Verbrechen,

steht dort,

enger Kontakt mit den Strafverfolgungsbehörden, Wohlergehen und Sicherheit der Mitarbeiterinnen als oberste Priorität.

Bin ich in Gefahr? Ich habe mir bisher keinen Kopf darüber gemacht, zu sehr war ich abgelenkt von den Ereignissen um mich herum. Ich fühle mich nie sicher in der Dunkelheit, aber ich habe mich auch nicht als ein mögliches Ziel gesehen. Was, wenn Johnny recht hat und ich die Nächste bin? Was, wenn Lena die Nächste ist?

Es ist bescheuert, und doch öffne ich einen neuen Tab und beginne zu googeln. Ich lese deprimierende Statistiken. Nicht über Serienmörder, sondern über Frauen, die weniger Angst vor Fremden auf der Straße als vor den Männern in ihrem Leben haben müssen. So häufig kommt es vor, dass den Begriff dafür wohl jeder kennt: Femizid. Beinahe jeden Tag stirbt eine Frau in Deutschland. Der Kloß in meiner Kehle ist gigantisch, als ich die Zahlen kopiere und in ein Dokument übertrage. Das sind Infos, die bewegen, keine leeren Plattitüden. Wenn Aaron sich wirklich stärker positionieren will, dann sollte er es mit einer großen Spende für wohltätige Zwecke tun.

»Was machst du da?«, fragt Lena, die plötzlich hinter mir aufgetaucht ist. Vor Schreck klappe ich instinktiv meinen

Laptop zu. Wie ein Teenager, der von seinen Eltern im Darknet erwischt wurde.

»Arbeiten«, antworte ich kurz angebunden, und Lena hebt die Augenbrauen. Trotz ihrer kühlen Art mir gegenüber habe ich das Bedürfnis, ihr nahe sein zu wollen. Wie ein uralter, über Jahrhunderte gelernter Überlebensinstinkt, mich mit der einzigen anderen Frau gegen die Männer zu verbünden. Und vielleicht noch etwas mehr, seit ich die Statistiken kenne.

»Es gibt einige Vereine in Köln, die sich gegen Gewalt an Frauen engagieren«, erkläre ich mit gesenkter Stimme. »Wir könnten Spenden dafür sammeln. In –« Ich stocke, ehe ich mich räuspere und fortfahre. »In ihrem Namen.«

»Und wieder eine große PR-Sache draus machen?«, fragt sie abfällig. Ich halte mich zurück, sie daran zu erinnern, dass sie selbst zu einer lauten Stimme in den sozialen Medien geworden ist und im vergangenen Jahr sogar Gast in einem Podcast war. Aaron ist nicht der Einzige, der sich gerne in der Öffentlichkeit darstellt und das Rampenlicht genießt.

»Nein«, sage ich stattdessen ruhig. »Weil ich glaube, dass es ihnen gefallen hätte.«

»Tu nicht so, als hättest du die beiden gekannt«, faucht Lena, dann dreht sie sich auf dem Absatz um und stürmt davon.

Am Abend verlasse ich das Büro als Letzte. Mein Handy vibriert, und ich sehe auf den Bildschirm. Da ist es. Darauf habe ich gewartet. Ich klicke auf die Benachrichtigung und halte den Atem an, als die App sich öffnet. Eine Zeile, eine Verlinkung, ein Hashtag:

> *Schon wieder eine tote Frau in Köln. Es wird Zeit, die Heimweg-App von @aa.mal zu löschen. Das ist einfach nur gruselig. #meinheimweg*

Ich lasse das Handy sinken. Schließe die Augen. Verfluchte Scheiße.

@lealeandra auf Instagram:
Männer werden nie verstehen, wie es sich anfühlt, auf dem Heimweg Angst zu haben. Die App von @aa.mal kann ich nicht ernst nehmen. #meinheimweg

Kapitel 5

Damals: November

»Scheiße, wir fahren nach Berlin!«, war Aarons erste Reaktion, als ich ihm von dem Anruf berichtete, der vor wenigen Minuten bei mir eingegangen war. Er stieß begeistert die Faust in die Luft, dann stürmte er aus dem Büro. Es war das erste Mal, seit der Hashtag aufgetaucht war, dass er glücklich wirkte. Quasi täglich meldeten sich Vertreter diverser Medien bei mir – oder wenn sie ihn erwischten, bei Aaron – und wollten Kommentare zu der Online-Bewegung. Regionale und überregionale Medien berichteten und erwähnten immer wieder, wie alles angefangen hatte: mit Alana auf unserem Parkplatz. Es gab die absurdesten Reaktionen. Ein Smoothieladen im Belgischen Viertel verschenkte nach 21 Uhr Smoothies an Frauen, die allein unterwegs waren. Aber es gab auch ernst zu nehmende Änderungen. Die Stadtwerke Köln hatten ihren Sicherheitsschutz erhöht. Große Parkplätze wurden fortan nicht nur beleuchtet, sondern auch videoüberwacht, und das Sicherheitspersonal drehte Extrarunden. Das Schokoladenmuseum engagierte Selbstverteidigungstrainer für Workshops, und die Stadt Köln startete einen Arbeitskreis, um die Sicherheit von Frauen in öffentlichen Räumen stetig weiter zu erhöhen. Und während Aaron die meiste Zeit schwieg – verbarrikadiert in seinem Büro bis spät in die Nacht –, positionierte Lena sich auf Social Media als Stimme für alle Frauen in der männerdominierten Arbeitswelt. Ihre Beiträge ließ sie von Sophie Korrektur lesen. Dabei wäre das eher meine Aufgabe gewesen. Lena schien einen Nerv getroffen zu haben, denn ihre Followerzahl stieg rasant, und sie erhielt bereits erste Anfragen für All-Women-Panels und Podcasts.

»Fantastische Neuigkeiten!«, verkündete Aaron laut im Büro, und die anderen sahen auf.

»Was brüllst du hier so rum?«, fragte Yannick aus der Buchhaltung mit einem Lachen in der Stimme.

Johnny öffnete die einzige Bürotür und lugte heraus. »Hat hier gerade jemand geschrien?«

»Ich!«, rief Aaron und sah dabei aus wie Superman; die Hände in die Hüften gestemmt, ein strahlendes Lächeln in seinem perfekten Gesicht. Als würde er jeden Moment losfliegen, um die Welt zu retten. Es passte, dachte ich, denn genau so sah er sich selbst.

Arya bellte einige Male laut, irritiert von dem Lärm, was dazu führte, dass auch Filip aus dem Büro kam. »Was soll das?«, fragte er genervt und hockte sich hin, um die Hündin beruhigend zu kraulen. Aaron beachtete ihn kaum, zog stattdessen das Handy hervor, tippte wie wild darauf herum.

»Aaron –«, begann ich vorsichtig. Er reagierte nicht, also räusperte ich mich. »Aaron!« Noch immer schenkte er mir keine Beachtung, also hielt ich entschlossen meine Hand vor seinen Bildschirm.

Er sah auf, kniff die Augen zusammen. »Was?«

»Bitte teil das noch nicht öffentlich«, sagte ich. »Ich muss das noch bestätigen, ich wollte mich erst mit dir besprechen. Und dann kündigt deren Redaktion es offiziell an, bevor wir ein Statement dazu abgeben.«

Aaron legte den Kopf schief. »Keine Sorge, ich hab nur meinen Eltern davon erzählt«, sagte er mit einem Lächeln, weswegen ich mich beinahe schlecht fühlte. Er legte den Arm um mich, und ein Teil von mir wollte seine Nähe, wollte sich an ihn schmiegen, der andere wollte sich hinauswinden und Abstand gewinnen. Das war ich wohl inzwischen: ein Haufen Gegensätze, immer in Bewegung.

»Leute, herhören!«, sagte er laut, den Arm noch immer um mich geschlungen. Meine Wangen färbten sich rosa, als die anderen hersahen. Ich spürte Filips Blick auf mir, genau wie Lenas.

»Rostaler hat angerufen! Ich bin in die nächste Sendung eingeladen!« Er grinste und malte Anführungszeichen in die Luft. »›Wovor die Deutschen sich fürchten!‹ Was ein Thema!«

Ein Raunen ging durch den Raum. Völlig zu Recht, wie ich fand. Als der Redakteur von Rostaler, der bekanntesten Talkshow Deutschlands – moderiert von Maria Rostaler und wöchentlich im öffentlich-rechtlichen Fernsehen ausgestrahlt, stets ausgestattet mit hochkarätigen Gästen, die sich zum politischen und gesellschaftlichen Tagesgeschehen austauschten –, angerufen hatte, hatte ich es zuerst für einen Scherz gehalten. Bis der freundliche Mann mir mehrfach bestätigt hatte, dass er für Rostaler arbeitete und ich seine Nummer gegoogelt und sie mich zur Website des Fernsehsenders geführt hatte.

Das hier war eine große Sache. Eine so große Sache, dass sie wohl der Höhepunkt meiner bisherigen Karriere war. Der Redakteur hatte mich angerufen. Mich! Hatte unsere bisherige kommunikative Arbeit gelobt und gesagt, wie gerne sie Aaron in der nächsten Sendung hätten. Und wie sehr sie sich freuen würden, mich persönlich in Berlin kennenzulernen. Mich! Emmy König, Tochter einer Putzfrau und eines Fernfahrers, eingeladen in ein Fernsehstudio in der Hauptstadt! Ich brauchte neue Kleidung, etwas, das professionell und erwachsen aussah. Damit ich nicht auffiel, damit niemand das arme Mädchen in mir sah. Damit ich hineinpasste.

Ich merkte, wie ich mich automatisch gerader hielt, das Kinn etwas höher. Das hier war ein Erfolg, mein Erfolg. Und unsere Möglichkeit, #meinheimweg einzuordnen und den Ruf der Firma zu retten.

Aaron ließ mich los, hob den Arm, um Valentin ein High five zu geben. »Wir fahren nach Berlin!«, rief er ihm zu. »Lass einen richtigen Jungs-Trip draus machen!«

Ich erstarrte. Mein Blut rauschte in meinen Ohren. Scham war ein aufdringliches Gefühl. Ich kannte es nur zu gut. Es brannte heiß unter der Haut und bis ins Herz. Bohrte sich in den Magen. Verbrannte jeden Funken Selbstbewusstsein, der einst da gewesen war. Ich hasste mich dafür, dass meine Augen prickelten, mein Hals wie zugeschnürt war. Valentin jubelte, und ich stand noch immer an Ort und Stelle, ließ die Hände hängen. Kam mir überflüssig vor. War überflüssig. Fühlte mich wie an dem Tag, als Ben mir gesagt hatte, dass ich aus der Wohnung rausmuss. War unfähig, etwas zu sagen, etwas zu tun. Konnte nur beten, dass der Boden unter mir sich öffnete und mich verschluckte.

»Meinst du nicht, dass es klug wäre, deine Kommunikationsexpertin mitzunehmen?«, durchbrach eine raue Stimme das Gewirr. Filip hatte sich aufgerichtet, die Arme verschränkt. »Urlaub mit Valentin kannst du auch wann anders machen. Du solltest jemanden dabeihaben, der weiß, was zu tun ist.«

Ich senkte den Blick. Schaffte es nicht, ihn anzusehen. Wollte nicht, dass er sich für mich einsetzte, und war gleichzeitig unendlich dankbar dafür. Jemand berührte mich sanft am Arm. »Alles gut?«, fragte Sophie leise, Sorge in der Stimme.

Ich schluckte alles hinunter: meine Scham, meine Wut, meine Sorge. Ich lächelte sie schwach an. »Ja, danke«, flüsterte ich. »Alles okay.«

Aaron hatte innegehalten, nickte nun, zeigte mit dem Finger auf Filip. »Guter Einwand, richtig guter Einwand. Nächstes Mal, Valentin.« Er knuffte ihm in die Seite, und Valentin lachte angestrengt, doch ich bemerkte seine vor Wut funkelnden Augen, als er mich ansah.

»Auf nach Berlin, Emmy!«, rief Aaron, und ich nickte tapfer, zwang mich zu einem Lächeln. »Auf nach Berlin.«

• • •

»Komm, noch einen Absacker«, sagte Aaron und schob

mich sanft Richtung Hotelbar. Ich gab nach, aber nur, weil ich schon drei Gläser Wein vom Abendessen intus hatte, und nur, weil ich wie auf Wolken schwebte.

»Heut lief es echt super, oder?«, wiederholte ich zum wohl hundertsten Mal. Aaron warf den Kopf in den Nacken und lachte, und ich lächelte über seine Reaktion.

Ich hatte die Idee gehabt, einen Tag früher nach Berlin zu reisen und zwei TikToker zu treffen, die auf ihren Kanälen gesellschaftskritische Themen beleuchteten. Beide hatten in der Vergangenheit über #meinheimweg berichtet. Beide waren sofort darauf angesprungen, mit Aaron zu reden, und beide waren überraschend freundlich gewesen, als wir sie heute abgeklappert hatten. Mir tat das Gesicht weh vom Lächeln und die Füße vom Stehen, aber es fühlte sich gut an, produktiv zu sein, gebraucht zu werden. Aaron hatte einen hervorragenden Job gemacht, er hatte alle Fragen so beantwortet, wie ich ihn gebrieft hatte, und wenn er vom Skript abgewichen war, dann nur, um ehrliche Emotionen zu zeigen. Rostaler bot uns eine große Bühne. Aber besonders die Frauen, die unter #meinheimweg posteten, konnten wir eher auf TikTok erreichen.

Ich rutschte auf den Barhocker, der gepolstert und samtig war. Ich hatte noch nie in einem so exklusiven Hotel übernachtet, und ich konnte es kaum erwarten, in mein Boxspringbett zu fallen und morgen eine Regendusche zu nehmen. Ich hatte Angie ein Foto von meinem riesigen Zimmer geschickt mit der Nachricht:

Ist das nicht crazy??

Sie hatte nicht geantwortet. Manchmal vergaß ich, dass ich eine Schwester hatte. Wenn es mir wieder einfiel, war es ein schmerzliches Zucken, ein Phantomschmerz.

»Einen Moscow Mule, bitte!«, verkündete ich deswegen. Ich brauchte Ablenkung.

»Einen Moscow Mule für die Dame und einen Old Fashioned für mich«, bestellte Aaron und beugte sich dann vor zum Barkeeper, als teilten sie ein Geheimnis. So kriegte er die Leute, dachte ich, indem er ihnen weismachte, dass niemand anderes in diesem Moment wichtiger war. Heute hatte ich mich die ganze Zeit in seiner Anwesenheit so gefühlt.

»Und zwei Tequila«, raunte Aaron dem Barkeeper zu, ehe er mir zuzwinkerte.

»Aber nur den einen«, sagte ich. »Du musst morgen fit sein. Und auch so aussehen. Das Studiolicht ist sicher erbarmungslos.«

»Hast du Erfahrung mit Live-Übertragungen?«, fragte er mich und stützte seinen Kopf auf die Hände.

»Klar«, log ich, schluckte die Panik herunter. »Nur Lokalfernsehen, aber das ist ja unendlich skalierbar.« Aaron nickte, als würde es Sinn machen, was ich gerade gesagt hatte, und ich entspannte mich etwas.

»Ich bin froh, dass wir zusammen gefahren sind«, sagte er nun, und ich schluckte. Ich wollte nicht daran erinnert werden, wie schlecht ich mich gefühlt hatte. Wie Filip für mich einstehen musste.

»Ja«, antwortete ich deswegen nur. »Ist mein Job.« Ich zwinkerte ihm zu, und wieder lachte er laut, befreit. Der Barkeeper schob uns unsere Drinks zu, und wir stießen an, dann nahm ich einen ersten Schluck aus dem Strohhalm. Aarons Blick verweilte auf meinen Lippen. Der starke Geschmack von Ingwer erfüllte meinen Mund, vermischte sich mit einem Hauch Gurke.

»Bist du aufgeregt wegen morgen?«, fragte ich, und Aaron lächelte, schüttelte den Kopf.

»Kaum. Ich freue mich, zu dem wichtigen Thema was sagen zu können. Mit anderen, spannenden Leuten.«

Ich hatte mir die anderen Gäste angesehen und erschrocken festgestellt, dass nur eine Frau dabei war. Als wären nicht wir es, die besonders viel zum Stichwort Angst zu sagen hatten. Ich dachte an #meinheimweg, an all die Geschichten, die ich gelesen hatte. Die sich so schmerzhaft vertraut angefühlt hatten. Bei denen ich mich mit den zahlreichen fremden Frauen verbunden gefühlt hatte.

»Wenn es so gut läuft wie heute, bin ich zufrieden«, sagte ich unverbindlich. Ich nahm eines der Shotgläser und den Salzstreuer, befeuchtete meine Hand mit der Zunge, streute Salz darauf. Dann hob ich das Glas zum Anstoßen. »Auf heute.«

Er hob sein Glas. »Auf die beste Marketingmanagerin«, grinste er, dann klickte er sein Glas vorsichtig gegen meines. Wir leckten das Salz von unseren Händen und leerten die Gläser in einem Zug, dann bissen wir in unsere Zitrone. Ich verzog angewidert das Gesicht, und er lachte. »Ich hätte dir mehr zugetraut, Emmy.« Er sprach meinen Namen aus, als würde er ihn schmecken, als wollte er ihn ganz und gar kosten.

»Dann hast du das Falsche bestellt.« Ich winkte dem Barkeeper zu. »Zwei Wodkashots, bitte.«

»Belvedere, wenn Sie den dahaben!«, rief er hinterher, dann sah er mich an und schüttelte den Kopf. »Du bist echt etwas Besonderes, Emilia«, und ich korrigierte ihn nicht. Emilia gefiel mir irgendwie. Sie klang, als wäre sie auf ein Gymnasium in Köln Bayenthal gegangen, hätte das Studium von ihren Eltern finanziert bekommen, genau wie ein Auslandssemester und ein Auslandspraktikum. Emilias Eltern hätten ihr danach einen Job in der Kommunikationsabteilung eines angesehenen, alteingesessenen Unternehmens besorgt. Ihr Vater wäre noch am Leben, und ihre Mutter hätte ihr nicht diesen bescheuerten Freund vorgezogen, hätte sie niemals in ihrem Auto schlafen lassen. Ich wollte diese Emilia sein.

»Ich glaube nicht, dass ich etwas Besonderes bin.«

»Das sehe ich ganz anders.« Er lächelte, und wir sahen schweigend zu, wie der Barkeeper eine weiße Flasche aus dem Regal nahm und zwei Shots eingoss. Der Wodka roch anders als die billigen Fläschchen, die ich in der Vergangenheit an der Supermarktkasse gekauft hatte. Erneut stießen wir an. »Auf uns«, sagte Aaron mit einem Zwinkern, und ich ließ mich darauf ein, lächelte.

»Auf uns.« Aaron streckte zwei Finger aus, zeigte auf die Gläser, und der Barkeeper füllte nach. »Das bereuen wir morgen«, sagte ich, und er lächelte.

»Morgen ist morgen.«

Ich zögerte, doch dann nickte ich. Wir legten den Kopf

in den Nacken und spülten die Zweifel mit Alkohol herunter. Morgen war morgen.

• • •

Die Empfangshalle drehte sich, und ich hielt mich an einem gläsernen Beistelltisch fest. »Ups«, kicherte ich, als die Vase mit dem großen Arrangement aus Tannenzweigen darauf wackelte. Aaron hielt sie mit beiden Händen fest. »Danke. Ich hab keine Haftpflichtversicherung.«

Er ließ die Vase los, legte einen Arm um meine Taille. »Nicht, dass du hier alles auseinandernimmst«, sagte er mit einem Lachen und führte mich zum Aufzug. Meine neuen Schuhe drückten, und ich spürte, wie sich unter meinem großen Zeh eine Blase bildete. Die neue Kleidung war außerhalb meines Monatsbudgets gewesen, aber ich hatte es als frühzeitiges Weihnachtsgeschenk gesehen.

Gemeinsam schafften wir es in den Aufzug. Ich lehnte mich gegen die kühle Wand, drehte den Kopf und betrachtete mich im Spiegel. Mein schwarzes Kleid schmiegte sich an mich, aber in meiner Strumpfhose war eine erste Laufmasche, und meine Haare waren durcheinander. Mein Gesicht war blass, nur meine Wangen stark gerötet. Ich traf Aarons Blick.

»Du siehst gut aus.« Seine Stimme war mit einem Mal ganz rau. »Heiß«, schob er hinterher, zögernd, als müsste er den Begriff testen, erst ausprobieren, wie er sich in Bezug auf mich anfühlte.

Ein Ziehen in meinem Bauch war die Reaktion, und ich

atmete zitternd aus. Aaron machte langsam einen Schritt auf mich zu, stockte, als wartete er darauf, dass ich ausweichen würde. Doch ich tat es nicht. Ich bewegte mich nicht, sah nur zu ihm auf, als er dicht vor mir stand und mit dem Daumen über meine Lippen strich. Ich wollte Nein sagen. Und ich wollte das Gegenteil. Ich wusste, dass es nicht richtig war, und doch sehnte ich mich danach, berührt zu werden.

»Ich küsse dich jetzt«, kündigte er an, und ich nickte, dann beugte er sich vor und tat es. Er drückte mich gegen die Aufzugswand, und ich hielt mich an ihm fest, hielt mich über Wasser mit den Armen um seinen Nacken; keuchte, als er meinen Hals küsste. Stöhnte, als er meine Strumpfhose zu greifen bekam und zerriss, als sich seine Finger den Weg zwischen meine Beine bahnten.

Die Aufzugstüren öffneten sich mit einem fröhlichen Pling, und wir fuhren auseinander, starrten uns atemlos an. »Komm mit«, sagte Aaron und nahm mich bei der Hand, zog mich hinter sich her durch den Flur.

Ich war ausgehungert. Ich sehnte mich so sehr nach Nähe, dass ich bereit war, die Konsequenzen zu tragen. Ich sah zu, wie Aaron ungeschickt die Zimmerkarte zweimal gegen den Sensor halten musste, bis sich die Tür öffnete. Dann versank ich in seinen Armen und fühlte mich für einen Moment nicht allein. Als er eingeschlafen war, verschwand ich beschämt.

•••

»Er ist so gut vor der Kamera«, schwärmte die blondierte Aufnahmeassistentin neben mir mit gesenkter Stimme.

Ich warf ihr nur einen kurzen Blick zu, ehe ich mich wieder auf Aaron konzentrierte, der ein Bein lässig über das andere gelegt hatte und zurückgelehnt in seinem Sessel saß. Anders als mir sah man ihm die kurze Nacht nicht an. In der Maske war ganze Arbeit geleistet worden. Er glänzte nicht, und auch Augenringe waren keine zu sehen. Mein Make-up konnte wenig Schlaf und viel Reue nur schwer verbergen. Ich hätte Nein sagen sollen, dachte ich bei einem Blick auf Aarons Hände. Es war ein Fehler gewesen, das hätte ich in dem Moment wissen müssen, als er mich geküsst hat. Ich hätte Nein sagen können, oder?

Ich sah zu, wie Aaron die Aussage seines Sitznachbarn mit einem Nicken und einem verständnisvollen Lächeln bestätigte. Ich hätte Nein sagen können, sagte ich mir selbst, aber ich hatte es gewollt. Wollte gesehen werden. Wollte jemanden berühren. Wollte Nähe spüren. Wollte nicht immer nur allein sein.

»Aber er sieht auch einfach umwerfend aus«, flüsterte die Assistentin und zwinkerte mir zu. Wusste sie es? Nein, es war nur ein Moment zwischen zwei Frauen. Ich kannte nicht mal ihren Namen. Wir würden sicher keinen Bechdel-Test bestehen.

»Ja«, bestätigte ich, ohne weiter darauf einzugehen. Ich warf einen Blick auf die Uhr. Wir hatten fünfzehn Minuten hinter uns, blieben noch sechzig. Ich wagte es nicht durchzuatmen, zu groß war meine Sorge, dass etwas schiefgehen würde. Dass jemand eine kritische Frage stellte, die Aaron nicht beantworten konnte. Dass er zu defensiv werden würde, zu schnell reagierte. Bisher profitierte er stark von seinem Charisma und der Leichtigkeit, mit der seine Antworten kamen, die im Kontrast zu einigen der anderen Gäste stand. Aber noch war nicht über #meinheimweg gesprochen worden.

»Die Wahrscheinlichkeit, dass eine Frau auf dem Heimweg umgebracht wird, ist statistisch gesehen gering«, sagte ein alternder Politiker, von dem ich nicht wusste, warum er überhaupt eingeladen worden war.

»Ja, weil Frauen statistisch gesehen noch größere Angst vor den Männern zu Hause haben müssen«, gab Aaron nonchalant zurück. »Und das spricht nicht unbedingt für uns.« Das Publikum raunte, ehe es kurz applaudierte. Ich nickte zufrieden.

Der Politiker spannte den Kiefer an. »Ich fühle mich auch nicht sicher im Dunkeln«, verkündete er trotzig. Im Gesicht der Frau neben ihm, einer Professorin für Frauenforschung an der Humboldt-Universität, zeichnete sich die gleiche Abscheu ab, die ich fühlte.

»Damit relativieren Sie das eigentliche Problem«, sagte sie mit fester Stimme.

»Da stimme ich zu«, sagte Aaron, bevor sie fortfahren konnte. Ich schluckte, schickte ein Stoßgebet gen Himmel, dass er die Frauen bitte nicht mehr vor laufender Kamera unterbrechen würde.

»Jetzt geht es gleich los, oder?«, flüsterte die Assistentin neben mir. »Ich bin so gespannt.«

Ich runzelte die Stirn, sah zu ihr. Ihre Augen waren weit

aufgerissen, aufgeregt schob sie sich eine blonde Strähne hinters Ohr.

»Was meinst du?«, fragte ich, und sie legte einen Finger an die glänzenden Lippen.

»Nicht so laut.«

»Wovon sprichst du?«, wiederholte ich im Flüsterton. Meine Lippen waren trocken, meine Haare zu einem Zopf gebunden. Mir fehlte die mühelose Art, mit der die Assistentin zurechtgemacht war. Aber sie stand sicher weniger unter Strom als ich.

Sie hob die Augenbrauen. »Ihr arbeitet doch zusammen?«, fragte sie. »Du musst doch von dem Video wissen?«

»Welches Video?«, fragte ich und griff sie am Arm.

Irritiert riss sie sich los. »Das Video, das ihr uns im Vorfeld geschickt habt. Das wir live in der Sendung abspielen sollen. Der Aufnahmeleiter hat es schon gesehen, aber vor dem Rest von uns wurde ein ganz großes Geheimnis draus gemacht.«

Mein Puls schoss in die Höhe. Das Blut rauschte mir durch die Ohren. Meine Gedanken rasten, versuchten, eine Antwort auf das vor mir liegende Problem zu finden: Was war das für ein Video? Und warum wusste ich nichts davon?

»Die Angst ist das Problem«, sagte Aaron nun. Er hatte sich vorgebeugt, die Arme auf die Beine gestützt. In seinen Augen flackerte etwas. »Ich habe selbst eine gute Freundin verloren. Habe miterleben müssen, wie meine Mitarbeiterinnen Angst haben mussten, allein nach Hause zu gehen. Und ich wollte was dagegen tun. Erst dachte ich, okay, wir begleiten sie zu ihren Autos, zur U-Bahn, bis vor die Haustür.« Er lachte hart auf. »Aber das ist keine Lösung, oder? Keine langfristige.«

»Bitte hör auf«, flüsterte ich. »Was immer das wird, lass es.«

Natürlich hörte er mein Flehen nicht, und selbst wenn, dann hätte er es vermutlich ignoriert. Er sprach weiter. »Aber das wollten wir bei AA.Mal nicht auf uns sitzen lassen. Denn Lösungen zu finden, steckt in unserer DNA.«

Er erhob sich aus seinem Sessel, sprach nun direkt mit dem Publikum. Die Kamera folgte ihm. Er sah scheiße gut aus, selbstbewusst und glühend vor Energie. Er war eine Erscheinung. Und dann leuchtete der Bildschirm hinter ihm auf, und ein Zusammenschnitt von Beiträgen mit dem Hashtag #meinheimweg wurde gezeigt. Aaron sah mit ernstem Blick darauf, nickte immer wieder bei besonders emotionalen Beiträgen.

Nun standen dort zwei Worte: *Mein Heimweg*. Die Buchstaben verschwanden, dann sah man eine junge Frau, die im Dunkeln durch die Straßen lief, schnell und ängstlich. Sie sah auf ihr Handy und lächelte plötzlich, wurde ruhiger. »Eine einfache App«, sagte Aaron nun und breitete die Arme aus. »Eine App, die das Leben leichter macht. Zugänglich nur für Frauen, die das System selbst füttern. Auf welchen Straßen fühlen sie sich sicher? Auf welchen wurden sie belästigt? Der Algorithmus lernt durchgehend dazu und kann für die Userin den sichersten Heimweg generieren.«

Mein Diensthandy in der Hosentasche vibrierte. Nicht nur einmal oder zweimal. Nein, es hörte gar nicht mehr auf. Ich wusste nicht, ob es ein Anruf war oder ein Ansturm auf unsere Social-Media-Kanäle. War das der nächste Shitstorm?

Ich hielt den Atem an. Sofort fielen mir die vielen Schwachstellen der App auf, die uns angreifbar machten. Vor meinem inneren Auge sah ich meine Kündigung. Scheiße, wie lange hatte Aaron schon an diesem Projekt gearbeitet? Wie lang hatte er geplant, die Sendung zu kapern? Und warum wusste ich schon wieder nichts davon? Du bist etwas Besonderes, hatte Aaron mir gesagt, und ich hatte ihm aus der Hand gefressen wie ein hungriges Tier. Hatte mich lang genug ablenken lassen, damit er mich ins Bett kriegen konnte.

Doch das Publikum applaudierte. Laut und begeistert. Die Assistentin neben mir klatschte mit Elan, sah mich an und strahlte: »So eine tolle Idee!« Ich biss die Zähne zusammen, nickte krampfhaft.

Aaron zeigte auf mich. »Ich hab meine rechte Hand mitgebracht«, strahlte er in die Kamera. »Ohne dich wäre das alles nicht möglich gewesen!«

Dummes Arschloch, dachte ich, doch die Kamera schwenkte zu mir, und ich blinzelte überrascht ins gleißende Licht. »Ich freu mich«, sagte ich automatisch, als mir jemand ein Mikro vors Gesicht hielt. »#meinheimweg ist eine starke Bewegung, aus der Politik und Öffentlichkeit lernen können.« Ich sah zu Aaron. »Wir haben jedenfalls daraus gelernt.«

• • •

Der Rest der Show gehörte Aaron. Rostaler war absolut begeistert von ihm, und egal, wer noch andere Themen einbringen wollte, es ging nur noch um die Heimweg-App. Mir war schwindelig, und daran war nicht mein Kater schuld. Es war die Wut, die ich versuchte zu unterdrücken. Es war das Gefühl, ausgeschlossen zu sein. Und es war meine verdammte Meinung, die wieder und wieder ignoriert wurde. Meine Finger zitterten noch immer von meiner ungeplanten Stellungnahme.

Als die Kameras ausgingen, verschwand Aaron ins Bad und kam danach mit einem breiten Grinsen auf mich zu. »Und?«, fragte er. »Wie war ich?«

Ich nahm ihn am Arm, zog ihn beiseite. »Das hättest du mit mir absprechen müssen.«

»Warum?«, fragte er, und seine Augen funkelten. »Hättest du Verbesserungsvorschläge für den Code gehabt? Oder die Benutzeroberfläche? Ich denke, das ist nicht dein Metier, oder?«

Ich atmete tief durch, versuchte, den Ärger in meinem Magen zu ignorieren. »Wir hätten uns eine Strategie überlegen sollen. Damit wir Kritik an den Schwachstellen direkt entgegenwirken können.«

»Schwachstellen? Es gibt keine! Die Idee ist genial.«

»Die Idee ist gut, aber –«

»Ich geh jetzt direkt live.« Er hob sein Handy. »Wenn wir das übers Internet verlängern, haben wir so eine krasse Reichweite. Ich bin gespannt, wie viele Downloads wir bis morgen haben.« Er tippte auf dem Handy herum, und ich sah zu, wie er Instagram öffnete, dann streckte ich die Hand aus, strich ihm mit dem Daumen unter der Nase entlang.

»Vielleicht wischst du dir erst mal das Koks aus dem Gesicht.«

Er lachte auf. »Ich hatte eine kurze Nacht. Ich muss fit sein. Willst du mit in den Stream?«

Ich schüttelte den Kopf. »Warum hast du nichts gesagt? Ich hab mich gefühlt wie eine Idiotin.«

»Du bist für die Kommunikation da. Die großen Ideen überlässt du mir.«

Ich schloss die Augen, atmete einige Male durch, ehe ich ihn wieder ansah. »Ich will nur das Beste für AA.Mal«, behauptete ich, und sein Mundwinkel zuckte.

»Bist du sicher, dass du nicht nur das Beste für dich willst?« Er hob die Hände. »Das ist kein Vorwurf. Aber ich erkenne einen Opportunisten, wenn ich ihn sehe. Ich bin selbst einer. Wir wollen immer nur das Beste für uns selbst.«

Ich wollte ihm an den Kopf werfen, dass das Beste für ihn sein Tesla war und dass es für mich ums Überleben ging. Dass es immer nur ums Überleben gegangen war. Dass ich mich aus einem Haifischbecken kämpfen konnte, weil mein Überlebensinstinkt groß genug war. Stattdessen schwieg ich.

Er griff nach meiner Hand. »Geh mit mir live. Zeig dich von deiner besten Seite. Die Leute freuen sich, wenn eine Frau die App bekannt macht. Schau in die Kamera, und lächle.«

Ich entriss ihm meine Hand, schüttelte den Kopf. »Entscheid dich endlich, ob ich meinen Scheißjob machen soll oder nicht. Was von beidem willst du?«

Er zeigte auf sein Handy, bedeutete mir, dass er live war. Er grinste in die Kamera. »Hi, ihr Lieben«, sagte er euphorisch und winkte. »Cool, dass so viele da sind! Schreibt eure Fragen einfach in den Chat. Ich beantworte sie gerne zusammen mit meiner Marketingmanagerin.« Er hielt die Kamera auf mich. »Sag hi!«

Ich drückte seine Hand weg. »Lass den Scheiß, ich will das nicht.«

Er hob das Handy, wischte die Linse an seinem Hemd ab. »Komm schon, Emilia, beruhig dich«, sagte er leise und lächelte mich an. »Sag Hallo zu unseren Zuschauern.«

Ich blitzte ihn aus zusammengekniffenen Augen an. Ich wollte mich nicht beruhigen. Ich wollte in keinem scheiß Livestream auftauchen. »Ich heiße Emmy, du Vogel«, fauchte ich und marschierte aus dem Studio.

• • •

Ich trug den flauschigen Bademantel, der in meinem Zimmer bereitlag und den ich am Abend vorher nicht hatte genießen können. Meine nassen Haare tropften auf den Teppich, aber es war mir egal. Ich hockte mich vor die Minibar und griff nach einem kleinen Fläschchen Gin. Ich hielt inne, starrte auf das Etikett, ehe ich es zurückstellte und eine Cola und einen Schokoriegel herausnahm und die Tür wieder schloss.

Ich hatte das Diensthandy ausgeschaltet, nachdem Aaron, Lena und Sophie mehrmals vergeblich versucht hatten, mich zu erreichen. Heute Abend war es mir egal, heute Abend würde ich mich nicht mehr damit beschäftigen. Der Fernseher lief stumm, weil ich die Geräusche nicht ertragen konnte. Ich wollte einfach meine Ruhe. Und ich wollte noch eine Nacht dieses Hotelzimmer nutzen, bevor ich wieder in meinem Auto schlafen würde. Den Aufenthalt in Berlin hatte ich mir ganz anders vorgestellt.

Der Schokoriegel war weich und pappig, verklebte mir die Zähne und ließ sich auch mit der Cola kaum wegspülen. Mein Magen knurrte, doch ich wollte das Hotelzimmer nicht mehr verlassen, und die Preise des Zimmerservice waren zu hoch und ließen sich wohl kaum über meine Spesenrechnung decken. Ich hätte am Set essen können, doch ich war zu nervös gewesen. Verdammt gerechtfertigt, wie sich herausgestellt hatte. Doch ich wollte nicht über Aaron und seinen Auftritt nachdenken. Wollte einfach nur vergessen. Das Fläschchen Gin im Kühlschrank lockte mich, doch ich blieb stark.

Ich pinkelte mit offener Tür, genoss es, halb nackt umherzulaufen. Mehr denn je sehnte ich mich nach einer eigenen Wohnung. Nicht mehr lang, erinnerte ich mich selbst, nicht mehr lang. Ich wusch mir die Hände und verließ das Badezimmer, als ich Schritte im Hotelflur vernahm, die vor meiner Tür innehielten.

Ich hielt die Luft an, konzentrierte mich auf die Person auf der anderen Seite. Ich bewegte mich zögerlich und schloss die Türkette. Denn plötzlich war ich nicht mehr sicher, ob ich die Tür abgeschlossen hatte. Nur einen Augenblick später wurde die Türklinke heruntergedrückt. Ich presste mich gegen die Wand, sah zu, wie sich die Klinke einmal, zweimal bewegte. Die Tür öffnete sich nicht. Mein Herzschlag beruhigte sich.

Doch ein lauter Knall ließ mich zurückstolpern, und ich knallte schmerzhaft gegen das Schränkchen, auf dem die Kaffeemaschine stand. Eine Porzellantasse fiel zu Boden, zerbrach polternd. Erneut schlug jemand gegen die Tür, hämmerte mit der Faust dagegen.

»Ich weiß, dass du da drin bist«, schrie Aaron. »Ich will nur wissen, warum du es für nötig hältst, mich in einem verdammten Livevideo zu blamieren!«

Ich kauerte mich auf den Boden vor meinem Bett, zog die Beine an die Brust. Er kam nicht hinein. Ich war sicher.

»Ich will nur reden!«, rief er laut, begleitet von drei weiteren Schlägen gegen die Tür. Seine Stimme klang verwaschen, seine Vokale in die Länge gezogen. »Emmy! Red mit mir!« Ein weiterer Schlag, lauter diesmal. Hatte er gegen die Tür getreten? Was, wenn sie seiner Wut nicht standhalten würde?

Ich sah zu dem Telefon, das auf meinem Nachttisch stand. Ich musste nur aufstehen und den Hörer ergreifen. Doch ich war wie versteinert. Hatte mich immer für so mutig gehalten, bis jetzt. Jetzt war ich nur dieses kleine Häufchen Elend, das auf dem Boden kauerte.

»Du dummes Miststück!«, schrie er. »Lass mich nicht wie ein scheiß Vollidiot hier draußen rumstehen! Mach die beschissene Tür auf!«

Ich hörte laute Schritte, dann einige fremde Stimmen.

»Ich will nur mit ihr reden!«, beteuerte Aaron, dann entfernte sich seine Stimme. Endlich kehrte Ruhe ein. Dann ein Klopfen.

»Sind Sie in Ordnung?«, fragte ein Mann freundlich.

»Ja«, krächzte ich nach einem Moment.

»Melden Sie sich bitte am Empfang, wenn Sie etwas brauchen! Wir sind den ganzen Abend besetzt. Der Herr wurde gerade auf sein Zimmer begleitet und wird Sie nicht länger belästigen!«

»Danke«, sagte ich leise. Ich wusste nicht, ob er mich gehört hatte. Ich wartete auf ein weiteres Geräusch. Wartete auf einen weiteren Schlag gegen meine Tür. Ich blieb auf dem Boden, malte Buchstaben in den weichen Teppich. EMMY, schrieb ich. EMMY. Irgendwann schaffte ich es, mich aus meiner Starre zu bewegen, und schleppte mich aufs Bett, zog die Decke bis zum Kopf und rollte mich zusammen. Drehte der Tür niemals den Rücken zu. Blieb wachsam. Blieb wach, bis der Schlaf mich im Morgengrauen überwältigte.

@ninaschreibt auf Instagram:

Letztes Jahr bin ich von einer Party gekommen, und auf dem Heimweg ist mir ein Auto hinterhergefahren. Die ganze Zeit. Irgendwann hat er das Fenster runtergemacht und mich gefragt, ob ich einsteigen will. Ich hab erst versucht, ihn zu ignorieren, aber er hörte einfach nicht auf. Erst als ich gedroht habe, die Polizei zu rufen, hat er mich als Schlampe beschimpft und ist gefahren. Ich bin nach Hause gerannt. #meinheimweg

Kapitel 6

Heute

Die Polizei gibt das Büro am Montag frei, und wir dürfen mit Sack und Pack das Café gegenüber verlassen. Es nieselt, doch keiner von uns macht sich die Mühe, einen Schirm aufzuspannen. Ich bin müde, weil ich schlecht schlafe, geplagt von Albträumen und von den Überstunden am Wochenende: Immer in Kontakt mit Aaron über Slack. Wir haben die vorbereitete Pressemitteilung rausgeschickt und können uns vor Anfragen von Journalistinnen und Journalisten kaum retten. Bei einigen der Interviews per Videocall bin ich als stille Zuhörerin dabei und überrascht, dass Aaron sich größtenteils an unser vorbereitetes Skript hält, mit dem er jeden Anflug von Kritik abfängt. Unsere Taktik ist die Offensive. Er gibt sich als Retter, als Helfer und Genie. Viele schlucken es. Über alle anderen schimpft Aaron nach den Gesprächen lautstark.

Vor der Arbeit haben Filip und ich am Kiosk gehalten und drei Tageszeitungen und zwei Magazine gekauft, deren Titelseiten Aarons Gesicht ziert. Den ganzen Morgen tue ich nichts, außer zu lesen und die Fakten und Aussagen zu checken. Größtenteils passt es, doch für einige Aussagen habe ich Stellungnahmen vorbereitet, die wir später auf unserer

Website und Social Media veröffentlichen werden. Die Kommentarfunktion ist immer noch ausgeschaltet.

»Kann ich dir was abnehmen?«, fragt Filip, als wir zusammen den Parkplatz überqueren. Ich schüttle den Kopf.

»Nein, danke«, sage ich kurz angebunden, um professionelle Distanz bemüht. Ich sehe stoisch nach vorne, zwinge mich, ihm kein kurzes Lächeln zu schenken. Trotzdem beruhigt sich mein Herzschlag in seiner Gegenwart. Ich sehne mich danach, ihn zu berühren. Will seine Hand nehmen, ihn fortzerren und nie wieder zurückkehren.

Ich klammere mich an den Riemen meiner Tasche, als wir die Stelle erreichen. Neben mir spannt Filip sich sichtlich an. Ich habe ihn nie gefragt, wie es ihm geht, wird mir bewusst. Er hat sie viel länger gekannt als ich. Beide. Doch ich bin so vertieft in meiner eigenen Trauer, dass ich kaum an ihn gedacht habe. Es bestätigt etwas, das ich seit Wochen fürchte: Dass ich nie gut genug sein kann für diesen Mann. Dass er eines Tages etwas in meinen Tiefen finden wird, das ihn abstößt. Und dass es dann zu spät für mich ist, mich von ihm zu lösen. Dass er mir das Herz brechen wird.

Der Parkplatz ist leer, mein Auto darf ich nach Feierabend an der Polizeistation abholen. Auch dieses ist von der Spurensicherung freigegeben worden. Vereinzelte Sonnenstrahlen fallen durch die Wolkendecke und tauchen den Moment in ein diffuses Licht.

Ich starre auf die Stelle, an der ich sie gefunden habe. Es ist nichts zu sehen. Was habe ich erwartet? Auf dem Asphalt eingetrocknetes Blut? Einen Kreideumriss? Blumen und

Kerzen? Scheiße, ich will allein sein. Will mir die Zeit nehmen, die ich brauche. Stattdessen bin ich umgeben von Menschen, bei denen ich nicht sein will – bis auf Filip. Valentin rauscht an uns vorbei und wirft mir einen Blick über die Schulter zu, als warte er auf meine Reaktion, als hoffe er darauf, dass ich in Tränen ausbreche, als antizipiere er einen Nervenzusammenbruch. Lena ist vorausgeeilt und betritt bereits das Büro, Aaron direkt auf den Fersen.

Ich will schreien. Ich will zurück zu dem Moment, bevor ich ihren blutenden Körper gefunden habe. Zurück zu einer Zeit, als ich dachte, dass alles gut werden würde. Ich bin nicht religiös, doch wäre ich es, würde ich jetzt auf die Knie sinken und einen unbarmherzigen Gott anflehen, mir den Schmerz zu nehmen.

Mit dem Schuh bleibe ich in einem Riss im Asphalt stecken, stolpere, lasse Tasche und Zeitungen fallen und reiße die Hände nach vorn, um meinen Aufprall abzufedern. Warte darauf, mit den Knien hart auf dem Boden aufzukommen, beinahe wie in meiner Vorstellung, in der ich bete. Doch bevor ich auf den Asphalt pralle, schließen sich Arme fest um mich.

»Ich hab dich«, flüstert Filip nah an meinem Ohr und hilft mir dabei, auf die Beine zu kommen. »Ich hab dich.«

• • •

Am Abend mache ich mich auf den Weg zu ihm. Nach Stunden wie im Käfig habe ich das Gefühl, Bewegung zu brauchen. Muss einige Schritte gehen, mir die Beine und die

Sorgen vertreten. Den Kopf freikriegen. Die klare Abendluft empfängt mich, zerzaust mein Haar. Ich sauge sie tief ein, fülle meine Lungen bis zum Anschlag. Halte die Luft an. Atme aus. Ich öffne meine Heimweg-App, lasse mir den Weg zu meiner gewünschten Adresse generieren und seufze, als sie mir eine Laufzeit von 38 Minuten anzeigt. Ich ziehe mein Klappmesser aus der Tasche. Das Gefühl des kalten Griffs in meiner Hand, der vertraute Edelstahl, der sich an meine Finger schmiegt und mir Sicherheit verspricht, beruhigt mich.

Ich folge dem Pfeil auf der Karte, der mich über die Hauptstraße führt und mich dann nach links über eine kleine Straße leitet. Sie macht einen Umweg, um den Bahnhof Ehrenfeld zu umgehen – sehr gut, da ich den Bahnhof und die Unterführung besonders unangenehm finde.

Die Straße ist eng und kaum beleuchtet, dennoch folge ich dem Pfeil auf meinem Bildschirm. Vertraue der App. Mein Herz klopft im Takt mit meinen schnellen Schritten. Ich bin allein, und trotzdem blicke ich über die Schulter, schaue in jeden dunklen Hauseingang, jede Einfahrt. Mein Handy vibriert, und ich schaue auf den Bildschirm. Ein kleines Fenster ist aufgeploppt:

Gefällt dir unsere App? Dann bewerte uns jetzt!

Ich streiche es genervt weg.

Als ich wieder aufschaue, steht jemand am Ende der Straße. Er lehnt an einer Hauswand und raucht. Ich sehe, dass es ein Mann ist. Ich sehe es an der Selbstverständlichkeit, mit der er in der Dunkelheit agiert. Langsam führt er die glühende Zigarette an seine Lippen. Ich stolpere über meine Füße, gebe ein erschrockenes Geräusch von mir. Der Mann richtet sich auf. Ich sehe, wie sein Kopf sich dreht. Sein Gesicht liegt im Schatten. Aber er sieht mich.

Ich erstarre. In meinen Ohren rauscht es. Ich denke an den Parkplatz. Fühle das Blut auf meinen Fingern. Zitternd schaue ich auf die App, tippe auf den Notfall-Button in der Ecke. Die App sagt:

Wenn du dich nicht sicher fühlst, ruf die Polizei.
Wir wünschen dir einen sicheren Heimweg!

Stattdessen drehe ich mich um, renne zurück auf die gut beleuchtete Hauptstraße. Nehme ein Taxi. Riskiere nichts.

• • •

Auf Aarons Anweisung habe ich die Kommentarfunktion in allen Social-Media-Kanälen ausgeschaltet. Das kauft uns Zeit, doch früher oder später müssen wir uns der Aufmerksamkeit stellen. Eine zweite Frau wurde ermordet, gleich vor unserer Tür. Ich denke an Johnnys Frage, ob ich nicht Angst hätte. Jetzt, wo wir wieder in der Firma arbeiten, spüre ich sie ganz deutlich. Es fiel mir schon immer schwer, anderen zu vertrauen. Aber jetzt ist es noch schwerer: Überall rechne ich mit jemandem, der mir wehtun will. Überall vermute ich Landminen, erwarte ich ein Messer hinter jedem Rücken.

Ich tigere durch die Firma, haltlos und planlos. Am Mittag ruft Aaron Filip in sein Büro, sie schließen die Tür hinter sich. Filip war der Erste, der bei AA.Mal angefangen hat, hatte Johnny mir an meinem ersten Tag erzählt. Die beiden standen sich nahe, das fiel auf, und Filip war der Einzige, der Aaron seine Meinung sagen konnte. Ich hatte Filip nur einmal darauf angesprochen, und er hatte gesagt, sie wären alte Freunde. Damit war das Thema beendet gewesen. Ich wollte es auch nicht weiter vertiefen. Ich wollte nicht, dass Filip erfuhr, was zwischen mir und Aaron gewesen war. Wollte nicht, dass irgendjemand es erfuhr.

Als ich Aarons Stimme durch die Tür tönen höre, horche ich auf. Die anderen tun so, als hätten sie nichts gehört, und arbeiten offenbar konzentriert weiter, aber ich laufe zum Büro und lege mein Ohr gegen die geschlossene Tür.

»Das geht dich nichts an. Das war eine Sache zwischen Alana und mir«, sagt Aaron, und ich runzle die Stirn. Ich habe ihn bisher selten so aufgebracht erlebt. Wenn man von der Nacht absieht, in der er brüllend vor meinem Hotelzimmer stand. Aber ich verdränge jeden Gedanken daran.

»– zur Vernunft zu bringen«, höre ich die Hälfte von Filips Antwort, der erstaunlich ruhig ist.

»Bist du eifersüchtig?«, fragt Aaron, und etwas klirrt laut, geht zu Bruch, lässt mich zusammenzucken. Stille breitet sich aus. Alle heben nun die Köpfe. Wir alle lauschen.

»– jetzt fertig? Oder willst du mir gleich noch eine reinhauen?«, fragt Aaron, leiser, nicht länger Wut in der Stimme, sondern kalte Arroganz. Mein Puls hallt in den Ohren. Als ich Schritte höre, weiche ich von der Tür zurück, tue so, als sei ich mit meinem Handy beschäftigt.

Filip stürmt aus dem Büro, schenkt mir keine Beachtung. Er ruft Arya, die sofort zu ihm läuft. »Wir gehen eine Runde raus«, sagt er in den Raum und verschwindet. Ich sehe ihm hinterher, doch ich folge ihm nicht. Meine Gedanken sind bei den wenigen Worten, die ich aufgeschnappt habe. Warum sollte Filip eifersüchtig auf etwas sein, was zwischen Aaron und Alana war? Was war überhaupt zwischen ihnen gewesen? Alana hatte eine Freundin gehabt, aber hatte sie auch eine Affäre mit Aaron? Konnte Alanas Tod – nein, ihr Mord – eine Eifersuchtstat gewesen sein?

Valentin reißt mich aus meinen Gedanken. »Wenn du fertig mit Lauschen bist, ist hier Post für dich«, sagt er und knallt einen Stapel Briefe auf meinen Tisch.

»Nerv nicht«, murmle ich.

»Was ist los, hast du deine Tage?«, ätzt Valentin zurück.

Lena sieht von ihrem Bildschirm auf. »Mann, Valentin, halt die Klappe.«

Erneut legt sich Stille über den Raum, und ich sehe überrascht zu Lena, die mir ein kurzes Lächeln schenkt. Ich bin beinahe stolz, dass sie mir zuvorgekommen ist. Valentin murmelt nur irgendwas vor sich hin, schiebt die Hände in die Hosentaschen und schlendert zurück zu seiner Arbeitsinsel. Er kann austeilen, aber nicht einstecken.

»Danke«, sage ich leise, doch Lena sieht nicht erneut auf. Unser gemeinsamer Moment ist schneller vorbei, als mir lieb ist. Ich seufze leise und trinke einen Schluck Kaffee, ehe ich mich der Post widme. Die ersten zwei Briefe sind Werbung, danach ein Belegexemplar von einem Managermagazin, in dem ein Interview mit Aaron abgedruckt ist. Ich gehe die Briefe weiter durch. Der letzte ist ein gepolsterter gelber Umschlag, auf dem mit geschwungenen Buchstaben mein Name steht. Ich drehe ihn um und erstarre, als ich den Absender sehe. Sophie Schuhmacher, steht dort in feinen Lettern. Ein Kloß bildet sich in meinem Hals. Ich bemühe mich, ruhig zu bleiben und normal weiterzuatmen. Warum bekomme ich verdammte Briefe aus dem Jenseits?

Ich sehe auf, doch Lena ist weiterhin in ihre Arbeit vertieft. An der anderen Arbeitsinsel zeigt Valentin Aaron gerade etwas auf seinem Bildschirm.

Kurzerhand schiebe ich den Brief unter meine Bluse und klemme ihn in den Bund meiner Jeans. Noch einige Momente sitze ich nur da, warte darauf, dass jemand mich anspricht, mich fragt, was ich da tue. Doch niemand hat etwas bemerkt.

Ungelenk erhebe ich mich und gehe schnellen Schrittes zur Toilette, wo ich die Tür hinter mir zufallen lasse und mich in einer Kabine einschließe. Mit zitternden Fingern ziehe ich den Umschlag hervor. Es braucht zwei Versuche, bis ich ihn geöffnet habe, dann ziehe ich einen kleinen silbernen USB-Stick hervor, auf dem das Logo von AA.Mal geprägt ist.

Ich sehe in den Umschlag, doch mehr ist nicht darin. Kein Zettel, keine Nachricht, keine Erklärung. Was zum Teufel? Was soll ich damit anfangen? Den Brief der Polizei übergeben? Aber er ist an mich gerichtet gewesen. An niemanden außer mir. Es zu teilen, egal, mit wem, fühlt sich an wie Verrat.

Stattdessen zerreiße ich den Briefumschlag. Die gepolsterten Seiten sind widerspenstig, also nehme ich die Zähne zur Hilfe, die unter dem Druck schmerzen. Ich stopfe die Schnipsel in den kleinen Mülleimer neben der Toilette, dann stehe ich auf und öffne den Klodeckel. Die Lasche, auf der ihr Name steht, reiße ich in viele kleine Fetzen, lasse sie ins Wasser rieseln und spüle. Von mir wird niemand erfahren, was heute für mich angekommen ist. Niemand wird es nachvollziehen können bis auf Valentin, der die Post sortiert hat. Aber ich kann mir nicht vorstellen, dass er meiner Post besondere Beachtung geschenkt hat.

Als ich die Toilette verlasse, halte ich den USB-Stick fest in der Faust, verstecke ihn vor den Augen aller. Ich laufe zurück zu meinem Schreibtisch und stöpsle meinen Laptop von der Dockingstation ab. »Ich setze mich mal eine Weile in die Ruhezone«, verkünde ich, obwohl es niemanden interessiert und obwohl ich mich bisher geweigert habe, die traurige Ansammlung von Sitzsäcken als Ruhezone zu bezeichnen, geschweige denn, mich darin niederzulassen.

Den Blick auf den Boden gerichtet, marschiere ich durch die Halle, dann lasse ich mich in einen der hellblauen Säcke fallen und lege den Laptop auf meinen Knien ab. Beim Versuch, den USB-Stick einzustecken, rutsche ich zweimal ab. Meine Finger zittern vor Aufregung, und es braucht einen dritten Anlauf, bis er endlich im Computer ist. Gespannt warte ich, bis sich das Fenster öffnet.

Nur eine einzige Videodatei ist auf dem Stick. Ich öffne ihn und schalte den Ton aus. Mein Herz zieht schmerzhaft, als sie ins Bild kommt, ungeschminkt und die blonden Haare zu einem Pferdeschwanz gebunden. Mein Puls geht schnell, klopft so heftig, dass ich meine Halsschlagader fast pochen hören kann. Ich sehe zu, wie sie die Kamera richtig hinstellt und sich an einen Schreibtisch setzt, vermutlich bei sich zu Hause. Im Hintergrund sehe ich ein senfgelbes Samtsofa, darüber eine große Fotocollage, eine Wanduhr mit römischen Zahlen und eine Grünpflanze in einem Terrakottatopf.

Sie lächelt schief in die Kamera, dann holt sie ein Tablet und einen Stift hervor und beginnt zu zeichnen. Ich runzle die Stirn und schalte den Ton an. Bis auf das Quietschen von ihrem Schreibtischstuhl und das Ticken der Uhr ist nichts zu hören.

Ich spule vor, doch es passiert nicht viel, außer dass sie ab und an aufsteht, kurz verschwindet und mit einem Glas oder einem Teller zurückkehrt. Ich schließe das Video und schaue in die Dateiinformationen. Das Video ist riesig, weil es beinahe fünf Stunden geht.

Ich starte es erneut, schaue ihr dabei zu, wie sie auf dem iPad zeichnet, immer wieder das halb fertige Bild in die Kamera hält. Ich pausiere, versuche zu erkennen, was sie gezeichnet hat, erkenne aber nur abstrakte Muster. Ich halte mir den Bildschirm dicht vor die Augen, um irgendwo zwischen den farbigen Wirbeln einen möglichen Hilfeschrei zu erkennen. Eine Erklärung.

»Alles okay?«, fragt jemand dicht neben mir, und ich klappe den Laptop schnell zu, sehe irritiert auf. Dunkle Jeans, ein schwarzes Shirt. Blaue Augen, ein weicher Blick. Eine rote Nase von der Kälte draußen.

»Ja«, sage ich. »Und bei dir?«

»Alles gut«, meint Filip, als wäre der Streit mit Aaron nie

gewesen. Er sieht auf die Uhr. »Ich wollte vorschlagen, dass ich dich zur Polizei fahre, damit du dein Auto holen kannst.«

»Ich kann auch ein Uber nehmen.« Mein Blick flackert zum USB-Stick, doch Filips Augen sind auf mein Gesicht gerichtet.

»Ich will gar nicht wissen, wie viel Gewinn die diesen Monat schon mit dir gemacht haben«, scherzt er, und ich verziehe das Gesicht. Mein Ziel ist, Geld für die Kaution einer Wohnung zu sparen. Und er hat recht, mit den ständigen Fahrten weiche ich enorm von meinem Sparkurs ab.

»Vielleicht könntest du mich doch fahren. Wenn die anderen weg sind?«

Er zuckt mit den Schultern. »Es wird kaum ein Problem sein, wenn ich eine Arbeitskollegin kurz fahre.« Er senkt die Stimme. »Du kannst aber auch wirklich noch bei mir bleiben. Ich will nicht, dass du allein bist.«

Ich schüttle den Kopf. »Danke, aber Emma kümmert sich schon um mich.« Emma, die Freundin, bei der ich momentan wohne – das denkt zumindest Filip. Denn bei Emma kann Filip mich nicht besuchen, und so muss ich ihm nicht erklären, warum er nie zu mir mitkommen kann. Ich stehe mit beiden Füßen auf einem festen Fundament aus Lügen.

»Wie du magst. Ich hole Arya und warte vorne auf dich.«

»Gib mir zwei Minuten.« Ich sehe ihm nach, schlucke heftig. Ich bin ein Paradox: So große Angst davor, geliebt zu werden, doch da ist auch eine so große Sehnsucht danach, dass meine Finger zittern, mein Magen knurrt, mein Kopf pocht.

Ich atme tief durch, dann ziehe ich den USB-Stick aus

dem Laptop und stecke ihn kurzerhand in meinen BH. Ich will ihn so nah wie möglich bei mir haben, bis ich die Chance habe, die Datei unbemerkt zu kopieren und zu sichern. Keine Ahnung, warum er mir geschickt wurde. Aber ich werde nichts riskieren.

»Ich bin kurz weg«, verkünde ich, nachdem ich mich aus meinem Sitzsack aufgerichtet habe. »Filip fährt mich zu meinem Auto.«

Valentin salutiert aufgesetzt, Lena sieht nicht einmal vom Laptop auf, und auch die anderen schenken mir keine Beachtung. Filip hat recht, ich habe die Sache zu sehr überdacht.

Ich nehme meine Tasche, laufe zur Tür. Bei jedem Schritt spüre ich, wie sich der kalte Stick an das weiche Fleisch meiner Brust drückt.

• • •

»Krass, dass dein Handy nicht den ganzen Tag klingelt«, sagt Filip, als wir im Auto sitzen. Arya hat auf der Rückbank Platz genommen. »Mich schreiben schon alle möglichen Leute an, weil sie mehr Infos haben wollen.«

»Ich hab's auf stumm gestellt«, antworte ich, und seine Mundwinkel zucken.

»Verständlich.«

»Ich kann mir das nur in kleinen Dosen geben, ansonsten werde ich wahnsinnig.« Ich möchte ihn fragen, worüber er mit Aaron gesprochen hat, aber ich wage es nicht. Ich habe Angst vor der Antwort.

»Es wird für uns alle Zeit für einen Instagram-Detox.«

»Ohne Handy? Ein Traum. Nur noch handgeschriebene Briefe.«

»Hieroglyphen? In Stein gemeißelt?«

»Besser eine Wachstafel«, grinse ich. »Ist praktikabler.«

Filip fährt sich mit der Hand über den Mund; meine Lieblingsgeste, die er oft macht, wenn er sich ein Lachen verkneifen will. »Da bin ich dabei.«

»Oder Urlaub!«, schlage ich vor. »Wir fahren ans Meer. Oder in den Wald, wo wir ganz allein sind und niemand uns auf die Nerven gehen kann. Irgendwohin, wo wir die Sprache nicht sprechen.«

»Da haben wir viel Auswahl. Aber ich warne dich, ich werde unruhig, wenn ich nicht alle paar Tage den Dom sehe.« Den Blick auf die Straße gerichtet, streckt er den Arm aus und greift nach meiner Hand. Unsere Finger verflechten sich, und eine Weile sitzen wir schweigend. Erst als wir auf den Parkplatz der Polizei einbiegen, löse ich mich von ihm unter dem vermeintlichen Vorwand, die grummelnde Arya zu streicheln.

»Ja, du Süße. Ich werd dich auch vermissen.« Ich kraule sie hinter den Ohren und sehe Filip an. »Fährst du heim oder wieder zurück ins Büro?«

»Nach Hause. Arya hat ein bisschen Bewegung nötig.«

»Dann sehen wir uns morgen.« Er beugt sich zu mir, doch ich weiche zurück. »Nicht hier«, sage ich. »Sorry. Aber ich will nicht, dass uns irgendwer sieht. Schon gar nicht die Polizei.«

»Glaube kaum, dass das verboten ist.«

Ich verdrehe die Augen. »Aber ich hab nichts über uns in der Befragung gesagt. Du?«

Er schüttelt den Kopf. »Ich auch nicht. Warum auch?«

»Keine Ahnung, sie wollten ja eigentlich alles über uns wissen. Wer was mit wem hatte, mit wem Alana ...« Es rutscht mir raus, bevor ich nachdenken kann, und Filips Augenbrauen wandern in die Höhe.

»Mit Clara. Ihrer Freundin.«

»Nur?« Ich sehe ihn durchdringend an, als könnte mein Blick ihn dazu zwingen, mir die Wahrheit zu sagen. Wenn er es von sich aus sagt, muss ich nicht fragen. Wenn er es von allein erzählt, heißt es vielleicht, dass ich ihm wirklich vertrauen kann.

»Wovon genau redest du, Em?«

Ich streiche mir die Haare aus dem Gesicht. Enttäuschung durchflutet mich. »Ach, nichts. Bis morgen«, antworte ich, knalle die Tür zu und marschiere in die Polizeistation.

»König«, sage ich zu dem gelangweilt dreinblickenden Polizisten am Empfang. »Ich bin hier, um mein Auto abzuholen.«

»Name?«, fragt er, ohne aufzublicken.

Ich stütze meine Arme auf der Theke ab. »König ist nicht als Berufsbezeichnung gemeint«, kontere ich, was ihn dazu bringt, mich endlich anzuschauen. »Vorname?«, fragt er unbeeindruckt.

»Emmy«, antworte ich. »Emmy König.«

Er lehnt sich träge nach vorn, tippt mit zwei Fingern auf seiner mechanischen Tastatur. Sosehr ich AA.Mal oft verabscheue, so sehr genieße ich das Schreiben auf flachen, eleganten Keyboards an modernen Laptops. Würde ich hier hineinpassen? Ich versuche, mir vorzustellen, wie ich in Uniform Papierkram erledige. Es will nicht zu mir passen. Aber tut irgendetwas das wirklich? Ich gebe langsam die Hoffnung auf.

»Ihr Fahrzeug ist freigegeben«, erklärt er mir, und ich verkneife mir ein Stöhnen.

»Deshalb bin ich hier.«

»Ein Kollege kommt sofort.« Er weist auf einige Plastikstühle, die neben einer Grünpflanze stehen, die traurig die Blätter hängen lässt. Ich lasse mich darauf fallen und starre ins Nichts. Es ist kühl, und ich fröstle, reibe die Hände aneinander.

Erst als der Polizist wieder auf seinen Bildschirm sieht, wage ich es, den USB-Stick endlich aus meinem BH zu holen und ihn in einem Innenfach meiner Handtasche zu verstauen.

Mein Handy vibriert. Eine Nachricht von Filip, doch ich reagiere nicht. Ich brauche die Wahrheit von ihm, muss wissen, was zwischen Aaron und Alana gewesen ist. Ich muss wissen, ob Aaron ein Motiv hatte. Aber traue ich ihm wirklich einen Mord zu? Zwei Morde? Nein, tue ich nicht. Und irgendwie tue ich es doch. Seine Fäuste an meiner Tür sprechen eine eigene Sprache.

»Frau König?« Kommissar Niemann kommt herein, hat die Hände in den Hosentaschen versenkt. Er trägt blaue Jeans und ein Hemd, darüber einen Mantel. Auch ihm muss kalt sein.

»Hallo«, grüße ich und erhebe mich. »Ich wollte nur mein Auto holen. Ihre Kollegin meinte am Telefon, dass Sie fertig sind.«

Er nickt. »Richtig, die Spurensicherung hat alles überprüft.« Er hält mir den Autoschlüssel vor die Nase. Mein Herz macht einen Hüpfer bei dem Anblick des Schlüsselanhängers – ein Foto von Angie und mir. Ich bin so nah dran, wieder zu Hause zu sein. Und gleichzeitig erschrecke ich darüber, wie sehr ich mein Auto inzwischen als meine Heimat sehe.

»Oh, Gott sei Dank«, rutscht es mir raus, und er lächelt.

»Kommen Sie, ich bringe Sie hin.« Er wirkt entspannter als beim letzten Mal, kurz nach dem ... Mord. Bedeutet das, dass sie kurz davor sind, den Fall zu lösen? Haben sie vielleicht schon einen Täter gefasst? Und muss ich ihm von dem USB-Stick in meiner Handtasche erzählen?

Ich folge ihm durch die Wache. »Gibt es schon Updates aus der Ermittlung?«

Er sieht zu mir, lächelt. »Sie wissen sicher, dass ich Ihnen nichts sagen darf.«

»Klar«, antworte ich und zucke mit den Schultern. »Hab ja oft genug *Tatort* geschaut.«

Er lacht auf. »Dann wissen Sie ja bestens über Ermittlungsarbeiten Bescheid.«

»Es wirkt nicht so, als würden Sie ermitteln«, murmle ich.

Er verzieht das Gesicht, als hätte ich einen wunden Punkt getroffen. »Machen Sie sich keine Sorgen. Ich versichere Ihnen, dass wir alles in unserer Macht Stehende tun.«

Er hält mir eine Tür auf, und ich trete auf einen Hinterhof. »Hier sind wir schon.«

Als ich mein Auto sehe, will ich weinen vor Freude, Niemann in die Arme schließen vor Erleichterung. Stattdessen nehme ich ihm nur den Schlüssel ab. »Vielen Dank.«

Niemann begleitet mich zu meinem Wagen. »Die Kollegen von der Spurensicherung hätten ruhig auch noch durch die Waschstraße fahren können«, sagt er halb ernst.

»Dann hätte ich es nicht wiedererkannt. Das ist schon okay.« Ich gehe ums Auto, kontrolliere, dass alles intakt ist. Es sieht aus, wie ich es verlassen habe.

»Ich sage dem Kollegen vorne, dass er das Tor öffnen soll, dann können Sie, äh, nach Hause ...« Er verstummt.

Ich versuche, seinen mitleidigen Blick zu ignorieren, und schließe die Tür auf.

»Passen Sie auf sich auf«, sagt Niemann ernst. Zwischen seinen Augenbrauen hat sich eine steile Falte gebildet. »Und wenn Ihnen weitere Informationen einfallen, zögern Sie nicht, mich anzurufen.«

Ich schlucke. Denke erneut an den Brief. An ihr Gesicht. An den Stick. »Was sollte mir einfallen?«, entgegne ich dennoch. Erinnere mich selbst daran, dass er unmöglich davon wissen kann.

»Etwas, das Sie bisher vergessen haben, uns mitzuteilen. Über den Morgen, an dem Sie Frau Schuhmacher gefunden haben. Oder vielleicht, ob jemand Streit mit ihr hatte. Ob jemand ein Motiv hatte.«

»Ein Motiv? Es gibt kein Motiv für so was.«

Niemann seufzt, verschränkt die Arme und lehnt sich

an mein Auto. Hoffentlich zerkratzt er nicht den Lack. »Ich darf, wie gesagt, keine Details zu offenen Ermittlungen mit Ihnen teilen«, sagt er. »Aber bitte denken Sie darüber nach, in welcher Position Sie sind. Von vier Frauen in Ihrem Unternehmen gibt es nun nur noch zwei. Alles, was ich sage, ist, dass Sie bitte vorsichtig sein sollen. Und mich anrufen, wenn Ihnen etwas komisch erscheint.«

»Wollen Sie andeuten, dass ich in Gefahr bin?«

»Nein«, entgegnet Niemann schnell. Ich weiß nicht, ob ich ihm glauben kann. »Aber leider wissen Sie sicher, dass Sie als Frau besonders wachsam sein müssen. Auch in einer Stadt wie Köln, die ansonsten sicher erscheint.«

»Ich weiß.« Ich denke an #meinheimweg, an die Geschichten der Frauen, die von ihren Ängsten erzählen oder von all den übergriffigen Männern, denke daran, angemacht, verfolgt und überfallen zu werden.

»Ich habe eine Tochter, wissen Sie. Und drei Nichten«, sagt Niemann, und ich hebe die Augenbrauen.

»Ich hoffe, Sie können auch ohne Verwandtschaft mit Frauen sympathisieren«, sage ich knapp. »Wir alle haben Mütter, Omas, Nichten und Schwestern. Und trotzdem wurden zwei Frauen direkt vor unserer Firmentür umgebracht. Und Sie haben noch immer keinen Mörder gefasst.«

Er nickt mir zu, dann läuft er in großen Schritten zum Tor. Ich steige endlich ein. Sofort bemerke ich, dass jemand Fremdes mit meinem Wagen gefahren ist. Es fühlt sich an wie ein Eingriff in meine Privatsphäre. Ich sehe mich um, doch im Inneren wirkt ansonsten alles wie immer. Die Decke, die über meine Sachen gebreitet ist, wirkt unberührt.

Ich stelle den Sitz ein und fahre mit quietschenden Reifen vom Hof. Im Rückspiegel sehe ich Niemann, der mir mit verschränkten Armen hinterherschaut.

• • •

Ich fahre zurück zur Firma, parke den Wagen eine Straße entfernt, um die letzten Meter zu laufen und meine Gedanken zu ordnen. Das Gespräch von Aaron und Filip, der USB-Stick, Niemanns bohrende Fragen.

Meine Augen tränen, und meine Nase läuft von der kalten Luft. Hoffentlich sinken die Temperaturen nicht weiter, sonst halte ich es kaum in meinem Auto aus. Es dämmert langsam, und einige Schwalben segeln tief am Himmel. Ich ignoriere die bunten Graffitis an den Wänden und den Geruch von Fleisch, der aus der offenen Tür einer Dönerbude dringt. Mein Magen knurrt.

Auf dem Parkplatz steht nur noch Aarons Tesla, und als ich die Halle betrete, höre ich nichts außer dem Brummen der Lampen. Ich laufe umher, checke, ob alle anderen weg sind, öffne auch die Tür zum Büro von Filip, Johnny und Hakim. Die Schreibtische sind verlassen und die Laptops weg, was darauf hindeutet, dass alle zu Hause weiterarbeiten.

Ich setze mich an meinen Schreibtisch, fahre den Laptop hoch. Dann hole ich den USB-Stick aus meiner Tasche, ziehe die Dateien auf die Festplatte, ehe ich den Stick wieder wegpacke. Die Videodatei schiebe ich in einen Unterordner in einem Unterordner, dann sende ich sie mir als Downloadlink per E-Mail. Ich atme durch. Jetzt, wo ich eine Kopie habe, fühle ich mich sicherer. Nicht klüger, aber wenigstens beruhigt in dem Wissen, dass niemand mir die Informationen nehmen kann. Niemand kann mir das Video von ihr nehmen.

Mein Magen knurrt erneut, und ich laufe in die Küche, nehme einen Apfel aus dem Obstkorb und beiße herzhaft hinein, während ich nachdenke. Ein Motiv, hat Niemann gesagt, um die beiden umzubringen. Aber wer kann ein Motiv für so was Grausames haben? Ein Frauenhasser? Ein Sadist, der erfolgreiche Frauen verabscheut? Jemand aus unserer Firma, der ein Problem mit den beiden hatte? Einer unserer Kollegen, der nach und nach die Frauen im Unternehmen umbringen will?

Ich lege den angebissenen Apfel auf die Theke und gehe zum IT-Büro. Ich vergewissere mich, dass Aarons Tür noch geschlossen ist. Mein Herz klopft. Es fühlt sich verboten an, obwohl ich schon so oft hier war.

Ich schalte eine Schreibtischlampe ein und sehe mich um. Ich weiß, was ich suche – nur nicht, ob ich es finden werde. Ich öffne die Schubladen der Schreibtische, sehe sie durch, dann kontrolliere ich die Regale. Nichts. Wieder sehe ich mich um, dann versuche ich, den Schrank mit der Schiebetür zu öffnen. Er ist verschlossen.

Ich kneife die Augen zusammen, dann setze ich mich auf Johnnys Stuhl, überlege, wo er den Schlüssel verstaut haben könnte. Hat er ihn dabei? Nein, nicht so einen kleinen Schlüssel. Erneut durchsuche ich seine Schubladen, dann hebe ich die Gegenstände auf seinem Schreibtisch hoch: Ein Notizbuch, eine Darth-Vader-Figur aus Lego und einen Tacker, unter dem ich fündig werde – darunter kommt ein kleiner, silberner Schlüssel zum Vorschein.

Ich schließe den Schrank auf und lächle, als ich die Hardware-Sammlung sehe. Neben unzähligen Kabeln, Headsets und Mäusen liegen hier einige Laptops – einer trägt ein Post-it mit Alanas Namen. Ich hatte gehofft, dass er noch hier ist. Dass die Polizei auf dem Firmenlaptop Dateien übersehen hat, die für mich spannend sind.

Ich setze mich an Filips Tisch. Hier fühle ich mich am wohlsten. Der Bildschirm leuchtet, und ich werde aufgefordert, ein Passwort einzugeben. Verdammt, ich hatte gehofft, dass Johnny die Passworteingabe deaktiviert hat. Ich lehne mich in dem ergonomischen Stuhl zurück und starre an die Decke. Nach einigen Sekunden ziehe ich mein Diensthandy aus der Hosentasche und öffne unseren geteilten Kalender, suche nach Alanas Geburtstag. Dann tippe ich 0 201 990 ein und halte den Atem an. Falsches Passwort. Ich versuche es mit 1990 und 0201, doch jedes Mal bekomme ich die gleiche Meldung.

Frustriert seufze ich, dann kommt mir ein anderer Gedanke. Ich google, in welchem Monat AA.Mal gegründet wurde – Juli 2020 –, und versuche es dann mit *AlanaAugust*. Alle Passwörter sind anfangs nach demselben Prinzip aufgebaut, hat Lena mir an meinem ersten Tag erklärt: Name und Einstellungsmonat. Ich weiß, dass Filip der Erste war, der hier angefangen hat. Ich kann nur raten, dass Alana kurz darauf folgte.

Es macht Pling, und der Computer entsperrt sich. Ich verkneife mir einen begeisterten Aufschrei und frage mich, ob dies eine Schwäche der sonst auf Perfektionismus getrimmten Alana gewesen ist, oder ob Johnny das Passwort der Einfachheit halber zurückgesetzt hat. Egal, was es ist, ich bin dankbar dafür. Ich habe mein Passwort bisher auch nicht geändert, es ist beinahe tröstend, sich vorzustellen, dass Alana ähnlich gewesen ist.

MOM, I AM A RICH MAN

steht in großen, hellen Lettern auf ihrem dunklen, aufgeräumten Desktop. Hektisch öffne ich mehrere Ordner sowie Slack und ihr Postfach.

Auf die Schnelle finde ich keine spannenden Dateien, doch vorsichtshalber suche ich auf Filips Schreibtisch nach einem USB-Stick, auf den ich Dateien kopieren kann. Die E-Mails erweisen sich als spannender: Auch hier hat Alana perfekte Ordnung gehalten. Ich öffne den Ordner mit den gesendeten Nachrichten, lese die erste.

Hi Aaron,
anbei die KVAs dreier Kölner Handwerksbetriebe für den Bewegungsmelder. Preislich sind die alle sehr ähnlich, der zeitliche Horizont ist allerdings unklar (bekanntlich trifft der Fachkräftemangel besonders das Handwerk). Schau bitte einmal drauf, ob du Präferenzen hast, ansonsten beauftrage ich die, die am schnellsten liefern können.

Grüße,

A

Ich frage mich, ob ich irgendwann selbstbewusst genug sein werde, E-Mails nur mit meinem Anfangsbuchstaben zu unterschreiben. Aber an Alanas kühles Selbstbewusstsein, das an Arroganz grenzte, werde ich wohl nie heranreichen können. Ich sehe auf das Datum, die Mail ist am Tag vor ihrem Tod gesendet worden. Und das Scheißlicht funktioniert immer noch nicht. Ich öffne einen der Kostenvoranschläge und schüttle den Kopf über den lachhaften Betrag, den Aaron noch immer nicht bereit ist zu bezahlen.

Ich lese mehr Mails, weitergeleitete Newsletter, dann eine Antwort an eine Softwarefirma. Ich überfliege den Text. Offenbar handelt es sich dabei um Freunde von Aaron, für die unsere Entwickler einige Sachen programmiert haben. Ich habe nicht gewusst, dass wir auch für Externe arbeiten.

Hallo Jan,
ab sofort gibt es bei uns eine kleine Änderung, und wir verkürzen das Zahlungsziel in unseren Rechnungen von 60 auf 30 Tage. Dies dient der Vereinfachung unserer Buchhaltung und unserer Jahresplanung. Gültig wird die Änderung ab der nächsten Rechnung.

Danke für dein Verständnis, und klingle gerne durch, solltest du Fragen dazu haben!

Alles Liebe,

A

Der Rest geht ähnlich langweilig weiter. Beim vierten weitergeleiteten Newsletter halte ich inne. Wer abonniert so viele? Die liest doch niemand. Ich bin immer der Meinung, dass Newsletter das nervigste aller Kommunikationsmittel sind. Mir fällt auf, dass alle Newsletter an die anderen beiden Frauen in der Firma gehen. Meine Brust verengt sich. Ich habe nie die Chance bekommen dazuzugehören. Als wollte ich mich noch mehr quälen, öffne ich Slack und sehe mir ihre Chats an. Meine Nachricht, gesendet an meinem ersten Tag bei AA.Mal, ist gelesen, aber unbeantwortet:

> *Hi, wollen wir uns demnächst mal zusammensetzen? Wie heute Morgen erwähnt, würde ich gerne die Gründungsgeschichte für LinkedIn aufarbeiten und dich vorstellen. Dafür brauche ich deinen Input. Soll ich dir Terminvorschläge schicken?*

Meine Wangen brennen heiß von Alanas Desinteresse an mir, also klicke ich schnell einen anderen Chat an, der es nicht viel besser macht. Der Gruppenchat der Mädels. Ich betrachte die letzten Nachrichten.

> *Lena Funk: So, Mädels, ich bin raus! Wir sehen uns später! Ich bring den Wein mit und Alana das Aperöööööölchen!*

> *Sophie Schuhmacher: Ich freu mich schon. Ich hab extra viele Snacks gekauft.*

> *Lena Funk: Oh nein, dann passe ich morgen nicht in meine Jeans.*

Alana Lohse: Keine Gewichtsthemen hier im Chat, das ist ein Safe Space. Wir sehen uns später!

Dazu kam es nicht mehr, aber das hat Alana nicht wissen können. Ich seufze und öffne den Chat mit Aaron. Die letzten Nachrichten sind ausschließlich von ihm, ohne eine Reaktion von Alana.

Aaron Mal: Geh ran.

Aaron Mal: Warum gehst du nicht ans Telefon?

Aaron Mal: Lass uns noch mal in Ruhe drüber reden.

Aaron Mal: Tut mir leid, dass ich dich angeschrien habe. Das war einfach zu viel auf einmal.

Aaron Mal: Melde dich.

Aaron Mal: Du dumme Schlampe, jetzt geh endlich an dein verficktes Telefon!

Mit weit aufgerissenen Augen starre ich auf die letzte Nachricht. Aarons Auftreten, samt seiner jovialen Art und betonter Ruhe, hat schon in Berlin tiefe Risse bekommen. Das hier wundert mich weniger, als es sollte. Ich mache einige

Screenshots und speichere sie auf dem USB-Stick, dann fahre ich den Laptop runter und verstaue ihn wieder im Schrank, schalte das Licht am Schreibtisch aus.

Ich schließe die Tür des Büros hinter mir, halte den Stick in meiner Faust – und erstarre, als ich in Aarons blaue Augen sehe.

Mein Herz pocht heftig, und ich bemühe mich verzweifelt, normal zu wirken. Meine geballten Hände stemme ich in die Hüften. Doch Aaron lächelt mich nur wissend an.

»Du, hier? Was für ein Zufall!«, sagt er. »Das ist zwar nicht dein Büro, aber schön, dass du dich überall wohlfühlst.«

»Wie kann ich dir helfen, Aaron?«, frage ich kühl. Mein linkes Augenlid zittert aufgeregt. Ich hoffe, er will nicht wissen, was ich hier getrieben habe. Denn mein Hirn ist leer, will mir keine Ausrede zur Verfügung stellen.

»Wie steht's um den dämlichen Hashtag? Wieder voll in Fahrt?«

»Ich finde ihn nicht dämlich«, gebe ich zurück. »Er ist nicht gut für uns, ja, aber die ganze Situation ist nicht gut für uns. Wenn wir es richtig nutzen würden, zum Beispiel, indem wir an ein Frauenhaus spenden, uns lokal engagieren und –«

»Wir müssen die App stärker pushen, viel stärker«, sagt Aaron nachdenklich. »Stärker in den Vordergrund rücken, was wir schon alles geleistet haben. Wie wichtig Female Empowerment für uns ist.«

»Ach, ist es das?« Ich hebe die Augenbrauen. Aaron hält mir die geöffneten Handflächen entgegen.

»Ist es nicht offensichtlich?«

»Hm, gute Frage, aber es wäre das erste Mal, dass du dich für eine Antwort von mir interessierst.«

»Jetzt wirst du gemein.« Sein Mundwinkel zuckt. Er genießt diesen Austausch. Er beugt sich zu mir vor. Ich bewege mich keinen Millimeter.

»Was ist mit dem Bewegungsmelder?«

»Was soll damit sein?«

»Er ist kaputt, seit ich hier angefangen habe. Länger sogar. Zwei Frauen sind tot, und trotzdem kümmerst du dich nicht darum.«

»Soll ich die Birne persönlich auswechseln, oder was? Sehe ich aus wie ein Handwerker?« Er tippt sich mit dem Zeigefinger gegen die Schläfe. »Ich habe mich um das gekümmert, was wirklich zählt, und eine App erfunden, die Leben rettet.«

»Deine App tut einen Scheiß.«

Er keucht auf, greift sich gespielt an die Brust. »Das tut weh. Benutzt du sie nicht? Vielleicht solltest du das. Um auf dich aufzupassen. Auf den dunklen, angsteinflößenden Straßen voller böser Männer.« Er wackelt mit den Fingern vor meinem Gesicht. »Buh!«

Ich verziehe das Gesicht. »Du bist ekelhaft.«

»Und du hast ein persönliches Problem mit mir.« Er nimmt eine meiner Strähnen, reibt sie zwischen seinen Fingern. Ich atme flach. Er schüttelt den Kopf. »Das ist so schade. Wir haben uns doch immer gut verstanden. Und ich schätze deine Arbeit so sehr.«

Ich will die Augen verdrehen, ihm aufzählen, wie oft er

mich enttäuscht hat, wie oft er mich übersehen und außen vor gelassen hat. Stattdessen zucke ich mit den Schultern. »Warum sollte ich ein Problem mit dir haben?«

Er sieht mich wissend an, seine tiefblauen Augen funkeln. Nicht zum ersten Mal frage ich mich, ob das Logo von AA.Mal nur hellblau ist, um seine Augenfarbe zu betonen. »Wegen Berlin.«

Mein Auge zuckt. »Berlin tut nichts zur Sache.« Ich verschränke die Arme, als würde es mir helfen, Abstand zwischen uns zu bringen.

»Bist du sicher?« Er legt den Kopf schief. Lächelt mich an.

»Bin ich«, antworte ich kurz angebunden. »Und jetzt würde ich gerne zu meinem Platz. Lass mich durch.«

Aaron nickt, bringt zwei Finger an die Stirn, als würde er salutieren, dann spaziert er zurück in sein Büro. Seine hellen Chinos sind perfekt gebügelt, genau wie sein Poloshirt. Wann findet er die Zeit dafür? Oder hat er eine Haushaltshilfe und kümmert sich nicht selbst darum? Diese Option erscheint mir am realistischsten.

Aaron schließt seine Bürotür hinter sich, und ich haste zu meiner Handtasche, verstaue den USB-Stick darin. Meine innere Unruhe wächst stetig, und nicht zu wissen, was hier gespielt wird, raubt mir den letzten Nerv. Nicht zu wissen, was bei Aaron und Alana gewesen ist und warum Filip es mir verschweigt, nicht zu wissen, warum ein USB-Stick per Post gekommen ist, nicht zu wissen, was der Stand bei Niemanns Ermittlungen ist. Ich fühle mich so ohnmächtig, unwissend, machtlos. Ich werde nur hin- und hergeworfen, ohne ein eigenes Ziel, ohne Handlungsfähigkeit – und das, seit ich meinen Fuß in diese Firma gesetzt habe.

Es macht mich wütend, sie alle machen mich so wütend. Ich will zerstören. Ich will meine Fäuste nutzen, will für Chaos sorgen, meiner Wut freien Lauf lassen. Ich trete gegen einen nahe stehenden Mülleimer. Er klirrt, fällt aber nicht um. Ich erstarre, warte, ob Aaron etwas gehört hat. Doch er rührt sich nicht. Also trete ich noch mal zu, fester. Der Eimer fällt scheppernd um und schlittert über den Boden. Meine Brust weitet sich. Das tut gut.

Ich marschiere zu Alanas Tisch und wische mit einer einzigen Handbewegung die Pflanze vom Tisch. Sie geht mit einem lauten Klirren zu Boden. Erde verteilt sich auf dem Linoleum, vermischt sich mit abgebrochenen Blättern. Es kümmert mich nicht länger, ob Aaron mich hört.

Ich reiße meine Jacke und meine Tasche an mich, stapfe aus der Firma. Kalte Luft schlägt mir entgegen, und ich schreie, so laut ich kann, in die Nacht hinaus. Es ist anders als beim ersten Mal, anders als vor zwei Wochen, als ich sie ... als ich Sophie gefunden habe. Sophie, Sophie, Sophie. Ich schreie ein zweites Mal, brülle ihren Namen in die Nacht. Mein Hals ist rau, doch ich höre nicht auf. Meine Wut beflügelt mich. Ich werde Antworten auf meine Fragen finden. Ich werde erfahren, was man versucht, vor mir zu verheimlichen. Für Gerechtigkeit, vielleicht. Für die Frauen, die den Hashtag posten, vielleicht. Für Alana, die von Aaron beschimpft wurde. Für Sophie. Für mich. Ich nehme das Diensthandy aus meiner Hosentasche, ändere die Einstellungen auf unseren Social-Media-Kanälen, lasse Kommentare zu. Ich will Aarons sorgsam kurierten Ruf brennen sehen.

Ich verlasse den Parkplatz, laufe über die dunkle Straße. Nur wenige Straßenlaternen erhellen sie. Eine Gruppe von Männern steht in Sichtweite, lässt mein Herz schneller schlagen. Ich denke an meine beiden Kolleginnen. Fühle die Angst, die sie gespürt haben müssen, als wäre sie meine eigene. Weil sie es ist. Weil sie die von allen Frauen in dieser Stadt und allen anderen Städten ist. Jene, die sich nicht trauen, nachts allein nach Hause zu gehen. Die Angst haben müssen vor dem, was im Dunkel lauert. Und die noch mehr fürchten müssen, was zu Hause auf sie wartet.

Ich bücke mich nach einer Bierflasche, die am Boden steht, und zerschmettere sie mit einem lauten Knall an der Häuserwand. Das Geräusch hallt durch die Nacht. Die Männer sehen auf. Wie eine Waffe halte ich den gezackten Flaschenhals vor mir, weiß, dass ich wie eine Verrückte aussehen muss, doch das kümmert mich nicht. Ich will mich nie wieder darum scheren, was andere von mir denken. Nicht Aaron, nicht Filip, nicht Niemann. Nicht die Männer vor mir. Dieser Weg wird mir gehören.

Die Gruppe wechselt die Straßenseite, und ein Gefühl von Macht strömt durch meine Adern, lässt mich aufrecht gehen. Mit großen, selbstbewussten Schritten bahne ich mir meinen Weg. Ich erzittere nicht länger vor dunklen Gestalten, die mir auflauern und mich bedrohen. Ich bin die Bedrohung. Gott, wie sehr ich mich danach sehne, Wolf zu sein statt Mädchen. Diese Nacht gehört mir allein. Nur mir.

@candycorn auf Instagram:

ALLE profitieren von sicheren Heimwegen. Feminismus ist nicht nur für Frauen. #meinheimweg

Kapitel 7

Damals: Dezember

Ich nutzte das WLAN in der Firma und lud mir die App runter: *Mein Heimweg*, stand unter dem blauen Icon, auf dem die Silhouette einer jungen Frau zu sehen war. Mein Daumen zitterte, als ich darauf klickte. Ein einfacher Bildschirm mit der Aufforderung, sich zu registrieren, öffnete sich. Ich folgte den Schritten.

> *Hallo Emmy. Wir möchten deinen Heimweg sicher gestalten. Deswegen verifizieren wir die Userinnen unserer App durch ein Videoverfahren. Bitte beachte: Momentan ist diese App nur für Frauen nutzbar. Dies dient der Sicherheit unserer Userinnen.*

Mit zusammengepressten Lippen bestätigte ich und folgte den Anweisungen, ein kurzes Video von mir aufzunehmen. Ich sah nach links und rechts, dann nach oben und unten. Als ich fertig war, erschienen Schuhabdrücke auf dem Ladescreen, die sich über den Bildschirm bewegten.

Bitte warte. Dein Video wird verifiziert.

»Können wir kurz reden?«

Ich sah von meinem Handy auf und erblickte Aaron. Ich zögerte, dann nickte ich. Ich hatte den Vormittag damit verbracht, Anfragen von Journalisten zu beantworten und Kommentare in den sozialen Netzwerken abwechselnd zu liken, zu löschen oder zu ignorieren. Die Kritik, die ich erwartet hatte, folgte, jedoch in kleinerem Ausmaß als befürchtet. Viele Stimmen waren begeistert. Viele gratulierten uns, viele fühlten sich ernst genommen. Aarons opportunistische Ader hatte gewonnen.

Ich hatte gehofft, einfach ignorieren zu können, was in Berlin vorgefallen war, aber ich fühlte mich entfremdet, noch weiter entfernt von der Firma und allen, die hier arbeiteten, als vorher. Im besten Fall würde Aaron es nie wieder ansprechen, und ich könnte es einfach vergessen. Aber offenbar hatte er andere Pläne. Ich erhob mich und folgte ihm durch die Halle. Als ich über die Schulter sah, begegnete ich Sophies Blick. Sie hob beide Daumen in dem Versuch, mich zu ermutigen. Es funktionierte nicht. Trotzdem lächelte ich sie dankbar an.

»Setz dich, Emmy«, sagte Aaron. Betonte meinen Namen sanft, als wollte er mir zeigen, dass er verstanden hatte, wie ich hieß. Was ja wohl das Mindeste war.

Aaron zog seinen Schreibtischstuhl hinter dem Tisch hervor, setzte sich neben mich. »Ich wollte mit dir über Berlin reden«, sagte er sanft.

Ich mahlte mit den Zähnen.

»Wir hätten dich mit einbeziehen sollen«, sagte er. »Es tut mir leid. Ich war ... völlig in meinem Film.« Er gestikulierte wild. »Ich wollte diese große Sache erschaffen. Wollte etwas ändern. Ich hab mit den Jungs zusammengearbeitet, jede Nacht mit Filip über dem Code gehockt. Ich hätte einen Schritt weiterdenken und dich mit ins Boot nehmen sollen. Es tut mir leid.«

Ich schluckte. »Ich kam mir vor wie eine Idiotin«, presste ich hervor. »Es ist mein Job, solche Aktionen mitzugestalten. Zu begleiten. Vorbereitet zu sein.«

»Ich weiß!«, sagte Aaron enthusiastisch. »Und du machst einen tollen Job. Es tut mir leid, dass ich ein Esel war und dir dabei im Weg stand. Ich gelobe Besserung.« Er hob beide Hände. »Auch, was alles andere angeht.«

Ich schluckte, sah auf meine Hände. Meine Augen brannten, aber ich wollte nicht vor ihm weinen. »Okay«, brachte ich nur hervor. Ich bereute so sehr, mit ihm geschlafen zu haben. Mich angreifbar gemacht zu haben. Nichts gesagt zu haben, als er mir vor meiner Tür gedroht hatte. Und jetzt machte ich genauso weiter.

»Ich hab zu viel getrunken nach der Show. Und es hat zu sehr geschneit.« Er fuhr sich über die Nase, lachte auf. »Da baut man schon mal ganz schönen Unsinn. Und das tut mir leid.«

»Schon gut«, antwortete ich und hoffte, dieses Gespräch so schnell wie möglich zu beenden.

»Wir sind okay, oder?«, fragte Aaron und rutschte auf die Stuhlkante. »Emmy, was zwischen uns passiert ist, war einvernehmlich. Richtig?«

»Ja«, sagte ich, blickte noch immer nicht auf. »Ja klar.«

Er lehnte sich zurück. »Gut«, sagte er erleichtert. »Ich meine, wir haben viel getrunken. Wir beide. Und dann macht man manchmal Sachen, die man später bereut.«

Ich sah auf, und er lächelte. Nicht sein Tausend-Watt-Strahlen, sondern sanfter, fast verschwörerisch. Ein Lächeln, das uns zu Mitwissenden machte. »Aber du musst dir wirklich keine Sorgen machen, das hat keinerlei Auswirkungen auf deinen Job oder unsere Zusammenarbeit. Ich bereue es nicht. Es war eine schöne Nacht. Und du brauchst dich nicht zu schämen, weil du mit mir geflirtet hast. Ich wollte es ja offensichtlich auch.«

Ich runzelte die Stirn. Das ging in eine andere Richtung, als ich erwartet hatte. »Ich …«

Er unterbrach mich. »Du bist eine attraktive Frau, Emmy. Das fand ich schon immer. Aber ich wäre vielleicht nicht schwach geworden, hätte es nicht so eindeutige Zeichen gegeben.«

Er zwinkerte mir zu. Ich blinzelte verwirrt zurück. Versuchte, mich an den Abend zu erinnern. Hatte ich mit ihm geflirtet oder er mit mir? Ich hatte seine Aufmerksamkeit genossen, so viel stand fest. Aber ich war betrunken gewesen. Und ich hatte nicht Nein gesagt, als er mich geküsst hatte. Hatte so sehr ein Mittel gegen die Einsamkeit gewollt, dass ich bereit gewesen war, alles zu nehmen, was ich kriegen konnte.

»Tut mir leid«, sagte ich automatisch und verfluchte mich gleichzeitig dafür. Wofür entschuldigte ich mich? Ich wusste es nicht.

»Hey, nein, alles gut«, sagte er und lächelte breit.

Ich nickte, und er stand auf. »Super. Danke, dass wir drüber geredet haben.«

Ich verließ sein Büro und ließ mich auf meinen Stuhl sinken. In meiner Brust war ein großes schwarzes Loch, das mich zu verschlingen drohte. Mit einem leisen Pling meldete sich mein Handy.

Willkommen Emmy. Wir freuen uns über deine erfolgreiche Verifizierung. Komm gut nach Hause!

• • •

Nur wenige Minuten später wirbelte Aaron an mir vorbei, ging mit Valentin in den Konferenzraum, diskutierte lautstark, holte Filip dazu, der nach wenigen Minuten mit finsterer Miene und geballten Fäusten aus dem Raum marschierte.

»Bist du okay?«, fragte Sophie mich leise. Ich lächelte schwach. »Ja klar. Danke.«

Sophie wirkte schon den ganzen Tag fahrig, immer wieder steckten Lena und sie die Köpfe zusammen. Wieder schlossen die beiden mich aus. Alana fehlte, und trotzdem war kein Platz für mich. Was machte ich falsch, dass ich noch immer außen vor war? Mehr denn je sehnte ich mich danach, mich jemandem anvertrauen zu können. Dabei sein zu dürfen. Ich wollte jemandem von dem Gespräch mit Aaron erzählen, von allem, was passiert war. Aber da gab es niemanden.

»Was denkst du?«, riss mich eine Stimme aus meinen Gedanken, und ich blickte in Filips blaue Augen. Mit verschränkten Armen stand er an meinem Schreibtisch, sah auf mich herunter.

»Bitte was?«, fragte ich völlig überrumpelt davon, dass er zu mir gekommen war.

»Was du über die App denkst«, erklärte er, und ich kniff die Augen zusammen, stellte mich hin, um mit ihm auf Augenhöhe zu sein.

»Warum willst du das wissen?«

»Deine Meinung interessiert mich.«

Ich hob die Augenbrauen. »Wäre mir neu, dass meine Meinung irgendjemanden hier interessiert.«

Ich beobachtete die Ader an seinem Hals, die unentwegt pochte. Ich fragte mich, wie hoch Filips Ruhepuls war. Er wirkte so wütend, so geladen. Als könnte er jeden Moment explodieren. Ich machte einen Schritt zurück.

»Mich interessiert's«, sagte er knapp.

»Ich hab sie noch nicht ausprobiert«, gab ich zu. »Vielleicht mache ich es heute Abend. Eine Testrunde durch die Dunkelheit. Ausprobieren, wie sicher ich wirklich bin.«

»Mach keine Witze darüber«, sagte er scharf, und ich presste die Zähne aufeinander.

»Das musst du mir nicht sagen.«

Er nickte kurz angebunden, war drauf und dran, sich umzudrehen, als ich mir ein Herz fasste und ihn erneut ansprach. »Filip?«

»Ja?« Er ließ die Arme sinken.

»Wie überprüft ihr die Videos?«, fragte ich neugierig, und er zog die Augenbrauen zusammen. »Momentan checken wir sie alle einzeln. Das kostet viel Zeit. Ist nur eine Übergangslösung. Danach wird die Aufgabe ausgelagert. Langfristig soll KI genutzt werden.«

»Ihr schaut jedes Video einzeln an?«

»Ja.« Er fuhr sich durch die Haare. »Ich hab dich vorhin freigeschaltet. Du siehst müde aus.«

»Stalker«, sagte ich, doch mein Mundwinkel zuckte. »Und ich bin müde. Seit Berlin habe ich nicht viel geschlafen.«

»Das dachte ich mir. Ich habe Aarons Livestream gesehen. Tut mir leid, er hat eine Grenze überschritten.«

Ich sah über die Schulter, um sicherzugehen, dass die Tür zum Konferenzraum noch geschlossen war. Es war mein erstes längeres Gespräch mit Filip. Es war viel einfacher, mit ihm zu reden, als ich erwartet hatte.

»Schon okay«, gab ich zurück, auch wenn es das nicht war. Auch wenn wir beide wussten, dass es das nicht war.

Er schüttelte den Kopf. »Ich hatte gehofft, dass die App Gutes bringt. Sie sollte einen guten Zweck haben, nicht für noch mehr Ärger sorgen.«

»Die App war deine Idee?«

Filip zuckte mit den Achseln. Das Tattoo an seinem Hals wippte in einer fließenden Bewegung auf und ab. »War eine Gruppenleistung.«

»Ah«, ich lächelte schwach. »Wie damals in der Schule.

Einer macht die ganze Arbeit, und die Gruppe kriegt die gute Note.«

Nun zuckten seine Mundwinkel. Das gefiel mir besser als die wütend pochende Ader. »So kann man es wohl sagen.«

Ich öffnete den Mund, um etwas zu erwidern, als es an der Tür klingelte. Arya bellte laut im anderen Büro, und ohne ein weiteres Wort zu sagen, verschwand Filip, um nach ihr zu schauen. Ich sah mich um, doch als niemand Anstalten machte, zur Tür zu gehen, übernahm ich die Aufgabe – und hoffte, nicht als Nächstes Kamera und Mikrofon ins Gesicht gehalten zu bekommen.

»Guten Tag«, sagte ein Mann mittleren Alters. »Kommissar Niemann mein Name, und das ist meine Kollegin Schwarz.«

Die beiden blieben in der Halle stehen, während ich zum Konferenzraum eilte. Ich klopfte dreimal fest und zögerte dann nur kurz, ehe ich die Tür aufriss. Valentin und Aaron starrten mich an. »Wir sind in einer Besprechung«, sagte Valentin kühl, als hätte ich das nicht gewusst.

»Super«, antwortete ich. »Dann sag ich der Polizei, sie sollen warten, bis ihr fertig seid ...«

Beide sprangen auf, Aaron strich sein weißes Hemd glatt, steckte es anständig in die Hose. »Polizei?!«, fragte er, und seine Stimme war weniger selbstsicher als sonst, rutschte ein paar Tonlagen nach oben. Weg war der Mann, der mit der Kamera flirtete, und weg war der Mann, der mich vor meinem Hotelzimmer terrorisierte. Weg war der

Mann, der mir sagte, dass zwischen uns alles in Ordnung war.

»Wie kann ich den Herrschaften helfen?«, fragte er aufgesetzt fröhlich, als er den beiden Gästen gegenüberstand.

Der Kommissar hatte die Hände in die Hosentaschen geschoben und begutachtete skeptisch die Kletterwand, den Tischkicker und den üppig ausgestatteten Obstkorb. So musste ich wohl auch ausgesehen haben an meinem ersten Tag bei AA.Mal. Kommissarin Schwarz hingegen tippte auf ihrem Handy, als hätte sie Besseres zu tun, als hier zu sein. Und vielleicht war es so. Die beiden wirkten derart entspannt, dass ich mir kaum vorstellen konnte, dass sie Alanas Mörder gefunden hatten. Aber vielleicht täuschte ich mich auch. Der Gedanke durchfuhr mich wie ein Stromstoß. War endlich alles vorbei?

»Guten Tag«, sagte Niemann kurz angebunden und nickte. »Interessante Vorstellung letzte Woche. Ich habe geradezu am Fernseher geklebt.« Sein Blick landete auf mir, und er musterte mich eingehend, ehe er sich wieder auf Aaron konzentrierte.

Schwarz hielt ihr Handy hoch. »Ich hab mir auch schon die App runtergeladen.« Ein spöttischer Unterton schwang in ihrer Stimme mit.

»Danke. Wir wollten etwas Gutes kreieren. Etwas mit Impact.«

Niemann lächelte freundlich. »Vielleicht können Sie ein wenig darüber erzählen. Und danach würden wir uns gerne einmal umschauen. Passt Ihnen das?«

Aaron verschränkte die Arme, legte den Kopf schief. »Ich wüsste nicht, warum das nötig sein sollte.«

Schwarz sah von ihrem Handy auf, steckte es in die Jackentasche. »Wir wurden heute angerufen«, sagte sie kühl. »Und zwar mehrmals. Aus diesem Gebäude. Jemand wollte mit uns reden, hat aber jedes Mal schnell wieder aufgelegt. Wir wollen demjenigen gerne die Möglichkeit geben, mit uns zu reden. Die Informationen zu teilen, die er oder sie loswerden wollte.«

Schweigen breitete sich aus. Das vorgegebene Tippen verstummte. Jeder im Raum hörte nun genau zu. Ich sah mich um, beobachtete, wie Filip seine Finger in Aryas Fell vergrub, wie Yannick und Oliver sich einen bedeutungsschweren Blick zuwarfen, wie Sophie sich die feuchten Augen abtupfte und Lena regungslos auf ihren Bildschirm starrte. Ich selbst hielt den Saum meines Pullis fest, als könnte ich mich damit erden.

»Wir haben ein Haustelefon? Echt?«, fragte Johnny in die Stille. Niemand antwortete ihm, auch wenn ich ähnlich überrascht war wie er. Ich hatte noch nie jemanden damit telefonieren sehen, wir alle hatten Diensthandys, über die wir erreichbar waren.

»Ja«, presste Aaron hervor. Sein Adamsapfel hüpfte wild auf und ab. »In meinem Büro.«

»Ich gehe davon aus, dass Sie einen Durchsuchungsbeschluss haben?«, rettete Valentin ihn und ging mit ausgestreckter Hand auf beide Kommissare zu. »Valentin Janzen, CFO.«

Ein Raunen ging durch den Raum. Wir hörten zum ersten Mal davon, dass Valentin der neue CFO war. Kurz bewegte sich niemand, dann erhob sich Lena und stolzierte erhobenen Hauptes zur Toilettentür, die sie mit einem Knall hinter sich schloss.

»Niemann«, durchbrach der Kommissar nach einem Räuspern die Stille und schüttelte Valentins Hand, während Schwarz sie demonstrativ ignorierte. »Wir bitten Sie um Ihre Kooperation«, sagte Niemann, und Valentin hob die Augenbrauen.

»Kein Durchsuchungsbeschluss also?«

»Nein«, sagte Schwarz. »Aber wir wollen das hier ohne viel Drama aus dem Weg räumen.«

»Ich habe Ihnen in der Vergangenheit bereits Zugang zum Gebäude gewährt«, erklärte Aaron. »Ich wüsste nicht, warum das erneut passieren sollte.« Er wirkte deutlich entspannter, seit er wusste, dass es keinen Durchsuchungsbefehl gab.

»Aber jeder, der mit Ihnen reden will, kann das tun. Wir stehen niemandem in Wege«, mischte sich Valentin erneut ein. Er schien sich in seiner neuen Rolle überaus wohlzufühlen.

»Lassen Sie Ihre Visitenkarte hier«, übernahm Aaron. »Und danach möchte ich Sie bitten zu gehen.«

• • •

Mein Puls raste. Die Nacht lag in dunkler Stille vor mir. Ich verfluchte mich dafür, dass ich mein Auto am Ende des Parkplatzes geparkt hatte. Verfluchte Aaron dafür, dass das

Licht noch immer streikte. Wie schwer konnte es sein, einen Handwerker für einen Bewegungsmelder zu bekommen?

Eine Bewegung in meinem Augenwinkel ließ mich innehalten. Ich blieb stehen, sah mich um. Nichts. Ich atmete durch, lief weiter. Schritte ertönten hinter mir. Nun hörte ich sie ganz deutlich. Unauffällig sah ich mich um, doch entdeckte niemanden. Ich beschleunigte meinen Gang, zwang mich zugleich, nicht zu rennen, während ich meine Tasche von der Schulter rutschen ließ und nach meinem Messer kramte in der Hoffnung, es schnell zu finden.

Jemand packte mich an der Schulter, ließ mein Blut gefrieren. Ich wirbelte herum. Starrte dem Mann ins Gesicht. Er hatte einen ordentlich getrimmten Bart und eine Brille mit dickem Rahmen. Er war nicht riesig, aber breit, und ich wusste auf den ersten Blick, dass er stärker war als ich. Er kam mir merkwürdig bekannt vor, doch ich konnte ihn nicht einordnen.

»Lass mich in Ruhe!«, schrie ich, und er hob abwehrend die Hände. »Ich habe nur –«

Ich hörte nicht zu, sondern wühlte nur weiter verzweifelt in meiner Tasche, bis ich mein Messer zu fassen bekam und es aufgeklappt vor mir hielt. »Hau ab«, rief ich erneut und stolperte dann einen Schritt zurück, als eine dunkle Gestalt mit Mütze den Mann zurückriss und ihm mit der Faust mitten ins Gesicht schlug.

»Ach du Scheiße!«, schrie ich und drückte mich an die Backsteinwand. Sah hilflos zu, wie die dunkle Gestalt erneut zuschlug und der Mann sich versuchte zu wehren, doch so hart zu Boden geschleudert wurde, dass er aufschrie.

»Ich bin Journalist!«, weinte er, und der andere ließ von ihm ab. »Ich hatte nur ein paar Fragen!«

»Und dafür lauerst du Frauen nachts auf?«, knurrte sein Gegenüber. Das Licht eines vorbeifahrenden Autos erleuchtete kurz sein Gesicht, und ich erkannte Filip – sein Blick war fiebrig, die Ader an seinem Hals pulsierte heftig. Er setzte erneut zum Schlag an, doch ich machte einen Schritt nach vorn.

»Filip!«, rief ich. »Es ist gut. Es reicht.« Er ließ die Faust sinken, sah durch mich hindurch. Doch er bewegte sich nicht mehr.

Der Journalist kroch davon, richtete seine Brille. »Ihr seid doch verrückt!«, gab er von sich, als er seine blutende Nase betastete. »Alle verrückt!« Er rappelte sich auf, dann rannte er davon, schwankte dabei bedrohlich, während er seine Tasche an sich presste. Hoffentlich hatte er keine Gehirnerschütterung.

»Was sollte das?«, fragte ich Filip, und er zuckte mit der Schulter.

»Ich wollte auf dich aufpassen.«

»Das kriege ich ganz gut allein hin.«

Gleichzeitig sahen wir auf das Messer in meiner Hand. Filip hob die Augenbrauen. »Das kann ich sehen. Aber dein übergroßes Messer scheint mir etwas übertrieben.«

»Ich weiß, wohin ich stechen muss, um zu verletzen. Also fordere mich nicht heraus.«

Filip lachte rau und fuhr sich durch die Haare. Seine Knöchel waren blutig. Seine Nase auch. Ich wollte nicht wissen, was für Schmerzen der andere Kerl hatte. »Das war vielleicht auch ein bisschen übertrieben.«

»Ein bisschen?« Ich klappte mein Messer zusammen. »Sieht aus, als solltest du mal Therapie machen.«

»Glaub mir, meine Therapeutin wird enttäuscht von mir sein, wenn ich ihr das erzähle. Ein großer Rückschritt für uns beide.«

Ein Lachen schlich sich auf meine Lippen. Ich räusperte mich. »Danke«, brachte ich schließlich hervor. »Das war sehr nett.«

»Alles gut«, sagte er kurz angebunden.

»Das solltest du desinfizieren.« Ich wies auf seine verletzten Hände.

»Passt schon.«

Ich schüttelte den Kopf. »Wir finden sicher einen Erste-Hilfe-Kasten.« Ich ging zurück in Richtung Firma und drehte mich um, als Filip sich nicht bewegte. »Was?«

»Es passt echt.«

Ich verdrehte die Augen. »Lass mich das machen. Irgendwie muss ich mich bedanken.«

Er seufzte, dann trottete er neben mir her. »Scheißjournalisten«, sagte er nach einer Weile.

»Ich dachte, eine Pressemitteilung würde reichen, aber ich hätte wohl noch einen Faustkampf auf meine To-do-Liste setzen sollen.«

»Kann nie schaden.«

»Sag das nicht deiner Therapeutin.«

Er schmunzelte, sah mich von der Seite an. «Bist du okay?«

Ich zuckte mit den Schultern. «Ich denke schon. Ich glaube, ich kenne den Kerl. Er hat mich nach Alanas Tod abgefangen und meine Überforderung ausgenutzt, um ein paar reißerische Zeilen zu verfassen. Idiot.«

Ich drückte die Tür auf, und Arya sprang uns entgegen. Filip verzog das Gesicht und hob die Hände. »Tut mir leid, Mädchen, aber so fass ich dich lieber nicht an. Sonst versau ich dir ja dein ganzes Fell.« Arya rieb sich an seinen Beinen, als könnte sie spüren, dass er Schmerzen hatte.

Ich schob Filip in Richtung der Toiletten, und er ließ es mit sich machen, ohne zu murren. Seine Haut war so heiß, dass ich die Wärme durch seinen dünnen Pulli fühlen konnte. Das musste das Adrenalin sein. Oder die Befriedigung, durch rohe Gewalt einen Sieg davongetragen zu haben. Ich konnte es nicht nachvollziehen, verließ ich mich doch im Grunde stets auf die Macht von Worten. Konnte damit verletzen. Konnte damit isolieren. Physisch hatte ich erst einmal werden müssen, bei einem Ex, der ein Nein nicht verstehen wollte. Ich hatte mir den Daumen gebrochen, war ihn aber losgeworden.

Das Männerklo sah genauso aus wie das der Frauen, nur spiegelverkehrt. Und auch hier war ein roter Erste-Hilfe-Kasten an der Wand neben den Papiertüchern angebracht. Während ich den Kasten abnahm und öffnete, betrachtete Filip sich im Spiegel.

»Ich kann nicht fassen, dass er mich erwischt hat«, murmelte er.

»Nicht so sehr wie du ihn«, sagte ich leise, und sein Blick

traf meinen, ehe er zu Boden sah. Ich meinte, so etwas wie Scham in seinen Augen aufblitzen zu sehen.

»Nicht mein stolzester Moment. Ich dachte, er will …« Er schüttelte den Kopf. »Dachte nicht, dass er Journalist ist.«

»Alles für die große Story. Komm her.«

»Es ist echt halb so wild.«

Ich ignorierte ihn und befeuchtete einige Tücher, dann tupfte ich vorsichtig seine Knöchel sauber. Ich hatte keine Ahnung, was ich hier tat, wollte es aber nicht zugeben. Filip verzog das Gesicht. »Das tut weh.«

»Mit den Konsequenzen musst du wohl leben«, schmunzelte ich, dann nahm ich neue Tücher, mit denen ich die Haut um seine Nase abtupfte. Er war nicht viel größer als ich, was die Sache vereinfachte. »Ich glaube nicht, dass was gebrochen ist«, verkündete ich. »Allerdings beruht meine Diagnose rein auf acht Staffeln *Doctor House*.«

Filip tastete vorsichtig seine Nase ab, zuckte zusammen. »Tut weh, ist aber nicht gebrochen. Das fühlt sich anders an.«

Ich hob die Augenbrauen, dann nahm ich Desinfektionsspray aus dem Kasten. »Das war also nicht die erste Prügelei?«

Er lachte auf. »Nein. Und nicht die schlimmste.« Er biss die Zähne zusammen, als ich das Spray auf seinen Knöcheln verteilte.

»So?«, fragte ich, ernsthaft interessiert.

Er überlegte einen Moment. »Ich hab einen kleinen Bruder. Der immer dazu neigte, sich in Schwierigkeiten zu bringen.«

»Und du hast ihn rausgeholt?«

»Er hat es oft genug geschafft, sich mit seiner großen Klappe rauszureden. Und oft genug hat er dafür noch eher eins aufs Maul bekommen. War meine Aufgabe, ihn zu verteidigen.«

»Hm«, sagte ich unbestimmt und sprühte das Desinfektionsmittel auf ein Tuch, näherte mich seinem Gesicht. »Das wird jetzt sicher wehtun.«

»Kein Problem«, presste er hervor, doch ich beobachtete, wie die Muskeln an seinem Kiefer angestrengt zuckten, als ich die Haut desinfizierte. Ich wollte mir nicht vorstellen, wie sehr es brannte.

»Kann dein Bruder sich inzwischen selbst verteidigen?«, fragte ich zur Ablenkung, und er lachte auf.

»Macht immer noch viel dummes Zeug, ist ziemlich übermütig«, sagte er. Sein Atem ging schnell. Er sah an die Decke, als würde er dort Trost vor dem Schmerz finden. »Unsere Eltern waren schon immer der Meinung, dass er ein zukünftiger Nobelpreisträger ist. In ihren Augen kann er nichts falsch machen.« Sein Adamsapfel hüpfte auf und ab. »Das hat mich oft wütend gemacht«, gab er zu.

Ich hob die Augenbrauen, überrascht von seiner Ehrlichkeit. Seiner Verletzlichkeit. Ich fühlte mich ihm unerwartet nah und das nicht nur, weil ich direkt vor ihm stand, mit meiner Hand noch immer in seinem Gesicht. Ich ließ das Tuch sinken. »Du bist wiederhergestellt«, sagte ich leise. Nahm wahr, wie nah ich ihm war.

»Danke.« Er zwang sich zu einem Lächeln. »Du bist anders als erwartet.«

Ich hob die Augenbrauen. »Was dachtest du denn?«

»Dachte, du wärst langweilig.«

Ich schnappte gespielt nach Luft. »Schäm dich!« Ich würde viele Adjektive akzeptieren: kalt, harsch, schroff, ungeschliffen, sarkastisch. Aber niemals »langweilig«. Andererseits, was war das Spannendste an mir? Dass ich in meinem Auto lebte? Ich hatte keine besonderen Hobbys, war offensichtlich nicht an der Spitze der Karriereleiter, engagierte mich nicht ehrenamtlich und hatte keine Freunde. Vielleicht war ich langweilig.

»Ich hatte den Eindruck, dass du dich versteckst«, sagte er und betrachtete seine Fingerknöchel. »Aber ich weiß nicht, wovor.«

Ich trat einen Schritt zurück, brachte Abstand zwischen uns. »Manchmal ist es besser, wenn einen niemand so genau kennt, dann kann man auch nicht verletzt werden«, gab ich zurück, diesmal überrascht von meiner eigenen Ehrlichkeit. Ich trat ans Waschbecken und wusch mir die Hände.

»Ich würde gerne die echte Emmy kennenlernen«, sagte Filip nach einer Weile. »Die sich mit Messern verteidigt und Schürfwunden verarztet.«

Ich trocknete mir die Hände ab, sah zu ihm. Einige blonde Strähnen fielen ihm in die Stirn, seine blauen Augen waren glasklar. Etwas zog in meiner Magengrube. Sehnsucht. Angst. Ich setzte ein Lächeln auf. »Vielleicht beim nächsten Mal.«

Sein Blick verdunkelte sich.

Ich ging zur Tür, drehte mich noch einmal um. Zögerte. Wollte etwas anderes sagen. Doch ich hatte nicht die Zeit für schlechte Ideen dieser Art. Und so ließ ich die Tür hinter mir zufallen.

Stefanie Johann auf LinkedIn:
Die Stadt Wien bemüht sich um eine feministische Stadtplanung: mit einem dichten Netz an Fußwegen, die ausreichend beleuchtet werden. Darauf sollten mehr Städte achten. Den Artikel verlinke ich euch in den Kommentaren. #meinheimweg

Kapitel 8

Heute

Aaron ist sauer, weil ich die Kommentarfunktion freigeschaltet habe, aber es ist mir egal. Auch wenn die Arbeit, als die Kommentare uns überfluten, natürlich an mir hängen bleibt. Ich bereue nichts. Fleißig beantworte ich so viele wie möglich, lösche nur die, die unter die Gürtellinie gehen. Sogar die, die Aaron persönlich beleidigen. Aber vor allem die, die der Meinung sind, Sophie und Alana hätten verdient, was ihnen passiert ist. Diejenigen, die sie als Schlampen und Fotzen bezeichnen und die mir unter jedem offiziellen Kommentar mit Vergewaltigung drohen. Scheiße, Frau im Internet sein, macht keinen Spaß.

häsliche küe,

hat jemand unter einem Bild kommentiert, auf dem Sophie, Alana und Lena zu sehen sind. Ich verdrehe die Augen, öffne den Antwortkommentar und lese.

**hässliche *Kühe,*

hat *ClarasClassroom* kommentiert. Ich sehe nicht zum ersten

Mal einen Kommentar von ihr, sie hat mehrfach in unterschiedlichsten Geistesverfassungen kommentiert: wütend, enttäuscht oder herablassend wie jetzt. Und sosehr ich gute Rechtschreibung wertschätze, so sehr weiß ich auch, dass es nichts bringt, so gegen Internettrolle vorzugehen. Man provoziert sie nur noch mehr, und genau das ist es, woran sie sich aufgeilen.

Ich scrolle weiter, beantworte zwei freundliche Kommentare, die ernsthafte Fragen stellen. Dann halte ich inne und gehe zurück zum Kommentar von *ClarasClassroom*. Ein Gedanke kratzt an der Innenseite meines Gehirns, und ich starre auf den Benutzernamen, klicke auf das Profil. Sie folgt unserem Firmenaccount und wir ihr. Ich sehe mir ihre Bilder an: eine hübsche blonde Frau in einem Klassenzimmer, Unterrichtsmaterialien, ein Foto vor dem Kölner Dom. Ich scrolle so lang weiter, bis ich im Oktober letzten Jahres bin, und hier werde ich fündig. *Schöne Frau xoxo*, hat *alana.lohse* unter ein Selfie geschrieben. Alanas Freundin also, die Alana noch immer unter den Beiträgen von AA.Mal verteidigt. Mein Hals schnürt sich zu.

Kurzerhand wechsle ich den Benutzer, öffne mein eigenes Instagramprofil und tippe Claras Namen in die Suchleiste. Das Profil ist privat. Ich sende eine Anfrage und warte angespannt. Und warte. Nichts geschieht. Seufzend gehe ich zurück zum AA.Mal-Profil, beantworte weiter Kommentare. Doch meine Gedanken sind die ganze Zeit bei *Claras-Classroom*. Ich zögere nur kurz, dann schicke ich ihr eine Nachricht von unserem Profil.

Hallo Clara. Hier ist Emmy von AA.Mal. Mein Beileid wegen dem, was Alana passiert ist. Ich hoffe, du kommst zurecht. Wenn es okay für dich ist, würde ich dir gerne ein paar Fragen zu den Ereignissen im November stellen. Ich verstehe aber auch, wenn du nicht mit mir reden willst. Meld dich gerne einfach, am besten über mein privates Profil: Just_Emmy. Danke und liebe Grüße aus Ehrenfeld!

Ich lese noch einmal die Nachricht, dann schicke ich sie ab. Gespannt beobachte ich den Chat, sehe zu, wie ein grüner Punkt unter ihrem Profilbild auftaucht. Und dann: *Gelesen.*

• • •

Obwohl Aarons schlechte Laune mir auf die Nerven geht, arbeite ich länger, kümmre mich um alles, was liegen geblieben ist. Wenn auch etwas halbherzig, weil ich gedanklich noch bei meiner Nachricht an Clara bin. Letzte Nacht, als ich mich nicht von Aaron habe einschüchtern lassen, hat sich etwas in mir verändert. Zum ersten Mal seit Langem fühle ich mich nicht mehr wie ein gejagter Hase, sondern wie die Jägerin. Glaube ich wirklich, dass ich herausfinden kann, was Alana und Sophie passiert ist? Nein. Aber ich kann auch nicht länger untätig herumsitzen und darauf warten, gefressen zu werden.

Ich steige in mein Auto, fahre vom Parkplatz. Auf den Kölner Straßen ist immer noch viel los, wir bewegen uns quälend zähflüssig durch Ehrenfeld. Hinter mir schneidet ein protziger Wagen mit lauter Musik einen schwarzen Renault, danach weicht er hupend einem Fahrradfahrer aus. Das Chaos um mich herum hilft mir nicht dabei, einen freien Kopf zu bekommen. Spontan halte ich vor einer Dönerbude in der zweiten Reihe und springe rein, um mir Abendessen zu besorgen.

Mit einem Döner und einem Ayran ausgestattet, fahre ich weiter durch Köln. Ich drehe das Radio lauter, wippe zur Musik, mache einen weiten Bogen um eine Frau auf einem Lastenrad. Werfe einen Blick in den Rückspiegel, dann wieder auf die Straße. Dann wieder in den Rückspiegel. Zwei Autos hinter mir fährt ein schwarzer Renault.

Ich schüttle den Kopf, dann setze ich den Blinker und biege links ab. Auch der Renault biegt ab. Zufall, denke ich. Sicher nur ein Zufall. Es gibt viele schwarze Renaults in Köln und viele, die Richtung Autobahn fahren. Trotzdem versuche ich, einen Blick auf den Fahrer zu erhaschen. Ich glaube, anhand der Größe einen Mann zu erkennen, bin mir aber nicht sicher. Das Gesicht der Person liegt im Dunkel. Auch das Kennzeichen kann ich nicht erkennen, am Rückspiegel baumelt ein Duftbaum.

Ohne zu blinken, biege ich rechts ab, und es dauert nur einen kurzen Augenblick, ehe einige Autos hinter mir wieder der Renault auftaucht.

»Fuck.« Ich schalte das Radio aus, ehe ich Filips Nummer raussuche. Ich stelle auf Lautsprecher, lege das Handy auf mein Bein.

»Hey, Em.« Seine Stimme ist gedämpft. «Endlich rufst du mich an, ich dachte schon, du bist sauer auf mich.«

Damit hatte er nicht ganz unrecht, ich bin immer noch enttäuscht, weil ich den Eindruck habe, er verschweigt mir etwas. »Ich glaube, ich werde verfolgt«, sage ich, ohne auf seine Worte einzugehen.

»Was meinst du?«

»Mir fährt ein Auto hinterher. Schon eine ganze Weile.«

»Bist du sicher?«, fragt er, und wieder klingt seine Stimme komisch.

»Bist du im Auto?«, frage ich, und er zögert kurz. Oder vielleicht ist es nur die schlechte Verbindung.

»Ja«, sagt er schließlich. «Ich fahr kurz bei meinem Bruder vorbei.«

Filip fährt einen weißen Ford, keinen schwarzen Renault, erinnere ich mich selbst. Filip hat keinen Grund, mich zu verfolgen.

»Bist du noch da?«, fragt er.

»Ja. Was soll ich machen?«

»Fahr dreimal rechts. Dann fährst du quasi im Kreis. Wenn er dann immer noch hinter dir ist, kannst du dir sicher sein.«

Ich biege scharf rechts ab, dann erneut. Hinter mir sehe ich niemanden. »Ich glaube, er ist weg«, sage ich und halte an einer roten Ampel. »War wohl doch falscher Alarm.«

»Gut«, antwortet Filip. «Fahr trotzdem vorsichtshalber nicht direkt zu Emma. Damit er nicht sieht, wo du wohnst.«

Ich muss beinahe lachen, verkneife es mir aber. Er liegt

zwar so falsch, hat aber trotzdem recht. »Gut. Ich fahr einen Umweg.«

Die Ampel wird grün, und ich fahre los, biege wieder auf die Straße ab, von der ich gekommen bin. «Du weißt, dass du auch länger oder sogar dauerhaft bei mir bleiben kannst, oder?«, fragt Filip aus dem Nichts. »Arya und ich haben genug Platz.«

»Lass uns darüber reden, wenn ich nicht gerade verfolgt werde«, wimmle ich ihn ab. Ich kann ihm nicht sagen, dass ich mich danach sehne, ein Zuhause zu haben. Und es mir gleichzeitig so schwerfällt, neuen Menschen richtig zu vertrauen.

»Okay.«

Ich höre das Unbehagen in seiner Stimme, doch ich kann nichts tun, um ihm dieses Gefühl zu nehmen.

»Filip, ich –« Ich halte inne, als ich ihn wieder entdecke. Den schwarzen Renault. »Scheiße.«

»Ist er wieder da?«

»Ja!« Ich gebe Gas, als ich auf die Autobahn auffahre. Er folgt mir weiterhin. Ich kneife die Augen zusammen. »K-T«, sage ich. »Mehr kann ich noch nicht vom Kennzeichen erkennen. Was meinst du, wie viele Buchstaben die Polizei braucht, um den Besitzer zu ermitteln?«

»Ganz ehrlich? Vermutlich brauchen sie einen besseren Grund.«

»Ich werde verfolgt!«

»Aber das kannst du ja nicht beweisen.«

Ich schweige frustriert. Er hat recht. Wieder einmal fühle ich mich hilflos. »Ich lege jetzt auf«, sage ich. »Ich versuche, ihn abzuschütteln. Dafür muss ich mich konzentrieren.«

»Pass bitte auf dich auf. Meldest du dich, wenn du sicher zu Hause bist?«

»Versprochen.«

Ich beende das Gespräch und lege beide Hände an das Lenkrad, drücke so fest, dass meine Knöchel weiß hervortreten. Der schwarze Renault ist jetzt weiter hinter mir, aber er ist noch da. Ich fahre auf die linke Spur, überhole andere Autos. Der Renault fährt schneller, verringert den Abstand zwischen uns. Ich wünschte, ich würde den Fahrer erkennen.

Ich fahre an der ersten Ausfahrt vorbei, sammle meinen Mut. Zwischen dem Renault und mir liegen noch einige Autolängen Abstand. Mein Herz klopft so laut, dass es die Motorengeräusche dieses verdammten Blechkastens übertönt. Ein Schild kündigt die nächste Ausfahrt an. Ich halte mein Tempo. Schaue in den Rückspiegel. Dann ziehe ich auf die Mittelspur. Das Auto hinter mir muss abbremsen, und ich zögere nur kurz, ehe ich auf die rechte Spur ziehe. Der Fahrer hinter mir hupt einige Male, als wüsste ich nicht, dass ich ein Verkehrsrisiko bin. Der Renault fährt auf die Mittelspur, und einen Moment lang glaube ich, dass ich vergebens mein Leben riskiert habe. Dann setze ich im letzten möglichen Augenblick den Blinker und fahre an der Ausfahrt ab. Ich schaue über die Schulter und sehe, wie der Renault weiterfährt. Ich atme tief durch, bis ich bei der ersten Gelegenheit halte und die Stirn auf das Lenkrad sinken lasse.

»Scheiße«, flüstere ich und warte, bis mein Puls wieder ein normales Tempo gefunden hat.

Alles gut,

schreibe ich Filip.

Bin ihn losgeworden.

Bevor ich das Handy weglege, öffne ich Instagram, und tatsächlich, in meinem Anfragenordner ist eine Nachricht eingegangen. Aufgeregt öffne ich sie: Sie ist von Clara. Doch meine Freude ist nur von kurzer Dauer, als ich lese, was sie geschrieben hat:

Kontaktier mich nie wieder.

@tinaxx auf Threads:

#meinheimweg war am schlimmsten in der Nacht, als mir jemand was in den Drink getan hat. Ich hatte Glück, dass wildfremde Mädels aus dem Club mir geholfen und mich in ein Taxi bugsiert haben.

Kapitel 9

Heute

Wenig später klingle ich bei Filip, anstatt den Schlüssel zu verwenden, den er mir gegeben hat. Es fühlt sich offizieller an. Es wird Zeit, dass ich mir Antworten hole. Er öffnet die Tür, und ich sehe ihm in die Augen, die blauen wunderschönen Augen, in denen ich mich schon so oft verloren habe.

«Ich dachte, du schläfst heut bei Emma«, sagt er statt einer Begrüßung. Er wirkt beunruhigt, als er meine ernste Miene sieht.

»Erzähl mir alles.«

»Was meinst du?« Filip legt den Kopf schief, sieht mich durchdringend an.

»Ich will die Wahrheit wissen. Jetzt. Was war mit Alana und Aaron?«

»Nichts.«

»Ich hab Aaron und dich belauscht, Filip. Ich will endlich die Wahrheit hören.«

Er seufzt. »Komm rein.«

Wir setzen uns an den Esszimmertisch.

»Es war keine große Sache, Em.«

»Du hast was an die Wand geworfen. Es klang nach einer großen Sache.«

Er verzieht das Gesicht, rutscht unangenehm berührt auf seinem Stuhl herum.

»Du weißt von meinem ... Problem.« Er schluckt. »Von meiner Therapie. Von meiner Wut.«

Ich nicke, und er spricht weiter. »Aaron und ich ... Wir kennen uns schon sehr lange. Und manchmal macht er mich mit seiner Art so verdammt wütend.«

»Das Problem kenne ich.«

Ein Lächeln umspielt seine Lippen. »Das habe ich gemerkt.«

»Also?«, frage ich, ohne weiter darauf einzugehen oder ihm die Möglichkeit zu geben, vom Thema abzulenken.

»Was hast du gehört?«

»Dass es eine Sache zwischen ihm und Alana war.« Ich schlucke, als ich mich an etwas anderes erinnere. »Und ob du eifersüchtig bist.«

»Ja«, sagt er und fährt sich durch die Haare. »Dann hast du einiges gehört.«

»War da mal was zwischen dir und Alana?«

»Gott, nein. Wir kennen uns schon ewig. Ich bin mit ihrem Bruder zur Schule gegangen. Seit ich sie kenne, steht sie auf Frauen.« Er hebt die Hände. »Ich stand ganz klar nie auf Alana. Und da war auch nie etwas.«

»Dann verstehe ich nicht, worum es ging.«

»Um Finanzen«, sagt er schließlich. »Um riskante Entscheidungen, die Aaron getroffen hat. Um Investitionen, mit denen er fest gerechnet hat, die dann aber auf sich haben warten lassen.«

Die Haare an meinen Armen stellen sich auf. »Heißt das, wir sind pleite?«

Er zuckt mit den Schultern. »Keine Ahnung. Er erzählt mir nicht viel, wenn es darum geht. Was ich weiß, hatte ich von Alana. Sie wollte, dass ich ihm ins Gewissen rede. Jetzt klärt er so was nur noch mit Valentin.«

»Deswegen hat er Valentin befördert. Er konnte niemand Neuen einstellen, weil er es sich nicht leisten kann.«

»Er hat mir keine Details gesagt, aber ich vermute es auch.«

»Eins verstehe ich nicht.«

»Was?« Er lehnt sich zurück. Er wirkt nun deutlich entspannter. Vielleicht, weil er erleichtert ist, dass kein Geheimnis mehr zwischen uns steht. Wenn er wüsste.

»Worauf solltest du eifersüchtig sein?«

Er verzieht das Gesicht, als hätte er körperliche Schmerzen. »Auf seinen vermeintlichen Erfolg. Auf seinen Mut.«

»Seinen Mut?«

Er seufzt, und Arya kommt angelaufen, drückt sich an ihn, wie um ihn zu trösten. Er lässt eine Hand sinken, krault sie hinter den Ohren. »Ich wollte mich selbstständig machen, direkt nach der Uni. Hab einen Rückzieher gemacht. Ich hab's mir nicht zugetraut.«

Ich beuge mich vor. »Und warum bist du noch da? Obwohl du von den finanziellen Problemen weißt?«

Er lacht leise, sieht zu Arya. »Vielleicht hat er ja recht. Und ich bin eifersüchtig. Weil ich's mir immer noch nicht zutraue.«

Ich fahre mir übers Gesicht. »Das macht mir Angst. Ich brauche diesen Job.«

»Du hasst diesen Job.«

Ich sehe überrascht auf. Ich habe nicht mit ihm darüber geredet, wie unglücklich ich in der Firma bin.

»Komm, es ist offensichtlich«, sagt er. »Seit du an deinem ersten Tag in mein Büro gekommen bist, siehst du aus, als wärst du am liebsten irgendwo anders.«

»Ich wäre auch am liebsten irgendwo anders. Überall anders. Aber ich brauche den Job trotzdem. Ich habe kaum Ersparnisse.«

Und keine Wohnung, füge ich in Gedanken hinzu. Kurz überkommt mich der Drang, ihm davon zu erzählen. Ich will mich ihm endlich anvertrauen. Aber dann packt mich die Angst, und ich mache einen Rückzieher.

»Danke«, sage ich also nur und meine es so. »Dass du mir die Wahrheit gesagt hast.«

»Ich will ab sofort immer ehrlich mit dir sein«, sagt er, und kurz huscht ein Schatten über sein Gesicht.

»Hilf mir«, sage ich. »Ich will wissen, was passiert ist.«

»Die Polizei ermittelt.«

»Und sie stochern im Dunkel. Was, wenn es mich als Nächstes trifft? Was wäre passiert, wenn ich heute nicht mitbekommen hätte, dass mich jemand verfolgt?«

»Sag so was nicht.« Er beugt sich vor, ergreift meine Hände. Seine großen Finger umschließen sie. Ich betrachte die Tattoos auf seiner Haut, die mich von Anfang an fasziniert haben. Er legt den Kopf schief. Sein Blick ist ganz weich. »Ich pass auf dich auf.«

»Ich weiß«, sage ich. »Ich weiß, dass du es versuchst.«

• • •

Wir liegen auf dem Bett, Filip arbeitet am Laptop, ich scrolle auf meinem Handy durchs Internet. Meinen Kopf habe ich an seine Schulter gelehnt.

»Es gibt keine Zeugen«, sage ich, den Blick auf den Artikel einer Kölner Tageszeitung gerichtet. »Sie bitten um Hinweise.« Ich sehe zu Filip, der die Infos in ein Worddokument einträgt.

»Kein einziger Zeuge?«

»Offenbar sind die Straßen in Ehrenfeld nachts wie leer gefegt. Und Kameras gibt es auch keine. Das ist doch scheiße.«

»Vielleicht ist der Täter hintenrum gegangen.«

»Was meinst du?«

»Hinter dem Gebäude ist eine kleine Gasse, da kommt man in der Parallelstraße raus.«

Ich öffne Google Maps, tippe die Adresse ein und zoome ran. Wenn man aus der Vogelperspektive auf die Firma sieht, ist der zweite Weg eindeutig.

»Das hat die Polizei mit Sicherheit überprüft.« Ich atme frustriert aus und zeige auf die Stelle hinter der Gasse. »Hier sind mehrere Läden, bestimmt hat einer davon Videoüberwachung. Ich wette, die Polizei hat das im Blick, und wir sind auf der falschen Fährte.«

Filip streichelt mir über die Wange. »Wir haben ja auch

gerade erst angefangen. Und wir sind keine Profi-Ermittler. Oder verschweigst du mir was?«

Ich lache auf. »Sicher nicht. Und du?«

»Meine Begegnungen mit dem Gesetz waren eher immer anderer Natur.« Er grinst schief.

»Vielleicht sollten wir uns das zunutze machen.« Ich schließe die Augen. »Wärst du ein Verbrecher, was würdest du machen? Was würde ich machen?«

»Ich würde die Dunkelheit nutzen und schnell abhauen. So schnell weg wie möglich und das Messer irgendwo am anderen Ende der Stadt entsorgen.«

»Sie haben keines der Messer gefunden.«

»Köln ist groß, da kann die Polizei lange suchen. Und wenn man das Messer einfach in den Rhein wirft, findet es niemals jemand.«

»Vielleicht in 100 Jahren, wenn der Rhein wegen des Klimawandels ausgetrocknet ist.«

»Ich liebe dein positives Denken.«

Ich schmunzle, dann öffne ich die Augen. »Ich glaube, ich würde mich verstecken.« Ich denke an früher, als ich mit Angie Verstecken gespielt habe. Dann schiebe ich den Gedanken an sie beiseite. »Aber ich bin nicht so schnell, und ich wäre zu nervös. Und ich laufe nicht gern durch die Dunkelheit.«

»Du bist aber auch keine Mörderin.«

»Stimmt«, sage ich und setze mich auf. »Aber unser Mörder ist vielleicht auch keiner, oder?«

Er runzelt die Stirn. »Was meinst du?«

»Wir gehen ja nicht davon aus, dass er ein Serienmörder

ist, oder? Also war der Mord an Alana vermutlich sein erster. Das heißt, er kann auch aufgeregt gewesen sein. Nervös. Und ängstlich, direkt erwischt zu werden.«

Filip zuckt mit den Schultern. »Kann schon sein.«

Ich lehne mich vor. »An jemanden, der nachts an mir vorbeirennt, würde ich mich erinnern«, erkläre ich. »Aber nicht an jemanden, dem ich morgens auf dem Weg zur Arbeit begegne. Da bin ich noch müde, und es sind ziemlich viele Menschen unterwegs.«

Verständnis zeichnet sich auf seinem Gesicht ab. »Du meinst also, er hat sich versteckt?«

»Es könnte sein, oder? Er versteckt sich und schlendert später unerkannt nach Hause. Niemand bemerkt etwas.«

»Also sitzt er die ganze Zeit auf dem Parkplatz rum und wartet? Scheint mir auch ein Risiko zu sein.«

»Und wenn er nicht auf dem Parkplatz gewartet hat? Sondern in der Firma?«

Filip atmet laut hörbar aus. »Du bist also wirklich der Überzeugung, dass es jemand von uns war.«

»Ich glaube schon«, sage ich. »Sonst ist es ein zu großer Zufall, oder nicht? Erst Alana, dann Sophie. Beide am selben Ort. Beide mit einem Messer erstochen.«

»Aber wenn jemand seine Keycard rund um die Tatzeit genutzt hat, taucht das im Protokoll auf. Auch das wird die Polizei gecheckt haben.«

»Und was ist mit den Schlüsseln?« Zu unseren Keycards haben wir Schlüssel ausgehändigt bekommen für den Fall, dass das System einmal versagt. Niemand nutzt sie in der

Regel, da das Schloss schwergängig ist. Aber wir alle haben sie.

»Fuck.« Er fährt sich über sein Gesicht. »Ich will das nicht glauben.«

»Ich weiß.« Er kennt diese Menschen viel länger als ich. Und auch mir fällt es schwer, mir einen von ihnen als Mörder vorzustellen. Wir schweigen einen Moment, beide in Gedanken versunken.

»Was ist mit Aaron?«, frage ich, und Filip schüttelt den Kopf.

»Ich weiß, dass du ihn nicht magst, aber dass er ein Arsch ist, macht ihn noch lange nicht zum Mörder.«

»Aaron hat von Alanas Tod profitiert. Die ganze Medienaufmerksamkeit, die App ... Und als die Publicity weniger wird, wird plötzlich Sophie ermordet ...«

»Für heute reicht es mit den Mordtheorien«, sagt er entschlossen und klappt den Laptop zu, legt ihn auf seinen Nachttisch und rutscht hin und her, um eine gemütliche Position zu finden.

»Hör auf, dich immer so viel zu bewegen«, grummle ich scherzhaft.

»Ich genieße die wenigen Minuten, die mir bleiben, bis du dich hier ausbreitest. Du nimmst mehr Platz ein als Arya.«

»Absolute Frechheit, was mir hier unterstellt wird!«

Filip zieht mich in seine Arme, streichelt mir über die Haare. »Du machst dich breit, und kalte Füße hast du auch. Aber du bist eine gute Ermittlerin, Emmy König.« Er lächelt. »Und ein guter Mensch. Und natürlich brutal scharf. Als

Teenager hätte ich nicht geglaubt, dass ich mal eine Frau wie dich abkriege.«

Ich lache auf, kuschle mich an ihn. »Schade, dass ich dich damals noch nicht kannte«, sage ich, und er schnauft.

»Du hättest mich nicht gemocht.«

Ich denke einen Moment nach. Über seine blutigen Fäuste, als er den Journalisten schlug. Über meine schlechten Angewohnheiten. Über seine Sympathien für Aaron. Über meine Härte. »Aber es hätte mir gefallen«, sage ich schließlich, »wenn du eine sanftere Version von mir getroffen hättest.«

»Mir gefällt die Version, die ich kenne. Meine Wut macht mich zu einem schlechteren Menschen. Deine macht dich zu einem besseren.«

Meine Gedanken schweifen ab. Verlieren sich in Blut, so viel Blut. Ich bin nicht sicher, ob er recht hat. Ob meine guten Absichten das Gerüst aus Lügen zusammenhalten können, das ich bin. Ob meine vergeblichen Bemühungen, mehr herauszufinden, irgendwann von Erfolg gekrönt sein werden.

Mein Herz ist voller Wärme, wenn wir so dicht beieinanderliegen, seine Haut an meiner. Ihm fallen die Augen zu, und nur wenige Minuten später schnarcht er leise. Sein Atem geht gleichmäßig, und ich beobachte, wie sich seine Brust hebt und senkt. Er hätte jemanden verdient, der ihn liebt, denke ich. Der weich ist und ohne Ecken, nicht gebeugt von Trauer, verhärtet und zornig. Jemand Besseres könnte ihn lieben, da bin ich sicher.

Aber ich brauche Filip. Und irgendwas in mir weiß, dass auch er mich braucht.

@fraulehrerin auf Instagram:
Ich unterrichte eine elfte Klasse. Wir haben über #meinheimweg gesprochen. Jedes einzelne Mädchen konnte eine eigene Geschichte erzählen.

Kapitel 10

Damals: Dezember

Die Idee zur Weihnachtsfeier war Lenas gewesen. Sie hatte alles organisiert, und trotz der Anspannung und letzten Ereignisse kam so etwas wie feierliche Stimmung auf. Ich schob es vor allem auf den Alkohol, der in Mengen floss. Ich saß an einem der dekorierten Tische, tunkte meinen Zeigefinger in das heiße Wachs der roten Kerze, bis es nicht mehr auszuhalten war.

»Noch einen Drink?«, fragte jemand, und ich sah auf. Seit er mir den Journalisten vom Hals gehalten und ich ihn verarztet hatte, dachte ich immer öfter an Filip. An seine großen Hände. An sein markantes Kinn. Daran, wie er den Kopf schieflegte und wie seine blauen Augen funkelten.

Stumm nickte ich, und er ging davon, kehrte kurz darauf mit zwei großen Gläsern und zwei Shots zurück. Er schwankte leicht, und als er sich setzte, verschüttete er etwas von dem Longdrink. Er wischte seinen Handrücken mit einer Serviette ab. Ich hätte gern meine Zunge genommen. Der Alkohol vernebelte mein Gehirn, und ich schalt mich dafür, mehr getrunken zu haben, als ich geplant hatte. Ich wusste selbst am besten, dass ich dumme Dinge tat, wenn ich betrunken war.

»Prost«, sagte er, und ich hob das Shotglas, kippte den Jägermeister herunter und verzog das Gesicht, was ihm ein glucksendes Lachen entlockte.

»Ich glaube, mit Jägermeister verbindet jeder viele schlechte Erinnerungen«, sagte er.

»Eher sehr wenige Erinnerungen«, erwiderte ich. »Viele Blackouts.« Meine Zunge war schwer in meinem Mund. Ich musterte ihn. »Ist deine Hand gut verheilt?«, fragte ich und trank einen großen Schluck von dem Longdrink. Wodka und Redbull, als wären wir Teenager.

»Ja«, sagte er und legte den Kopf schief. »Wurde ja auch fachmännisch versorgt.«

Ich lachte und leerte mein Glas in einem langen Zug, schob es zurück zu ihm.

Er stand auf und zeigte mit dem Finger auf mich. »Ich bin gleich wieder da. Geh nicht weg.«

Ich schüttelte den Kopf, dann grinste ich. »Keine Sorge, ich bin viel zu betrunken, um wegzurennen.«

Ich beobachtete, wie er zur Bar lief. Mein Hals wurde ganz trocken. Ich musste aufhören, ihn so lange anzusehen, also tunkte ich meinen Finger erneut in das Wachs, konzentrierte mich auf das Brennen. Mit einem dumpfen Geräusch wurde ein Glas vor mir abgestellt, und ich sah auf.

Aaron lächelte, als er sich zu mir setzte. Sein Blick war glasig, die Lippen leicht geöffnet. Ich wollte nicht hören, was er mir zu sagen hatte.

»Emmy.« Er zog meinen Namen genüsslich in die Länge. »Krass, ich dachte echt, das wäre nur ein Spitzname.«

»Ist es nicht«, meinte ich kurz angebunden.

Ich wollte sein Gesicht nicht sehen. Nicht nach allem, was passiert war. Allem, was noch zwischen uns stand.

»Verstanden«, lächelte er und legte die Hand auf meine. Meine Haut kribbelte unangenehm. Ich blickte mich um, dann zog ich meine Hand weg, schob meine Haare hinter die Ohren, versuchte, es möglichst natürlich aussehen zu lassen.

Aaron lächelte noch immer, und kurz wusste ich wieder, warum ich schwach geworden war. Der Ausrutscher hatte mir bewiesen, dass die Männer, vor denen ich mich in Acht nehmen sollte, nicht nur tätowiert und abweisend waren: Manchmal waren es auch Männer, deren Lächeln Türen öffnete und deren Charme Knie weich werden ließ. Männer, die einen guten Ruf hatten und diesen zu schützen wussten.

»Wollen wir abhauen?«, fragte Aaron mit einem Zwinkern.

Fast hätte ich laut losgelacht. Ich hatte nicht vor, denselben Fehler zu wiederholen. Diesmal hatte ich ihm sicher keine Zeichen gegeben. Hatte nicht mit ihm geflirtet. Nicht den ersten Schritt gemacht. Und ich war noch immer nicht sicher, ob ich es beim letzten Mal getan hatte.

Ich lächelte. »Als Chef solltest du doch bis zum bitteren Ende bleiben, oder?«

Er lachte, die weißen Zähne blitzten. Mein Blick fiel auf Filip, der regungslos an der Bar stand, zwei Drinks in der Hand, und uns beobachtete.

»Alle sind froh, wenn der Boss nicht zu lange auf der Party rumhängt«, sagte Aaron. »Danach wird es doch erst so richtig lustig und ausgelassen.«

Ich beobachtete die tanzenden Leute; Henning, der gleich unter dem Rauchmelder paffte, Johnny, der sich einen großen Teller vom Büfett nahm, Lena, die wild auf Sophie einredete, und Filip, der immer noch wie erstarrt an der Bar stand.

»Noch ausgelassener?«, fragte ich, und er zwinkerte mir zu.

»Enttäusch mich nicht. Du weißt doch, wie man Party macht.«

»Am besten ohne den Chef. Sonst tut man noch Dinge, die man später bereut.« Er verstand meine Abfuhr. Schob die Hände in die Taschen seiner Jeans, musterte mich einen Moment prüfend, dann nickte er.

»Dann wird es wohl Zeit für mich zu gehen.«

Er stand auf, legte die Hand kurz auf meine Schulter und verschwand dann. Ich würdigte ihn keines Blickes, sondern schaute zu Filip, der, ohne aufzusehen, an seinem Getränk nippte.

Ich schob meinen Stuhl zurück und schwankte für einen Moment. Sitzen war so viel einfacher als Stehen. Ich wankte zur Bar, nahm das Glas, das Filip abgestellt hatte, goss uns zwei Shots ein und balancierte alles zum Tisch. Ich schlug die Beine übereinander und suchte seinen Blick. Sah das Zögern in seinen Augen, ehe er sich in Bewegung setzte und herüberkam. Ich schob ihm das Shotglas zu. Gleichzeitig warfen wir die Köpfe zurück, leerten die Gläser.

»Die anderen koksen im Bad«, sagte er und sah mich fragend an. Erst jetzt bemerkte ich, dass Mark M, Oliver und Henning verschwunden waren.

»Ist nicht so mein Ding«, sagte ich. Eine ungesunde Sucht genügte.

Er nickte. »Ja, meins auch nicht.«

Mein Blick fiel wieder einmal auf seine Hände, die so viel größer waren als meine, von Adern durchzogen, die Nägel gepflegt und auf dem linken Handrücken das Tattoo.

»Mir würden viel spaßigere Sachen einfallen, die man auf der Toilette machen kann«, sagte ich, und er sah ruckartig auf.

Er zog die Augenbrauen hoch. »Bist du sicher?« Seine Stimme war rau.

»Auf welcher der Toiletten sind die anderen beschäftigt?«, fragte ich.

»Herrenklo«, kam die Antwort wie aus der Pistole geschossen.

Ich rückte meinen Stuhl zurück und stand auf. »Ich warte auf dem Damenklo«, und ohne auf eine Reaktion zu warten, schlängelte ich mich vorbei an betrunkenen Kollegen und öffnete die Tür zur Toilette, steckte den Kopf hinein, rief, und als niemand antwortete, ging ich hinein. Ich wusch mir die Hände und sah mich dabei im Spiegel an.

Mein Blick war verschwommen, an den Rändern flackerte es. Ich sah müde und blass aus, aber meine Wangen waren vor Spannung gerötet. Hinter mir betrat Filip den Raum, den Blick gesenkt. Ich sah das leichte Zittern in seinen Fingern, als er den Schlüssel drehte. Kurz standen wir uns einfach gegenüber, sahen einander an. Mein Herz pochte in meiner Brust, und in meinem Kopf ertönte es laut: schlechte Idee, schlechte Idee, schlechte Idee. Aber alles andere in mir sehnte sich nach Filips Berührung. Nach seiner Nähe. Diesmal war ich ganz sicher, dass ich den ersten Schritt gemacht hatte. Diesmal wollte ich es.

Dann war keine Zeit mehr zum Nachdenken, denn Filip packte mich an der Taille und hob mich auf das Waschbecken. Wir fraßen einander auf wie wilde Wölfe. Hungrig. Verzweifelt. Einem Instinkt folgend. Es setzte mich in Brand. Es fühlte sich an wie ein Anfang.

• • •

Ich starrte auf mein Handy, verfolgte die Uhrzeit. »Drei«, flüsterte ich. »Zwei.« Ich kniff die Augen zusammen. »Eins. Frohes neues Jahr«, sagte ich zu mir selbst und trank einen Schluck Cola. Nur Cola, ohne Rum. Ich hatte vor, nun wirklich meinen Alkoholkonsum runterzudrehen. Das neue Jahr hielt neue Möglichkeiten für mich bereit – ja, das dachte man jedes Silvester, aber ich meinte es ernst. Wollte alles Alte hinter mir lassen und nicht bei jedem Schritt mit mir ziehen.

Frohes neues Jahr,

schrieb mir Filip nur eine Minute nach Mitternacht und entlockte mir ein Lächeln.

Hast du morgen Lust auf Abendessen?

Auf jeden Fall,

antwortete ich und erwischte mich dabei, wie mir ein Kichern entfuhr. Mein vibrierendes Handy riss mich aus meinen Gedanken, und überrascht nahm ich den Videoanruf entgegen, ohne groß darüber nachzudenken.

»Heyyy Emmy!«, rief Angie mir entgegen. Das Bild war pixelig, der Ton rauschte. »Frohes neues Jahr!«

Überrascht lächelte ich. »Dir auch«, sagte ich und blinzelte einige Male heftig. Ich hatte sie so lange nicht gesehen, dass ich fast vergessen hatte, wie sehr sie mir ähnelte. Es war fast, als würde ich in einen Spiegel schauen, wären ihre Haare nicht glatt und ihre Nase ein bisschen spitzer als meine. Ich erinnerte mich an lange Nächte in unserem Kinderzimmer, wenn sie mich wach gehalten hatte, weil sie quatschen wollte, und Schulwege, auf denen sie sich beschwerte, dass sie meine ausgetretenen Turnschuhe bekommen hatte, und ihr Strahlen, wenn ich ihr meine Hälfte eines Schokoriegels gab.

»Wo bist du?«, fragte ich, versuchte, etwas zu erkennen, sah aber nur Menschenmassen hinter ihr.

»Am Rheinufer!«, rief sie, dann lachte sie. »Ey, hier ist so eine gute Stimmung! Richtig krass.«

»Bist du mit Freunden da?«

»Ja!«, sagt sie, und ich lehnte mich erleichtert zurück.

»Danke, dass du angerufen hast, Angie, das bedeutet mir echt viel und –«

»Ich muss jetzt los«, unterbrach sie mich. »Ich find sonst Jessica nicht mehr.«

»Ich dachte, mit ihr bist du nicht mehr befreundet.«

»Doch, wir haben das geklärt!«

Ich lächelte. Wünschte mir, dass sie die gleiche Vergebung für mich finden würde wie für Jessica, die was mit ihrem Ex-Freund angefangen hatte. Aber große Schwestern wurden stets strenger bewertet.

»Dann noch viel Spaß!«, sagte ich betont fröhlich. »Und ruf mich gern wieder –« Sie hatte aufgelegt. Ich starrte an die Decke, versuchte, mich an das letzte Silvester zu erinnern, das Angie und ich zusammen verbracht hatten. Aber vergeblich.

Irgendwann war die Cola leer, und ich döste weg – in meinen Jeans und mit ungeputzten Zähnen, aber wen kümmerte es schon. Erst als mein Handy erneut mehrfach vibrierte, öffnete ich widerwillig die Augen.

Ich hasse Jessica,

schrieb meine Schwester, und dann folgten in einer rasanten Abfolge weitere Nachrichten mit so vielen Schreibfehlern, dass mir klar war, dass sie extrem betrunken sein musste.

Die is mit irgendeinem Kerl weg und läst mich einfahc stehen.

So ein Arhloch Move.

Scheißß drauf.

Ich geh jetzt einfach nach Huaas.e

Ich startete den Wagen. Es war kurz nach halb zwei.

Schick mir deinen Standort, und bleib, wo du bist,

schrieb ich.

Ich bring dich nach Hause.

• • •

»Darf ich mal?«, fragte ich und schob, ohne zu warten, das schwankende Pärchen grob beiseite. Der Kerl rief mir wütend etwas hinterher, doch ich ignorierte ihn. Suchend sah ich mich nach Angie um, laut Handystandort sollte sie genau hier sein.

Meine Panik verflog, als ich sie in der Menge entdeckte.

»Angie, Angie!«, rief ich und rannte zu ihr. Eine junge Frau hockte neben ihr. »Kennst du die?«, fragte sie, und Angie hob schwerfällig den Kopf und stöhnte auf.

»Meine Schwester«, sagte sie genervt, und die junge Frau nickte und stand auf.

»Ich wollte nur sichergehen, dass ihr nichts passiert. Sie saß hier ganz allein.«

»Danke«, sagte ich und meinte es. Ich war froh, dass jemand auf Angie geachtet hatte. »Ich bring sie jetzt nach Hause.«

Das Mädchen verabschiedete sich und lief zu einer kleinen Gruppe, die mit ein wenig Abstand auf sie wartete.

Ich ließ mich neben Angie sinken, zog sie an mich. Sie roch nach Alkohol und Zigaretten, aber auch nach dem Vanille-Shampoo, das sie am liebsten benutzte, und dem Parfüm unserer Mutter. Ich atmete ihren Duft ganz tief ein, erlaubte mir für einen Augenblick die Sehnsucht, die ich sonst unterdrückte.

»Hey«, sagte ich sanft, und Angie drehte den Kopf zu mir.

»Selber hey«, antwortete sie, klang aber weniger genervt als noch zuvor.

»Ich konnte nicht direkt am Rheinufer parken«, erklärte ich ihr. »Wir müssen also ein Stück laufen. Schaffst du das?«

»Klar«, behauptete sie, aber ich musste sie beim Aufstehen stützen. »Hätte es auch allein geschafft. Du hättest nicht kommen müssen.« Sie lallte.

Ich lächelte halbherzig. »In letzter Zeit ist zu viel passiert, als dass ich meine kleine Schwester nachts allein nach Hause gehen lasse.«

Wir setzten uns langsam in Bewegung, mein stützender Arm weiterhin um Angie gelegt. »Kriegst du doch sonst auch nicht mit«, meinte sie. »Seit Jahren schon nicht mehr.«

»Ich weiß.« Ich drückte sie zur Seite, damit wir einen Schlenker um eine Gruppe machen konnten, die auf dem kalten Boden saß. »Aber ich will das ändern, du musst mich nur lassen.«

Sie murmelte etwas Unverständliches, während wir uns weiter unseren Weg bahnten. Nach einigen Metern machten wir eine Pause. Angie lehnte sich gegen eine Straßenlaterne, schloss die Augen und atmete flach. Ich kannte das Gefühl, wenn sich alles drehte und man mit aller Kraft versuchte, sich nicht zu übergeben. Auch wenn genau das manchmal am besten half. Ich wartete, betrachtete ihre dunklen Wimpern und den dicken Eyelinerstrich, der noch immer nahezu perfekt saß, dann wanderte mein Blick über den Rhein, auf dem die Lichter glänzten. Es war kalt, aber windstill, eine perfekte Nacht, um am Ufer zu feiern. Aber niemand wusste, wer sich in den Menschenmassen versteckte, was passieren konnte. Es gefiel mir nicht.

Jemand packte mich am Oberarm, dann legten sich zwei Arme um mich. »Lass das!«, fauchte ich und riss mich los, während ich automatisch an meine Tasche griff, um mein Messer zu zücken.

Als ich mich umdrehte, blickte ich in grüne, weit aufgerissene Augen.

»Ich bin's doch nur«, sagte Sophie und schlang erneut die Arme um mich, drückte mich an sich. Ich ließ sie gewähren, obwohl sie nach Schnaps stank.

»So schön, dich zu sehen«, sagte sie. »Deine Haare hab ich gleich erkannt.«

Ihre Stimme wackelte, und sie zog die Vokale unnatürlich in die Länge. Ich fragte mich, wie viel sie getrunken hatte.

Sie legte ihre eiskalten Hände an meine Wangen, kam mir so nah, dass ich den Schnaps in ihrem Atem beinahe auf meinen Lippen schmecken konnte. Ich wollte zurückweichen, doch sie hielt mich fester, als ich es ihr zugetraut hätte. »Emmy«, keuchte sie. Ihre Augen tanzten wie wild hin und her.

»Alles okay?«, fragte ich und legte meine Hände auf ihre. »Soll ich dich nach Hause bringen?«

»Nein, nein«, sagte sie, ohne mich loszulassen. »Ich muss mit dir reden. Ich muss dir so viel erzählen.«

»Was willst du mir denn erzählen?«

Sie schaute nach links und rechts, wirkte gehetzt, als sie etwas oder jemanden erblickte. Ich suchte die Menge ab, bis ich sie entdeckte: Lena, die Haare hochgesteckt, kam direkt auf uns zu. »Ihr seid zusammen da?«

Sophie nickte, und es versetzte mir einen kleinen Stich, weil ich erneut kein Teil ihrer Gruppe war. Dass sie nicht auf die Idee gekommen waren, mich zu fragen. Ich drehte mich im Kreis: wollte nicht dazugehören, aber eben doch, und wurde stets abgewiesen.

»Ja«, sagte Sophie und kam mir noch näher, als wollte sie mich küssen. »Ich muss dir so viel erzählen«, flüsterte sie. »So viel. Ganz wichtig.«

»Nächste Woche in der Firma, okay?«, sagte ich und löste nun ihre Hände mit sanfter Gewalt von mir, hielt ihre Handgelenke fest. »Dann reden wir.«

»Sophie, warum bist du weggerannt?!«, rief Lena vorwurfsvoll aus einigen Metern Entfernung.

Ich ließ Sophie los und winkte ihr zu. »Hi«, sagte ich trocken. »Frohes neues Jahr.«

»Dir auch«, meinte Lena kurz angebunden.

Sophie war einen Schritt zurückgetreten und starrte mit großen Augen auf die Raketen, die noch immer über unseren Köpfen in bunten Farben explodierten. Ich nutzte die Chance, wieder Angie zu stützen. »Ich muss meine Schwester nach Hause bringen«, erklärte ich und lächelte die beiden schwach an. »Wir sehen uns.«

Angie und ich wankten das Ufer entlang. Über die Schulter warf ich einen letzten Blick zu Sophie und Lena. Sie waren längst in der Menge verschwunden.

@vickyvicky auf Threads:
Er hat gesagt, wenn ich nicht angefasst werden will, soll ich nicht so rumlaufen. Ich trug Jeans. Er war ein Fremder in der U-Bahn.
#meinheimweg

Kapitel 11

Heute

Wie immer geht Filip am nächsten Morgen eine Runde mit Arya, dann fährt er ins Büro. Mir ist es wichtig, dass wir nicht gleichzeitig ankommen. Auf meinem Schreibtisch wartet ein Zettel auf mich. Er ist zu einem kleinen Quadrat gefaltet und liegt gleich vor meiner Tastatur. Den Farbakzenten nach zu urteilen, gehört er zu einem unserer Notizblöcke, die Sophie passend zum Logo mit einigen blauen Schrägen designt hat. Ich lächle, als ich meine Tasche abstelle. Über die Schulter halte ich Ausschau nach Filip, doch die Tür zu seinem Büro ist zu. Mein Herz stolpert vor freudiger Aufregung, als ich den Zettel nehme und ihn aufklappe. In gedruckten Buchstaben steht dort:

Wenn du nicht aufhörst rumzuschnüffeln, bist du die Nächste.

Ich erstarre. Das ist nicht die süße Nachricht von Filip, die ich erwartet habe. Das hier ist eine Drohung. »Was zum Teufel?«, flüstere ich und sehe mich erneut um. Lena ist nicht hier, Valentin arbeitet konzentriert. Das Verlangen, zu Filip zu rennen, überkommt mich. Doch ich kämpfe dagegen an, setze eine neutrale Miene auf und lasse mich auf meinen Schreibtischstuhl sinken.

Mit zitternden Fingern klappe ich den Laptop auf, tippe mein Passwort ein und sehe dem Startbildschirm beim Laden zu. Mein Herz klopft derart laut, dass es in meinen Ohren dröhnt. Irgendjemand weiß, dass ich versuche herauszufinden, was passiert ist.

Ich brauche drei Anläufe, bis ich es schaffe, Slack zu öffnen und auf Filips schwarz-weißes Profilbild zu klicken. Er ist online.

Emmy König: Ich muss dir was erzählen. Aber du darfst nicht reagieren, niemand darf mitbekommen, dass du es weißt. Ok?

Filip Malczewski: Ok. Was ist passiert?

Emmy König: Jemand hat mir eine Drohung geschickt. Auf den Schreibtisch gelegt.

Filip Malczewski: Was?

Emmy König: Ich soll aufhören rumzuschnüffeln.

Filip Malczewski: Jemand aus der Firma????

Emmy König: Ich wüsste nicht, wer sonst hier reinkommen kann. Es ist auf unserem Papier gedruckt. Mit Logo.

Die Punkte zeigen mir, dass er tippt, dann verschwinden sie. Erneut tippt er, dann verschwinden sie wieder. Gespannt sehe ich weiter auf den Bildschirm.

Filip Malczewski: Wenn die Person es im Büro ausgedruckt hat, können wir das Druckerprotokoll abrufen und schauen, von welchem PC der Druck beauftragt wurde.

Emmy König: Das geht?

Filip Malczewski: Ist ein Domaindrucker, der ist über die IP angebunden. Ist kein Problem.

Emmy König: Kannst du nachschauen, bitte?

Filip Malczewski: Gib mir einen Moment.

Der Chat wird still. Ich starre das kleine Foto von Filip an, als könnte ich seine Antwort so beschleunigen. Stattdessen springt die Online-Anzeige auf *Offline*. Ich atme zitternd durch und schiebe den Zettel in meine Handtasche. Ich muss mich beruhigen. Wenn Filip herausfindet, wer den Zettel gedruckt hat, weiß ich nicht nur, wer mir droht, sondern womöglich auch, wer Alana und Sophie ermordet hat.

»Guten Morgen«, flötet Lena, als sie zur Tür hereinkommt, zieht die Silben lang, wie sie es immer tut, wenn ihre Laune gut ist. Ich zucke zusammen.

»Guten Morgen«, antworte ich. »Du bist aber gut drauf.«

»Habe gut geschlafen«, sagt sie. »Und Kaffee mitgebracht.« Sie deutet auf einen der beiden Starbucksbecher, die sie in einem Kartonhalter trägt. »Der hier ist für dich. Vanilla Latte, passt das?«

Ich lächle überrascht. »Ja, total, danke.« Ich stehe auf und nehme den Becher entgegen.

»Vorsicht, heiß!«, warnt sie mich. Sie hat Ringe unter den Augen, vielleicht schläft sie genauso schlecht wie ich. Träumt auch sie von Sophie?

»Danke.« Ich nippe vorsichtig an dem Getränk. Wärme erfüllt mich, lindert die Angst, die ich vorher gefühlt habe.

Lena fährt ihren Schreibtisch hoch, dann packt sie ihren Laptop aus. »Ich habe noch einen kleinen Angriff vor, kannst du mir später bei einem LinkedIn-Post helfen? Das wäre so lieb! Letztes Jahr war ich so diszipliniert, aber jetzt habe ich schon ewig nichts mehr gepostet. Und ich wäre doch gerne irgendwann Top Voice«, flötet sie.

Ich nicke. »Klar.«

»Ich schick dir meinen Entwurf rüber, wenn ich fertig bin. Dann kannst du noch mal draufschauen. Danke dir!«

»Kein Problem«, erwidere ich. »Ich habe heute eh nicht so viel auf dem Zettel. Außer stundenlanges Community Management natürlich«, sage ich bitter. Und zwei Morde aufzuklären. Das sage ich nicht.

Ich werfe einen Blick Richtung Laptop, gespannt, ob Filip endlich geantwortet hat, und gleichzeitig nicht bereit, mein Gespräch mit Lena zu beenden, weil sie endlich einmal freundlich zu mir ist.

»Das muss so nervig sein«, sagt sie verständnisvoll. »Ich

verstehe ja, dass die Leute sich aufregen, und du weißt, dass ich den Hashtag gut finde. Es ist wichtig und richtig, dass unsere Probleme in der Gesellschaft Gehör finden. Aber manche Leute sind so unverschämt in den Kommentaren. Und die ganzen Trolle!«

Ich fahre mir durch die Haare. »Es ist deprimierend«, gebe ich zu. »Aber was muss, das muss.«

Lena nickt, beginnt zu tippen, und ich wende mich meinem Bildschirm zu. Filip hat geschrieben. Die feinen Härchen an meinen Armen stellen sich auf, und ich schnappe lautstark nach Luft.

»Alles gut?«, fragt Lena und sieht mich besorgt an.

Ich winke ab. »Ach, nur ein besonders schlimmer Kommentar«, lüge ich und starre auf Filips Worte in unserem Chat.

Filip Malczewski: Der Druckauftrag kam von deinem Laptop.

• • •

»Lena?«, frage ich vorsichtig. Sie ist noch immer hier, so wie ich. Alle anderen sind gegangen, sogar Aaron. Ich hatte gehofft, dass Lena auch bald Feierabend macht, aber heute hat sie Sitzfleisch. Irgendwie bin ich sogar froh, dass sie da ist. Es gefällt mir nicht, hier allein zu sein. Nicht nach meiner Verfolgungsjagd, nicht nach der Drohung.

»Hm?«, fragt sie, ohne von ihrem Bildschirm aufzusehen.

»Können wir reden?« Mit blitzenden Augen schaut sie mich an.

»Klar, Emmy, immer! Dafür bin ich doch da.« Sie rollt auf ihrem Schreibtischstuhl zu mir. «Worum geht's?«

Ich hole tief Luft. «Sie haben den Täter nie gefunden. Oder die Täter. Wie viele auch immer es waren.« Nach jedem meiner Sätze nickt Lena bestätigend, um mich zu motivieren weiterzusprechen. Also fahre ich fort. »Ich habe Alanas Laptop durchsucht«, gebe ich zu. »Ich habe euren Chat gelesen. Und den Chat mit Aaron.«

Lena schnalzt missbilligend mit der Zunge. »Ich muss dir nicht sagen, dass das nicht okay war, oder? Alana ist zwar nicht mehr bei uns, aber sie hat trotzdem ein Recht auf Privatsphäre.«

»Ich weiß. Ich fühle mich auch schlecht deswegen«, lüge ich. Es ist mir egal. Der Zweck heiligt die Mittel. Und der Blick in Alanas Computer hat mir einige neue Infos verschafft. Und eine davon muss relevant sein, sonst hätte ich nicht einen neuen Freund gewonnen, dem sehr am Herzen liegt, dass ich mich nicht weiter mit dem Vorfall beschäftige. Aaron hatte mitbekommen, dass ich mich umgesehen habe, und vielleicht hat Clara ihm erzählt, dass ich sie angeschrieben habe. Oder verrenne ich mich in etwas, weil ich ein Problem mit ihm habe? Ich habe keine Antwort darauf.

»Und worüber genau möchtest du mit mir reden?« Lena beugt sich vor, legt eine Hand auf mein Knie.

»Glaubst du, Aaron hat etwas mit den Morden zu tun?«, ich halte den Atem an, während ich Lenas Gesicht ganz genau beobachte. Kurz flackert ihr Blick, dann weiten sich ihre

Augen, und sie formt die Lippen zu einem perfekten O. Sie lehnt sich in ihrem Stuhl zurück.

»Wie kommst du auf so was?«, fragt sie tonlos.

»Er war so sauer auf Alana. Er hat sie so runtergemacht in den Chatnachrichten. Und ich hab in Berlin erlebt, wie es ist, wenn er wütend ist.« Sie öffnet den Mund, doch ich lasse ihr keine Gelegenheit, Fragen zu stellen. »Die Heimweg-App hat ihm viele neue Kunden gebracht. Mediale Aufmerksamkeit. Vielleicht war das alles der verzweifelte Versuch, eine Firma zu retten, die vor dem Ruin steht.«

»Vor dem Ruin? Wir sind pleite?«, fragt Lena, doch es klingt aufgesetzt. Ich bezweifle, dass sie es nicht weiß. Dass Alana ihr nichts gesagt hat.

»Ich weiß nichts Genaues. Aber es sieht so aus.«

»Warst du mit den Infos schon bei der Polizei?«

»Nein. Ich habe ja keine Beweise.« Und dann nehme ich meinen ganzen Mut zusammen. »Ich möchte sein Büro durchsuchen. Vielleicht finde ich etwas. Eigentlich wollte ich warten, bis du weg bist«, gebe ich zu.

Sie lacht auf. »Oh, wow, okay, damit habe ich nicht gerechnet.«

»Du kannst einfach hier sitzen und so tun, als hättest du nichts mitbekommen. Wenn es jemals rauskommt, kannst du sagen, dass du nichts damit zu tun hattest. Ich zieh dich da nicht mit rein.«

»Wenn Aaron wirklich …« Sie schüttelt den Kopf. »Dann ist das gefährlich, was du machst.«

»Ich weiß. Ich hab schon eine anonyme Drohung bekommen. Und gestern hat mich ein Auto verfolgt, als ich nach Hause gefahren bin.«

Lena schlägt eine Hand vor den Mund. »Das ist ja schrecklich!«

»Je schneller ich Beweise finde, desto schneller ist alles vorbei.«

Einen Moment ringt Lena mit sich, dann nickt sie. »Okay. Ich bin dabei. Für Alana und Sophie. Aber gib mir einen Moment, ich muss kurz Tim anrufen und ihm sagen, dass ich später komme und er das Essen warm halten soll.«

»So ein guter Freund«, sage ich mit einem Lächeln. Dankbar, weil sie mich ernst nimmt. Weil mich endlich jemand ernst nimmt.

»Der Beste«, lächelt Lena, ehe sie ihre Jacke anzieht, ihre Umhängetasche überzieht und vor die Tür geht. Ich schaue auf meinen Computer, checke vorsichtshalber Aarons Kalender, obwohl ich das heute schon dreimal gemacht habe. Abendessen Familie, steht dort, und auch, wenn es manchmal wirkt, als wäre Aaron nicht geboren, sondern hätte sich mit einem Macbook in der Hand in der Realität manifestiert, bin ich sicher, dass sogar bei ihm ein Abendessen mit der Familie lang genug dauert, dass er sich innerhalb der nächsten halben Stunde nicht mehr im Büro sehen lassen wird. Das bedeutet, Lena und ich haben freie Bahn.

Sehnsüchtig denke ich an unsere Familienessen vor Ewigkeiten zurück, nicht wegen meiner Eltern, sondern wegen Angie, die ich seit Silvester nicht gesehen und von der ich nichts mehr gehört habe. Vielleicht, wenn ich irgendwann alles im Griff habe, und wenn ich nicht mehr in meinem Auto schlafe, lässt Angie mich wieder in ihr Leben. Vielleicht irgendwann.

»Ich bin so weit.« Lena stößt die Tür auf, schließt aber hinter sich ab. »Nur zur Sicherheit«, erklärt sie. »Dann haben wir im Fall des Falles einen Moment länger Zeit.«

»Gute Idee.« Ich stehe auf und versuche, nicht mehr an Angie zu denken. Gemeinsam gehen wir in Aarons Büro. Sein Laptop ist nicht hier, den hat er meistens dabei, aber damit habe ich gerechnet. »Wo willst du schauen? Schreibtisch oder Schränke?«

Lena überlegt einen Moment. »Ich schau in die Schränke. Wonach genau suchen wir?«

»Keine Ahnung. Ich hoffe, wir wissen es, wenn wir es finden.«

»Okay.« Lena klatscht einmal in die Hände. »Lass uns loslegen.« Sie wirkt fahrig und nervös und hat noch immer ihre Winterjacke an, darüber ihre Tasche. Vielleicht tröstet sie der Gedanke, jederzeit aus dem Gebäude rennen zu können.

Ich setze mich auf Aarons Schreibtischstuhl und scanne die cleane Oberfläche. Ein aufgeschlagenes Magazin liegt neben seiner Tastatur. Aaron lächelt mir von einem großflächigen Foto entgegen, neben ihm ein Zitat: *Ich bin ein Mann mit großen Visionen, und ich würde alles tun, um sie real werden zu lassen*. Es klingt wie eine Drohung.

Ich schaue in einen Filofax, der jedoch fast leer ist. Vielleicht ein Werbegeschenk. Trotzdem blättere ich jede Seite durch in der Sorge, etwas zu übersehen.

»Hast du schon was?«, fragt Lena, und ich schüttle den Kopf.

»Ich auch nicht.« Sie schließt die Schranktür zu meiner Linken. »Aber ich hab ja noch ein paar Schränke vor mir.«

Gleich hinter mir ist ein langes Sideboard mit mehreren Türen und Schubladen. Ich schaue zu, wie Lena die erste öffnet und darin wühlt, dann drehe ich mich wieder um und tue das Gleiche mit den Schubladen am Schreibtisch. In der obersten sind einige Dokumente, die ich schnell durchgehe, bei denen aber nichts Interessantes dabei ist. Die zweite Schublade ist voll mit Büromaterial und Visitenkarten. Enttäuscht öffne ich die dritte Schublade. Zwei Gläser und eine Flasche Brandy. Einen Schluck davon könnte ich nun auch gebrauchen, aber leider hilft mir das nicht weiter. Als ich die Schublade mit einem Knall schließe, entweicht Lena ein überraschtes Fiepen.

»Ich hab was gefunden«, stößt sie hervor, und ich wirble herum. »Es war in der untersten Schublade. Unter ein paar losen Blättern«, erklärt sie und zeigt auf ein weinrotes Lederportemonnaie. »Das gehörte Alana.«

Ich halte die Luft an. »Bist du sicher?«

»Ja.« Lenas Augen glänzen feucht, und ehe ich widersprechen kann, öffnet sie die Brieftasche. Keine Ahnung, ob sie damit Spuren verwischt, aber es ist zu spät. Lena zieht den Reißverschluss auf, und wir starren auf Alanas ernstes Gesicht auf ihrem Ausweis.

»Fuck«, rutscht es mir raus.

»Ja.«

Alanas Brieftasche wurde, genau wie ihr Handy, nicht

am Tatort gefunden. Es ist nirgendwo aufgetaucht, hatte die Polizei berichtet. Bis jetzt.

Ich ziehe mein Handy aus der Tasche und mache einige Fotos, dann weise ich Lena an, die Brieftasche zurückzulegen. Auch das fotografiere ich, bevor ich die Blätter wieder darauflege und die Schublade schließe. »Wir lassen das so. Bis wir mehr Beweise haben.«

»Bist du sicher?«

Ich halte mein Handy hoch. »Wir haben die Fotos. Und können beide bezeugen, dass das Portemonnaie hier war.«

Lena nickt tapfer. »Okay. Einverstanden.«

Wir wollen das Büro verlassen, als uns ein Klingeln innehalten lässt. Irritiert schaue ich auf mein Handy, bevor ich verstehe, dass jemand auf dem Festnetztelefon anruft, das auf Aarons Schreibtisch steht. Lena und ich werfen uns einen Blick zu, dann räuspere ich mich und nehme den Hörer ab. »AA.Mal, Emmy König am Apparat«, sage ich freundlich. Als niemand etwas sagt, runzle ich die Stirn. »Hallo?«

Ich höre nur einige laute Atemzüge am anderen Ende der Leitung, dann ein heiseres Röcheln. »Hallo, Emmy«, sagt eine Männerstimme, und sie klingt gedämpft, als würde er sich ein Tuch vor den Mund halten. »Hab ich dir nicht gesagt, du sollst aufhören?«

@xxunbekanntxx auf X:
Das hier ist nicht der richtige Ort, um über das zu sprechen, was mir auf meinem Heimweg passiert ist. Aber ich bin jeden Tag dankbar dafür, dass andere mutige Frauen sich trauen, darüber zu sprechen. Ich fühle mich weniger allein. #meinheimweg

Kapitel 12

Heute

Ich knalle das Telefon auf den Tisch, stütze mich darauf ab, nehme einige tiefe Atemzüge. Die Welt um mich herum dreht sich. Meine Brust schnürt sich zusammen.

»Was ist los?«, fragt Lena. »Wer hat angerufen?«

»Ich krieg keine Luft«, keuche ich, und sie eilt zu mir, reibt mir den Rücken.

»Tief durchatmen«, weist sie mich an. «Du hast eine Panikattacke.«

Das erklärt das Gefühl, dass ich sterbe. Jeden Moment ist es so weit. Ich falle einfach um, und dann ist alles vorbei. Vielleicht ist es besser so. Trotzdem versuche ich, einen tiefen, zitternden Atemzug zu nehmen. «Alles gut«, presse ich hervor, als es erneut klingelt. Lena zieht ihr Handy aus der Tasche, runzelt die Stirn. »Unbekannter Anrufer.«

»Geh nicht ran«, keuche ich, als auch mein Handy zu klingeln beginnt. Mit fahrigen Händen ziehe ich es aus der Tasche. *Unbekannter Anrufer.*

Ich starre darauf, als auch das Haustelefon läutet. Die Kakofonie der unterschiedlichen Töne ist zu viel in meinem momentanen Zustand. Mein Herz rast, und vor meinen Augen flimmert alles. Obwohl ich es besser weiß, gehe ich ans

Handy. »Was willst du?«, schreie ich, und wieder höre ich dieses Lachen.

»Du weißt, was ich will.«

Ich lege auf, aber es klingelt sofort wieder. »Wer ist das?«, ruft Lena panisch über die Geräusche hinweg.

»Irgendjemand, der will, dass ich aufhöre, nach Antworten zu suchen!«, antworte ich.

»Aber –« Lena stockt, als ein weiteres Geräusch dazukommt. Ein lautes Knallen. Jemand hämmert gegen die Tür, laut und heftig. Immer und immer wieder. Wir erstarren. Die Telefone hören auf zu klingeln. »Wer ist das?«, flüstert Lena.

»Ich weiß es nicht.« Auch ich flüstere, obwohl wir weit entfernt vom Eingang sind. Auf Zehenspitzen gehe ich zur Tür von Aarons Büro und schließe sie, drehe den Schlüssel von innen. Etwas zu tun zu haben, sorgt dafür, dass das Zittern in meinen Händen weniger wird. Dass mein Kopf wieder klarer und fokussierter ist.

»Wir sind sicher, Lena«, verspreche ich. »Wir haben vorne abgeschlossen. Niemand kann reinkommen.« Niemand, der keinen Schlüssel hat, denke ich, spreche es aber nicht aus. Wenn es Aaron ist, wenn er Hilfe von jemandem aus der Firma hat, dann ist nur eine Bürotür zwischen uns.

Lena sieht nicht überzeugt aus. Sie hat sich gegen die Wand gepresst und schaut mich mit großen Augen an. »Was machen wir jetzt?«

Bevor ich antworten kann, klingeln die Telefone erneut. Es hämmert weiter an die Tür. Ich presse die Augen zusammen. Dann erschüttert ein Klirren den Raum. Mich trifft etwas schmerzhaft an der Wange, und instinktiv schlage ich die Arme über dem Kopf zusammen, lasse mich auf den Boden sinken. Lena kreischt, und ich öffne die Augen. Sie hat die gleiche Position eingenommen wie ich. Über ihr geht ein weiteres der hoch liegenden Fenster zu Bruch, auf dem Boden landet ein großer Stein, der zum Glück keine von uns getroffen hat. Ich krabble über den Boden, spüre, wie sich Scherben in meine Handflächen bohren. Jede Bewegung schmerzt. Trotzdem schaffe ich es bis zur Wand, drücke mich neben Lena dagegen. Ich lehne den Anruf der unbekannten Nummer ab und wähle die 110.

»Emmy König«, flüstere ich. »Saalfelder Straße, im Hinterhof. Wir werden von Unbekannten angegriffen.«

Die freundliche Frau am anderen Ende der Leitung verspricht mir, dass ein Einsatzwagen sofort auf dem Weg ist, und versucht, mich zu beruhigen, aber alles, auf das ich mich konzentrieren kann, ist das dauerhafte Tuten, das zeigt, dass jemand anruft. Dass *er* anruft, wer auch immer er ist.

Ich lege auf, und sofort klingelt das Handy wieder. Lena greift nach meiner Hand und hält sie ganz fest. Obwohl meine Haut brennt, klammere ich mich an sie. Über uns geht das letzte Fenster zu Bruch. Und dann kehrt gespenstische Stille ein.

• • •

Wir sitzen noch immer auf dem Boden zwischen den Glasscherben. Wir warten. Horchen. Ich halte noch immer Lenas Hand. Bin so froh, nicht allein zu sein. Für den Moment fühlt es sich an, als hätte ich eine Freundin. Oder sogar eine Schwester.

»Ich glaube, sie sind weg«, flüstert Lena.

»Ich hoffe es«, sage ich leise.

»Emmy, du musst das lassen. Es ist zu gefährlich.«

»Ich weiß.« Ich lehne den Kopf gegen die Wand. »Ich hoffe, die Polizei kommt schnell. Gott, ich hasse diesen Laden.«

»Ich manchmal auch«, gibt sie zu.

Wir schweigen einige Atemzüge lang, dann seufzt Lena so tief und schwer, dass ich spüren kann, wie es an den Fasern meines Herzens zieht.

»Auf der vorletzten Weihnachtsfeier wurde auch ziemlich viel getrunken«, beginnt sie, und ich wappne mich für eine Geschichte, die schon jetzt ein mulmiges, nur allzu bekanntes Gefühl in meiner Magengrube auslöst. Und obwohl ich gerade nichts lieber hätte als einen Drink, und obwohl der Boden ungemütlich ist, lasse ich sie erzählen. Weil sie vielleicht genau das gerade braucht.

»Valentin und ich sind irgendwann gemeinsam neue Getränke holen gegangen. Und als wir sie danach in die Küche gebracht haben, ist er ...«

Ich öffne den Mund, um etwas zu sagen, als sie mir zuvorkommt. »Es ist nichts Schlimmes passiert!«, sagt sie schnell. »Er hat mich zu nichts gezwungen oder so.«

Ich weiß, was sie tut: die Dinge abschwächen aus Angst, dass das Gegenüber es nicht ernst nimmt. Aus Angst davor, zu große Vorwürfe zu machen, wenn doch eigentlich »nichts passiert« war. Doch es ist niemals nichts. Niemals.

»Was hat er gemacht?«, frage ich ernst. Will ihr zeigen, dass ich ihr glaube. Dass sie ehrlich mit mir sein kann. Dass zwischen uns nun eine Verbindung besteht.

»Erst hat er mir an den Po gefasst. Aber dann hat er gelacht und so getan, als wäre es nur ein Witz gewesen. Ich wusste nicht, was ich sagen soll, also habe ich auch gelacht.« Sie fährt sich mit einer Hand übers Gesicht. »Ich hätte sagen sollen, dass er es lassen soll. Aber ich hab mich nicht getraut. Im nächsten Moment hat er mich gegen die Theke gedrückt und geküsst. Ich hab versucht, ihn wegzudrücken, aber er hat nicht aufgehört. Meinte, ich soll keine Spielverderberin sein. Erst als ich gedroht habe zu schreien, hat er endlich von mir abgelassen.«

Mein Herz klopft in meinen Ohren, als sie fortfährt. »Ich hab Aaron angerufen am nächsten Tag. Er hat es runtergespielt, meinte, dass ich nicht zu viel reininterpretieren solle und Valentin nur ein betrunkener Idiot war. Dass ich seinen Ruf nicht wegen so was zerstören soll.«

»Scheiß auf Aaron«, zische ich. »Und scheiß auf Valentin, den Wichser. Blöder Penner. Dummes Arschloch.«

Ich bin selbst überrascht, dass ich meinen Gefühlsausbruch zulasse, und auch Lena reagiert mit einem erschrockenen Japsen. Aber ich kann mich nicht mehr zurückhalten. In mir brennt es.

»Emmy«, sagt sie vorwurfsvoll, doch ich bereue nichts.

»Warte hier«, weise ich sie an und rapple mich auf, verlasse das Büro. Ich ignoriere das Brennen meiner Handflächen, ignoriere die blutigen Schnitte. Ich schnappe mir meine Tasche, und dann setze ich mich trotz der Scherben wieder neben sie auf den Boden.

»Was machst du?«, fragt sie.

»Ich mache dir ein Geschenk.« Kurz fürchte ich, es zu bereuen. Aber ich fühle mich Lena gerade näher als je zuvor. Fühle mich verbunden. Durch alles, was gerade passiert ist, und durch alles, was uns beiden vorher passiert ist.

Skeptisch sieht sie mir zu, wie ich mein Messer aus der Tasche ziehe. Ich klappe es vor ihren Augen auf, und sie keucht. »Emmy! Ist das überhaupt legal?«

Ich zucke mit den Schultern. »Keine Ahnung, ist doch egal. Frauen auf der Straße anzugreifen, ist auch nicht legal. Kolleginnen zu betatschen, ist es auch nicht. Du musst dich wehren können. Gegen Leute da draußen. Und hier drinnen.«

Zögerlich greift Lena nach dem Messer, nimmt es mit spitzen Fingern in die Hand. Macht eine erstaunlich entschlossene Bewegung nach vorne. Ich lache auf. »Bitte nicht auf mich richten. Das verkrafte ich heute nicht mehr.«

Lena klappt das Messer zusammen, betrachtet es, dann mich. »Hast du es schon mal benutzt?«

Ich schüttle den Kopf.

»Aber du würdest es benutzen?«

»Wenn es sein müsste.« Ich sehe auf das Chaos um uns herum. Nehme eine der Scherben in die Hand, drehe sie zwischen den Fingern. »Mir geht es immer nur ums Überleben.«

»So kann man doch nicht leben«, sagt Lena leise. Ich

schweige. Ob zustimmend oder weil ich nichts zu sagen habe, weiß ich selbst nicht so recht.

Lena blickt zu Aarons Schreibtisch. »Aber *so* kann man auch nicht leben.«

Ich nicke. Denke an Aarons Fäuste an meiner Tür. »Nein«, bestätige ich. »Kann man nicht.«

• • •

Wir löschen alle eingegangenen Anrufe vom Haustelefon und einigen uns auf eine Geschichte, die nicht das Durchsuchen des Büros unseres Chefs beinhaltet. Wir sind einer Meinung: Alles, was heute passiert ist, bleibt unter uns. Vorerst. Vielleicht ist es dumm – oh Gott, es ist ganz sicher dumm –, aber gerade fühlt es sich an wie die richtige Entscheidung. Und ich habe die Fotos auf dem Handy. Ich kann sie jederzeit an Niemann schicken.

Die Polizei kommt mit Sirenen und Blaulicht. Ich öffne ihnen die Tür und begrüße eine junge Polizistin und ihren muskulösen Kollegen. Lena sitzt auf ihrem Schreibtischstuhl und telefoniert mit ihrem Freund. Ich erkläre den beiden, was passiert ist – dass wir lang gearbeitet haben und plötzlich Steine flogen –, als Aaron durch die Tür stürmt.

»Was habt ihr gemacht?«, ruft er, und die beiden Polizisten werfen sich einen kurzen Blick zu.

Ich bleibe ruhig. »Die Fenster wurden eingeworfen«, erkläre ich. »Vielleicht irgendjemand, der kein Fan der Heimweg-App ist.«

»Na großartig.« Aaron wirft die Hände in die Luft. »Es nimmt nie ein Ende.«

»Was ist mit der Kamera?«, frage ich. »Vielleicht lässt sich darauf erkennen, wer die Kerle waren.«

Die junge Polizistin sieht auf. Ihre Augen leuchten hoffnungsvoll. »Es gibt eine Kamera?«

Ich stelle mich dumm, absichtlich. »Aaron wollte doch eine Kamera installieren lassen. Nach Alanas Tod.«

Nun schaut auch der Polizist zu ihm. »Das wäre natürlich eine erhebliche Erleichterung. Wo hängt die Kamera?« Er sieht sich im Eingangsbereich um.

»Ja, Aaron«, sage ich. »Wo hängt die Kamera eigentlich?«

Aaron fährt sich durch die Haare. »Sorry, das ist ein Missverständnis. Leider gibt es keine Kamera.«

»Oh«, sage ich. Ein gehässiges Lächeln stiehlt sich auf meine Lippen. »Das tut mir jetzt leid. Da habe ich dich wohl falsch verstanden.«

Aaron wirft mir einen bösen Blick zu, dann streckt er den Rücken und lächelt die beiden Polizisten an. »Heutzutage ist es gar nicht so leicht, einen Termin für solche Dienstleistungen zu bekommen. Alle sind schwer beschäftigt.« Er legt den Kopf schief und hebt entschuldigend die Hände. »Auf Videomaterial müssen wir also leider verzichten. Ich beantworte Ihnen natürlich trotzdem gerne alle Fragen, damit Sie die Schuldigen so schnell wie möglich finden können.« Er weist auf den Konferenzraum. »Wollen wir uns setzen?«

Ich räuspere mich. »Brauchen Sie uns noch? Sonst würden wir gerne gehen.«

Lena hebt ihr Handy. »Mein Freund holt mich auch gleich ab.«

Der Polizist schüttelt den Kopf. »Nein, vielen Dank. Wir rufen an, wenn es noch Fragen gibt.«

Ich sehe Aaron nach, als er die beiden in das Konferenzzimmer bringt. Er wirkt so entspannt, so ruhig, dass ich mir nur schwer vorstellen kann, dass er seine eigenen Scheiben eingeworfen hat. Andererseits kann ich mir nicht erklären, wer sonst dafür verantwortlich ist. Ich weiß im Grunde nichts, was mich weiterbringt. Und mit einem Mal bin ich so, so müde.

Lena und ich verlassen das Gebäude, als jemand ihren Namen ruft. Lena fällt ihrem Freund in die Arme, dann winkt sie mir zum Abschied. Ein Auto fährt auf den Hof, fährt an den beiden vorbei und hält direkt neben mir. Kommissar Niemann lässt die Scheibe runter. »Hallo, Frau König«, sagt er freundlich. »Sind Sie in Ordnung?«

»Niemand ist tot, keine Sorge«, scherze ich halbherzig. »Oder haben Sie mich einfach nur vermisst?«

Er lächelt geduldig. »Die Kollegen haben mich informiert. Sie sind immer da, wo es spannend ist, hm?«

Meine Augen formen sich zu Schlitzen. »Wollen Sie mir etwas sagen?«

»Nein, Frau König.« Er schüttelt den Kopf. »Aber vielleicht wollen Sie mir etwas sagen.«

Ich zögere unter Niemanns intensivem Blick, nur für einen Moment. Dann schüttle ich den Kopf. »Ich hab Ihren Kollegen schon alles erzählt.«

»Na gut.« Niemann lächelt noch immer. Langsam wird

es mir unangenehm. Als müsste ich ihm von meinem Verdacht erzählen, nur weil er so freundlich zu mir ist. »Dann kommen Sie gut nach Hause.«

@nina_reads auf Threads:

Mein Ex: Nachts spazieren ist so friedlich. Ich: HAHAHA. #meinheimweg

Kapitel 13

Heute

AA.Mal und die (toten) Frauen: Ein Kommentar.

So lautet die Überschrift des Online-Artikels, und ich weiß, ich will nicht weiterlesen. Mein Magen dreht sich, und ich atme langsam aus in dem Versuch, mich zu beruhigen. Ein Google Alert hat mich darauf aufmerksam gemacht, und ich öffne die Kolumne, noch bevor ich losfahre. Ich stehe, gegen mein Auto gelehnt, im Lichtschein der Laterne auf dem Rastplatz. Es ist so kalt, dass sich beim Ausatmen eine kleine Wolke vor meinem Gesicht bildet. Die Nacht ist so unangenehm gewesen, dass ich mich schon um vier Uhr auf einen Kaffee in den McDonalds gesetzt habe und dort, mit dem Kinn auf die Hand aufgestützt, immer wieder einschlief.

Nicht viele Frauen arbeiten in dem Kölner Start-up, das sich auf seiner Website als »offen & divers« beschreibt (wenn auch augenscheinlich nur eine PoC neben noch zwei weißen Frauen im Team ist).

Mein Hirn rast wie wild, versucht bereits, mögliche Stellungnahmen zu formulieren. Ich klicke auf den Namen des Autors, Leon Hofer, und kneife die Augen zusammen. Der Bart ist etwas länger, aber die Brille mit dem dicken Rahmen erinnert mich sofort an die Nacht im letzten Jahr – an hallende Schritte und an Filips Fäuste. Offenbar ist Leon Hofer nun zurück, um sich zu rächen. Scheiße.

> Aber immer an der Seite von Aaron Mal? Kommunikationsexpertin Emmy König. Ihr Lebenslauf ist kurz: Bachelor und Master an der Universität zu Köln, einige Praktika – keines davon im Ausland –, ein Traineeship in einer großen Agentur, dann die Übernahme als Junior Marketing Manager für ein halbes Jahr, ein Wechsel in eine andere Agentur für knapp ein Jahr, ehe sie im Kölner Start-up begann.

Ich fühle mich nackt, entblößt. Ich lese hier eine schlecht zusammengezimmerte, facettenlose Version meines Lebenslaufes, in der ich an keiner Stelle meine Lügen hinter einem Lächeln verstecken kann. Nicht jeder ist ein neureiches Arschloch wie dieser Autor, denke ich, und nicht jeder kann sich einen Auslandsaufenthalt leisten. Nicht jeder hat Mama und Papa, die einen unterstützen.

> Wie kommt sie in diese Position? Wir können nur spekulieren. Aber nicht an dieser Stelle.

Ich beiße die Zähne zusammen. Will nicht darüber nachdenken, was er impliziert. Will nicht an Aaron denken und den Aufzug, an seine Hände auf meinem Körper und seine Fäuste an meiner Tür. Ich hatte den Job schon, als es passierte, bestätige ich mir selbst. Ich habe ihn nicht bekommen, weil ich mit dem Chef geschlafen habe. Aber vielleicht, sagt eine leise Stimme in meinem Kopf, habe ich ihn bekommen, weil er gehofft hatte, dass genau das passieren würde. Weil er etwas in mir sah, das ihm zeigte, dass ich anfällig für seinen Charme war. Zu schwach, um Nein zu sagen.

> Wie unsere Recherche ergibt, wohnt die Marketingmanagerin des aufstrebenden Start-ups keineswegs in einem Loft in Ehrenfeld, sondern in ihrem Auto. Wie schlecht steht es also um AA.Mal? Auf wie viele Gehälter müssen die Mitarbeitenden verzichten, wenn dies der Standard ist? Wie soll es mit dem Kölner «Erfolgs»-Start-up weitergehen?

Ich lese den Absatz wieder und wieder, versuche zu verstehen, dass mein größtes Geheimnis nun schwarz auf weiß im Internet steht. Das Internet vergisst niemals. Die linke Tageszeitung, die den Artikel veröffentlicht hat, ist ja nur die erste. Wer weiß schon, wie viele das Thema aufgreifen und selbst berichten werden. Wann die erste Person ihn auf Social Media teilen wird. Jeder kann ihn lesen. In jedem zukünftigen Vorstellungsgespräch muss ich mich rechtfertigen, in jeder Bewerbung für eine Wohnung. Die Klassenkameraden meiner Schwester können es lesen, meine Mutter, meine ehemaligen Kommilitonen, all die Freunde, die ich von mir gestoßen habe, nur damit sie nicht erfahren, wie es um mich steht. Ich bin in einer gottverdammten Hölle, die ich selbst geschaffen habe. Bin nur noch einsam um der Einsamkeit willen.

Mit zitternden Händen scrolle ich ans Ende der Seite, klicke auf den Kontakt-Button und wähle die Nummer. Es tutet einige Male, dann weist mich eine freundliche Stimme an, eine Nachricht auf der Mailbox zu hinterlassen, damit die Redaktion sich baldmöglichst bei mir melden kann. Natürlich ist die Hotline um diese Uhrzeit noch nicht besetzt. Leon Hofer steht nicht auf dem Parkplatz einer Raststätte und friert. Er liegt in seinem scheißbequemen Bett und schläft lächelnd in dem Wissen, dass er den Ruf einer Frau zerstört hat. Hoffentlich ist er stolz darauf.

Ich warte auf das Piepen der Mailbox, ehe ich ins Telefon schreie. »Haltet ihr das für Qualitätsjournalismus?« Meine Stimme ist kratzig und hallt über den Rastplatz. Ein Lkw-Fahrer streckt den Kopf aus seiner Fahrerkabine, ruft schroff etwas, das ich nicht verstehe. Ich ignoriere ihn. »Ihr dummen Arschlöcher, ich verklage euch! Ich mach euch kaputt!« Ich lasse das Handy sinken und schluchze, dann schlage ich die Hände vor dem Gesicht zusammen. Heiße Tränen laufen über meine Wangen. Tränen der Wut. Tränen der Scham. Ich würde niemanden verklagen. Ich habe kein Geld für einen Anwalt. Es gibt nichts, was ich tun kann.

• • •

Ich fahre zur Arbeit, weil ich nicht weiß, was ich machen soll. Es gibt nicht viel für mich bis auf AA.Mal, Filips Wohnung und den Parkplatz der Raststätte. Meine Welt schrumpft zu einem winzigen, vorhersehbaren Dreieck, in dem ich mich rastlos hin- und herbewege, auf und ab tigere wie ein gefangenes Tier.

Ich will niemanden auf der Arbeit sehen, aber ich will auch nicht, dass sie denken, ich würde es nicht wagen aufzutauchen. Mein Stolz befiehlt mir, mich blicken zu lassen. Die Scham, dass jeder weiß, dass ich in meinem Auto lebe, brennt heiß genug, ich muss die Flamme nicht noch anheizen. Ich blinzle Tränen weg, als ich auf den Parkplatz fahre und das Auto abstelle.

»Scheiße!«, fluche ich, schreie es heraus, immer und immer wieder, während ich wie wild auf das Lenkrad einschlage. Es hilft nur minimal. Vor allem sorgt es dafür, dass meine Hände schmerzen.

Als ich durch die Dunkelheit zum Gebäude laufe, ist es wie ein Déjà-vu. Doch ich komme sicher an, öffne die Tür mit meinem Chip. Das Licht ist an. Ausgerechnet heute hat offenbar die halbe Firma beschlossen, früh anzufangen. Als wollten sie nichts verpassen, sondern sich an meinem Leid laben. Sogar Yannick, der um diese Uhrzeit sonst seinen Sohn in die Kita bringt, ist da. Sie alle starren mich an.

Ich höre sanfte Pfoten auf dem Linoleum und beuge mich zu Arya, die mich freudig begrüßt. Als ich mich wieder aufrichte, steht Filip vor mir. In der Mitte seiner Stirn ist eine tiefe Furche, die ich bisher nicht kannte. Dafür kenne ich den Blick in seinen Augen nur zu gut, habe ihn zu oft gesehen – nur bisher nicht von ihm. Enttäuschung.

»Warum hast du nichts gesagt, Em?«, fragt er mich mit gesenkter Stimme, doch bevor ich antworten kann, spricht er schon weiter. »Du wohnst in deinem Auto.« Es ist keine Frage.

Ich verschränke die Arme, um Abstand zwischen uns zu bringen. »Das ist meine Sache«, sage ich ausweichend, weil ich nicht weiß, was ich sonst sagen soll. Dass ich mich nicht getraut habe, es ihm zu erzählen? Weil ich Angst hatte, diesen Teil von mir preiszugeben? Ihn so nah an mich heranzulassen, dass er alle schlechten Seiten sieht.

»Was ist mit deiner Freundin Emma?«

Ich atme tief aus. »Es gibt keine Emma.«

Er fährt sich durch die Haare. »Du hast mich angelogen. Aber du hättest doch bei mir wohnen können.«

»Ich wollte dich nicht belasten.«

»Aber wir ...« Er stockt, sucht nach Worten, besinnt sich eines Besseren. »Es ist nicht sicher in deinem Auto. Du solltest bei mir schlafen. Ich will nur auf dich aufpassen.«

»Ich habe dich nicht darum gebeten.« Die Worte taumeln aus meinem Mund, bevor sie in meinem Gehirn angekommen sind. Filips Augen weiten sich kaum merklich, und sein Adamsapfel hüpft auf und ab. Er ist nicht wütend, sondern traurig. Verletzt. Und das ist viel schlimmer. Auf der Stelle bereue ich, was ich gesagt habe, doch Filip gibt mir keine Gelegenheit, mich zu entschuldigen. Stattdessen dreht er sich um und geht.

Ich seufze und gehe zu meinem Tisch. Ich habe keinerlei Motivation, meine E-Mails zu lesen. Als ich gerade mein Passwort eintippe, kommt Lena zu mir.

»Tut mir leid«, sagt sie und überrascht mich mit ihrem sanften Ton. Aber offenbar hat auch für sie das gestrige Erlebnis etwas zwischen uns geändert.

Ich nicke. »Unfassbar, was sich heute Journalismus schimpft.«

»Das meine ich nicht.« Sie schaut zu Boden. »Auf dem Rastplatz ... Das muss doch schrecklich sein, Emmy!«

Ich beiße die Zähne fest aufeinander, schüttle den Kopf, ehe ich mich zu einer betont lockeren Antwort durchringen kann. »Es ist echt okay«, sage ich. »Die Duschen sind sauber, der McDonalds hat guten Kaffee, und ich brauche nur zwanzig Minuten ins Büro. Und es ist ja nur temporär.«

»Hast du denn keine Angst?«, fragt sie leise. «Vor allem momentan.«

»Nein«, lüge ich. »Zwischen den ganzen Lkws ist es eigentlich immer ganz entspannt. Angst habe ich schon lange keine mehr.«

Ich erzähle nicht von den Albträumen, die mich plagen, seit ich Sophie gefunden habe. Davon, dass ich ein batteriebetriebenes Nachtlicht habe, in Form eines Teddys. Erzähle nicht, dass ich am liebsten jede Nacht bei Filip wäre. Kann es nicht erzählen, weil ich meine Geheimnisse schon so lang pflege, dass ich verlernt habe, über sie zu sprechen. Verlernt habe, mich zu öffnen.

Ich weiß nicht mal, ob ich jemals wieder in Filips Arm

schlafen werde oder ob ich mir dadurch gerade alles zerstört habe.

»Du hättest was sagen können. Tim und ich haben ein Gästezimmer.« Lena legt eine Hand auf meine. Ihre Finger sind kalt, die Nägel nicht so ordentlich manikürt, wie sie es früher waren. Der Lack an ihrem Zeigefinger blättert ab, die Nagelhaut am Ringfinger ist eingerissen.

Ich lächle schwach und entziehe ihr meine Hand. »Danke. Aber ich komme wirklich zurecht.«

Lenas Lächeln verrutscht, als sie einen Blick über meine Schulter wirft, und ich drehe mich um. Aaron kommt zur Tür herein, mit großen, entschiedenen Schritten. Valentin tut beschäftigt und tippt auf seinem Handy herum, Mark M und Mark L verstecken sich hinter ihren Monitoren. Feiglinge, denke ich und recke das Kinn ein Stück nach vorn.

»Emmy«, sagt Aaron im Vorbeigehen, ohne mich auch nur eines Blickes zu würdigen. »In mein Büro.«

Ich schlucke und rapple mich auf. Lena wirft mir einen mitleidigen Blick zu, den ich mit einem stoischen Nicken erwidere. Ich folge Aaron mit hoch erhobenem Kopf.

Er schließt die Tür hinter mir, zeigt auf den Stuhl vor seinem Schreibtisch. Dann pfeffert er seine Tasche auf den Tisch, sodass das MacBook herausrutscht, zwei iPhones, ein Proteinriegel. Er ignoriert es, läuft stattdessen auf und ab. »Was hab ich dir eigentlich getan?«, fragt er kopfschüttelnd. »Dass du mich so blamierst. Dass wir wieder für irgendeine Scheiße in der Presse sind. Kann ich denn keinen Tag Ruhe haben?« Die Fenster hinter ihm sind mit einer Plastikplane notdürftig geflickt, bis sie ersetzt werden. Ich frage mich, wie wütend Aaron wäre, wenn er wüsste, was wir gestern wirklich in seinem Büro getrieben haben.

»Das war sicher nicht freiwillig.« Er übergeht mich. Fährt sich durch die Haare. »Ich will doch einfach nur, dass dieser Laden läuft, Emmy. Ich will euch eure Gehälter zahlen. Ich will, dass ihr ein erfülltes Leben mit einem guten Job habt. Mehr will ich nicht.«

Ich bemühe mich, mein Gesicht nicht zu verziehen. Die Show kaufe ich ihm nicht ab, ihm geht es nur um sich selbst. Aber ich sage nichts. Denke an die E-Mail, die ich auf Alanas Laptop gesehen habe. Daran, dass Filip sagte, wie schlecht es laufen würde. Und daran, dass jede Publicity gute Publicity ist in den Augen des Mannes vor mir. Wäre er eiskalt genug, die Presse zu informieren und aus meiner Notlage Profit zu schlagen? Ja. Er schreckt vor gar nichts zurück, da bin ich sicher. Ich rutsche auf meinem Stuhl nach vorn.

»Es tut mir leid, Aaron«, er schaut überrascht auf, dann läuft er weiter seine Runden.

»Das bringt mir nichts!«, er klingt aber schon deutlich entspannter. »Wir müssen schauen, wie wir das wieder in den Griff bekommen. Du rufst gleich in der Redaktion an. Du zwingst die, den Scheiß runterzunehmen, hast du mich verstanden?«

»Ja, das mache ich«, sage ich und rutschte weiter nach vorn, bemühe mich, gerade zu sitzen.

Aaron nickt und beugt sich über den Schreibtisch, öffnet eine der Schubladen. »Ich geb dir die Nummer meines Anwalts.«

Ich nutze den kurzen Moment, in dem er nach unten

schaut, um meine Hand auf eines seiner Handys zu legen, es beinahe ganz zu bedecken und dann in meinen Ärmel zu schieben. Ich ziehe die Hand zurück, lege sie in meinen Schoß. Bete zu einem Gott, an den ich nicht glaube, dass es nicht klingelt und mich verrät. Aber vielleicht finde ich in seinem Handy weitere Hinweise. Einen Versuch ist es mir wert.

Aaron richtet sich wieder auf, schiebt mir eine Visitenkarte entgegen, die ich mit der freien Hand annehme. »Danke. Ich rufe ihn an«, sage ich, obwohl ich weiß, dass ich es nicht tun werde.

»Und die Redaktion«, ermahnt er mich.

»Und die Redaktion«, wiederhole ich. Dass ich am liebsten Leon Hofer höchstpersönlich aufsuchen würde, um ihm in die Eier zu treten, sage ich nicht. Sage generell so viel weniger, als mir auf der Zunge liegt. Räuspere mich stattdessen. »Ich brauche Ruhe, um ein Statement zu schreiben«, sage ich. »Kann ich nach Hause gehen?«

Aaron hebt die Augenbrauen, schaut mich skeptisch an. Er weiß nun, dass mein Zuhause mein Auto ist. Er weiß, dass etwas nicht stimmt. Ich beiße mir auf die Lippe, senke den Blick. »Bitte«, sage ich sanfter. »Ich brauche eine Auszeit. Nur ein paar Stunden. Das war alles ziemlich viel diese Woche.«

Als ich wieder aufsehe, ist sein Blick sanfter. Ihm gefällt diese Version von mir besser, denke ich. Die verletzliche, unterwürfige Version, die zugänglicher ist. Er kommt um den Schreibtisch herum, lehnt sich an die Kante, sodass ich zu ihm aufblicken muss. »Du hättest doch was sagen können, Emmy«, meint er und legt den Kopf schief. »Gemeinsam hätten wir eine Lösung gefunden.« Es sind leere Worte. Trotzdem nicke ich. »Ich weiß. Aber ich komme schon zurecht. Irgendwie«, schiebe ich hinterher, und er lächelt leicht. »Nimm dir den Rest des Tages als Zeit für dich«, sagt er gönnerhaft, und ich zögere nicht lange, sondern bedanke mich und stehe auf. Sein Handy brennt heiß in meiner Hand.

Meine Hand liegt bereits auf der Klinke, als er mich erneut anspricht. »Emmy«, sagt er, und ich drehe mich um. Mein Herz pocht so laut, dass ich sicher bin, er wird es hören. »Ja?«, bringe ich hervor.

»Das Statement schickst du mir trotzdem bis heute Abend«, sagt er, und ich schmunzle beinahe. »Natürlich«, sage ich stattdessen nur, ehe ich die Tür hinter mir schließe.

@marie02 auf Threads:
Niemals Kopfhörer in den Ohren. Ich muss immer hören, was um mich herum passiert. #meinheimweg

Kapitel 14

Heute

Sobald ich vom Parkplatz gerauscht bin, fahre ich rechts ran und ziehe das Handy aus dem Pullover. Meine Finger zittern. Keine Ahnung, was mich bewogen hat, es mitzunehmen. Es war ein Instinkt, eine Idee. Der Bildschirm leuchtet auf. Das Hintergrundbild ist dunkel, in großen Lettern steht da: *Work hard, play hard*. Es schüttelt mich, also konzentriere ich mich lieber auf das Zahlenfeld. Ohne zu zögern, tippe ich 010 720 ein – das Gründungsdatum von AA.Mal. Das Handy entsperrt sich, und ich schnaufe. »Eingebildetes Arschloch«, murmle ich und bin gleichzeitig dankbar dafür, dass Aaron so vorhersehbar ist.

Hinter meiner rechten Schläfe pocht noch immer die Blamage, und über meiner linken Augenbraue zwickt die Scham. Aber ich schiebe beides beiseite, ignoriere das Hintergrundrauschen. Als Erstes öffne ich WhatsApp, bin neugierig auf seine Nachrichten. Und stöhne auf: Geschützt mit FaceID, sehe ich, also schließe ich die App. Öffne sein Postfach, scrolle durch und sehe eine E-Mail von Filip mit dem Betreff

AW: WG: virtueller kaffee?

Darin steht:

Hab ich doch gesagt. So eine Scheiße.

Mehr nicht. Ich schaue auf Datum und Uhrzeit – vorgestern, kurz nach elf. Als ich bei Filip gewesen war, in seinem Bett geschlafen hatte. Ein Schauer läuft mir über den Rücken. Dass Filip und Aaron sich nahestehen ist mir noch immer unbegreiflich. Sie sind so unterschiedlich.

Ich schließe die Mail, die Aaron augenscheinlich an Filip weitergeleitet hatte. Ich finde sie und überfliege den Inhalt.

hi aaron,
danke noch mal für das telefonat. ich find echt spannend, was ihr alles auf die beine stellt. deswegen fällt es mir schwer, deine anfrage abzulehnen. ich nehm meine aufgabe als business angel sehr ernst und muss immer 100 % hinter dem business stehen. und ich hab keine lust auf eine horde wütender frauen. meld dich, wenn ihr das problem in der app gelöst habt – dann reden wir noch mal.
joe

Ich lese die Nachricht ein weiteres Mal, um sie zu verstehen. Was für Probleme mit der App? Ich google den Namen des Absenders, Joe Kärcher, und stoße auf sein LinkedIn-Profil. Consultant & Business Angel, steht in seinem Profilslogan, also jemand, der in junge Start-ups investiert – mit Geld, Kontakten und Wissen. Aber bei AA.Mal wollte er nicht einsteigen. Ich brauche einen neuen Job, so viel steht fest. Doch ich fühle mich nicht bereit dafür, Bewerbungen zu schreiben. Vor allem nicht nach diesem bescheuerten Artikel. Ich brauche Schlaf, guten, ungestörten Schlaf. Ich brauche Ruhe, um mir darüber klar zu werden, was ich eigentlich will. Wie es weitergehen soll. Was ich weiß: Ich brauche Antworten. Ich brauche endlich Antworten darauf, was hier passiert ist. Und was Aaron mit alldem zu tun hat.

Ich schließe das Postfach und wische über den Bildschirm, als mir eine App auf seinem Startbildschirm ins Auge fällt. Binnen Sekunden habe ich eine Entscheidung getroffen und starte das Auto.

• • •

Ich finde den Weg ohne Probleme, schließlich war ich oft genug in Aarons Wohnung gewesen, als all das angefangen hat. Ich klingle gleich bei mehreren Nachbarn, hoffe, dass wenigstens einer zu faul ist, um die Kamera zu checken. Ein Summen ertönt, und ich betrete den Hausflur. Mit großen Schritten laufe ich die Treppe hoch. Ich habe zu viel Energie für den Aufzug. *Ihr Lebenslauf ist kurz*, tönt mein Kopf bei jeder Stufe. *Wie kam sie in diese Position?* Ich will mein Hirn aus dem Schädel reißen und dem Journalisten per Post schicken. Soll er doch schauen, was er damit anfangen kann.

Vor Aarons Tür zücke ich sein Handy und öffne die Smarthome-App, mit der Aaron seine Wohnung verwaltet. Für alles braucht er eine verdammte App, und nun öffnet mir diese Tür und Tor – wortwörtlich. Ich wähle seine Wohnungstür auf dem Bildschirm aus und ziehe den Slider nach rechts. Mit einem Klicken öffnet sich die Tür, und ich betrete die Wohnung. Unschlüssig schaue ich mich um, weiß nicht, was genau ich suche.

Ich tigere durch das Wohnzimmer, hebe halbherzig einige lose Dokumente vom Wohnzimmertisch auf, dann gehe ich in die Küche, esse einen der Waffelriegel mit Schokolade aus einer kleinen Glasschale und lasse das Papier achtlos auf der Anrichte liegen. Ich muss mich zusammenreißen, muss einen klaren Fokus finden. Also gehe ich in Aarons Büro – er hat ein cleanes Set-up, mit einem höhenverstellbaren Schreibtisch und zwei großen Monitoren. Wieder fehlt sein Laptop, er ist bei ihm in der Firma. Im starken Kontrast zu seiner sonstigen Ordnung sind die vielen Papiere in seiner Postablage das pure Chaos. Unbezahlte Rechnungen, Zahlungsaufforderungen, Mahnungen. Es scheint so viel schlimmer zu sein, als ich die ganze Zeit dachte, noch viel schlimmer, als Filip es angedeutet hatte.

Mein Hals ist trocken, als ich weiterblättere und ein Schreiben der Verbraucherzentrale finde. Eine Vielzahl von Beschwerden und Zweifeln an der Wirksamkeit der App und den damit verbundenen Versprechen von Sicherheit, steht dort. Im Brief wird darum gebeten, sich zu melden, um einige Fragen zu beantworten. Ich schaue den Rest des Stapels durch und finde einen weiteren Brief der Verbraucherzentrale. Aaron wird sich also nicht gemeldet haben. Ich räume alle Papiere wieder auf einen Stapel und lege ihn in die Postablage zurück.

Ich laufe ins Schlafzimmer, in Gedanken noch immer bei der Heimweg-App. *ich hab keine lust auf eine horde wütender frauen*, hatte Business-Engel Joe geschrieben. Doch die App war bisher ziemlich beliebt – bisher. Auch wenn sie mich persönlich schon öfter durch dunkle Straßen und Unterführungen geführt hatte, die ich sonst nicht genutzt hätte. Ich hatte es darauf geschoben, dass es noch nicht genug Datensätze gab, aus denen die App sich speisen konnte, noch nicht genug Wege, die bewertet worden waren. Aber was, wenn die falschen Personen die Wege bewerteten? Ich hole mein Handy aus der Tasche, öffne den App Store und lese die Bewertungen der Heimweg-App. Sehr viele gute, wie erwartet, aber dann auch einige schlechte.

> *WTF ich bin direkt über Zuggleise geführt worden, was soll das?*

> *Zweimal ging meine Route durch echt zwielichtige Ecken. Dafür brauche ich keine App, die meinen Weg angeblich sicherer macht. Hab das Ding gelöscht.*

> *Ich find das Konzept so gut, aber in Berlin funktioniert die App echt schlecht. Bin in Bezirken gelandet, in denen ich sonst nicht rumlaufen würde.*

Genau die gleichen Erfahrungen, die ich gemacht habe. Und genau die Erfahrungen, die man bei einer App, die den Heimweg angeblich so sicher machen will, nicht gebrauchen kann.

Wie der Rest der Wohnung ist Aarons Schlafzimmer riesig. Ein großes Massivholzbett steht mittig an der Wand, daneben zwei Nachttische, die so weit weg vom Bett stehen, dass sie meines Erachtens ihren Sinn verfehlen. Aber dafür sieht es aus wie einem Designermöbelkatalog entsprungen.

Ohne große Erwartungen öffne ich den Kleiderschrank, der ordentlicher ist als jeder Schrank, den ich je hatte. Hemden, Hosen, Socken, Unterwäsche, das Übliche. Ich ziehe eine Schublade raus und verziehe das Gesicht, als ich eine Sammlung von Sexspielzeug erblicke. Ich schließe den Schrank wieder. Als Nächstes öffne ich den Nachttisch rechts, der leer ist, dann versuche ich es mit dem linken Tischchen.

Im oberen Fach liegen einige Bücher und Kondome, im unteren Fach liegt nur ein einziger Gegenstand, direkt in der Mitte. Ein länglicher Gegenstand, eingewickelt in ein Handtuch. Neugierig ziehe ich ihn hervor – nur um ihn einen Moment später entsetzt von mir zu schleudern. Ich nehme einige tiefe Atemzüge, dann betrachte ich ihn genauer. Es ist ein Küchenmesser, groß und scharf. Die Klinge ist von einer rötlich glänzenden Schicht überzogen.

Mein Magen verkrampft sich schmerzhaft. Die Polizei hat die Tatwaffe nie gefunden. Bis heute. Bis ich sie in Aarons Nachttisch gefunden habe. Ach du Scheiße. Das ist alles, was ich denken kann. Dann hebe ich das Messer mit dem Handtuch auf, ohne den Griff zu berühren, und gehe zur Tür. Ich muss es als Beweismittel mitnehmen. Ich muss es zur Polizei bringen.

Mitten in der Bewegung halte ich inne. Wenn ich das

Messer mitnehme, kann ich dann überhaupt beweisen, dass ich es hier gefunden habe? Wer würde mir glauben? Diesmal ist nicht Lena dabei, die bezeugen kann, was ich gefunden habe. Zumal ich mir unerlaubt Zutritt zu der Wohnung verschafft habe. Aarons Handy gestohlen habe.

Ich entscheide mich, das Messer zu fotografieren, ausgepackt auf dem Boden, dann eingepackt im Schränkchen. Dann ein Foto vom Schlafzimmer, in dem der Nachttisch steht. Ich kann nur hoffen, dass es reicht. Als ich gerade die Tür hinter mir zuziehe und gehen will, erstarre ich. Ich habe ein Geräusch gehört. Die Wohnungstür wurde geöffnet. Jemand ist hier.

@tanyaimhamburg auf TikTok:
In der Bahn waren ekelhafte Typen, die sich extra neben mich gesetzt haben, obwohl überall frei war. Als ich mich umgesetzt habe, sind sie mir gefolgt. Habt ihr ähnliche Erfahrungen gemacht? Teilt es in den Kommentaren! #meinheimweg

Kapitel 15

Heute

Vielleicht ist es die Putzhilfe. Vielleicht kann ich mich irgendwie rausreden. Doch ich erkenne die selbstsicheren, großen Schritte. Erkenne den Elan, mit dem die Tür zugeworfen wird. Aaron ist zu Hause. Hektisch überlege ich, wo ich geparkt habe. Am Ende der Straße, fällt mir ein. Es ist also gut möglich, dass Aaron mein Auto nicht gesehen hat. Dass er nicht weiß, dass ich hier bin. Aber was macht er hier um diese Uhrzeit? Warum ist er nicht mehr im Büro?

Das Quietschen seiner Schuhe holt mich in die Realität zurück, und ich werfe mich zu Boden, krabble über das beheizte Holzparkett und schiebe mich unter sein Bett. Ich rutsche, so weit ich kann, an die Wand in der Hoffnung, dort ungesehen zu bleiben. Halte den Atem an. Ich bin so ein Klischee.

Ich höre, wie er durchs Wohnzimmer läuft, bete, dass er den Müll ignoriert, den ich auf der Theke habe liegen lassen. Als er an der Schlafzimmertür vorbeigeht, halte ich erneut die Luft an. Doch er läuft weiter, bis ins Arbeitszimmer.

»Ja, hi«, sagt er, und ich zucke zusammen, glaube einen Moment lang, dass er mit mir geredet hat. Erst dann verstehe ich, dass er telefoniert. »Ich hab mein Handy vergessen«, sagt er, und ich erstarre. »Keine Ahnung, wo das Scheißteil liegt.«

Ich ziehe es aus meiner Hosentasche, starre darauf. Aaron sucht sein Diensthandy. Natürlich. Die gute Nachricht ist, dass er offenbar nicht gemerkt hat, dass ich es genommen habe. Die schlechte ist, dass ich mit dem scheiß Teil unter seinem Bett liege.

»Ja, du hast recht«, sagt Aaron. »Ich ruf es gleich mal an und hoffe, dann taucht es auf.«

Mein Herz klopft so laut, dass ich sicher bin, er wird es jeden Moment hören. Die Konsequenzen, sollte ich erwischt werden, will ich mir nicht einmal ausmalen, sehe mich aber schon in Kommissar Niemanns Büro sitzen, fühle schon die kalten Handschellen an meinen Handgelenken.

Ich rutsche zur Bettkante und strecke die Hand mit dem Handy aus – nur um sie schnell zurückzuziehen, als Aaron erneut vorbeiläuft. Ich warte, bis seine Schuhe außer Sichtweite sind, dann versuche ich es erneut. Ich strecke den Arm aus und will das Handy auf den Nachttisch legen. Doch es fehlen einige Zentimeter.

Als das Handy in meiner Hand anfängt zu klingeln, lasse ich es vor Schreck beinahe fallen. Panisch schaue ich zur Schlafzimmertür, dann rutsche ich so weit hervor, dass Kopf und Arme unterm Bett hervorschauen, und platziere das Handy auf dem Tischchen.

Ich schaffe es gerade noch unters Bett, als Aaron den Raum betritt und nach dem Handy greift. Die Spitze seines Schuhs ist gleich neben meinem Gesicht, und ich atme so flach wie möglich. Schau nicht runter, beschwöre ich ihn in meinem Kopf, bitte schau nicht runter.

Er nimmt das Handy und legt auf, hält es sich einen Moment später ans Ohr. »Ich hab's gefunden«, erzählt er der Person am Ende der Leitung. »Ich muss es heute Morgen vergessen haben in der Aufregung. Alles wegen dieser dummen Schlampe.«

Ich weiß, dass er über mich redet. Aber wenigstens redet er nicht mit mir.

»Ich nenne sie, wie ich will«, antwortet er am Telefon, und ich frage mich, ob er mit Filip spricht. Wer sonst würde mich verteidigen? Meine eigene Mutter hat die letzten Monate damit verbracht, mich zu ignorieren. Meine kleine Schwester meldet sich kaum bei mir. Keine von ihnen würde mich verteidigen, glaube ich.

Aaron lässt sich auf der Bettkante nieder. Natürlich kann dieser Mann nicht einfach gehen – das wäre ja viel zu einfach. Und wenn er etwas gerne macht, dann ist es, mich zu enttäuschen.

»Klar hab ich sie nach Hause geschickt, macht doch keinen Sinn, wenn die im Büro rumhängt. Aber wenn die Pressemitteilung heute nicht fertig wird, feure ich sie.« Er schweigt kurz, dann lacht er auf. »Klar finde ich Ersatz. Jeder ist ersetzbar.« Während er spricht, rutsche ich Millimeter für Millimeter nach hinten, weg von ihm.

»Ich komme jetzt«, sagte Aaron, und ich schließe erleichtert für einen Moment die Augen. Ich will endlich raus hier. Aaron legt auf und seufzt, dann steht er auf und geht aus dem Zimmer. Ich starre auf die Unterseite der Matratze.

Wage es kaum, mich zu bewegen, bis ich die Wohnungstür höre. Schaue auf die Uhr und warte zwanzig Minuten. Bis ich wirklich sicher bin, dass er weg ist. Dann rutsche ich unter dem Bett hervor und laufe zur Wohnungstür.

Ich reiße sie auf und zucke zusammen, als jemand davorsteht. Es ist eine kleine Frau mit dunklen Haaren, in der Hand hat sie einen Eimer und einen Mopp. Sie schaut mich überrascht an, und ich zwinge mich zu einem verschämten Lächeln. »Ups«, sage ich und kichere aufgesetzt. »Ich hab wohl etwas zu lang geschlafen.«

Die Putzfrau mustert mich von oben bis unten, und was sie sieht, muss sie überzeugend genug finden, denn sie nickt. »Guten Morgen«, sagt sie höflich, und ich trete beiseite, damit sie hineingehen kann.

»Schönen Tag noch«, erwidere ich, dann ziehe ich die Tür hinter mir zu. Ich kann es kaum glauben, aber ich habe es geschafft.

• • •

Mein Enthusiasmus hält nicht lang an, denn ich weiß nicht, was ich nun tun soll. Ich denke darüber nach, der Polizei einen anonymen Tipp zu geben, aber habe ich dafür genug in der Hand? Ich schreibe das Pressestatement auf meinem Handy im McDonald's, tippe mit Fingern, die fettig von den zwei Burgern sind, die ich mir reingezwungen habe. Definitiv nicht meine beste Leistung, sondern nur ein müder Versuch, meinen Job zu retten. Keine Ahnung, warum. Vielleicht, weil die Aussicht, keinen Job zu haben, mir zu große

Angst macht. Mich zu sehr an meine Mutter erinnert, die am Küchentisch über Rechnungen weint, oder an meinen Vater, der den Gerichtsvollzieher anschreit. Daran, hungrig ins Bett zu gehen. Und so klammere ich mich trotz allem an diese Stelle. Trotz Zweifel an der Heimweg-App. Trotz meines Misstrauens gegenüber Aaron. Trotz des roten Portemonnaies in seinem Schrank und des Messers in seinem Nachttisch.

Leon Hofers Artikel habe ich schon fast wieder vergessen. Ich bin heute bei jemandem eingebrochen. Ja, Ehrlichkeit und Anstand waren vielleicht nicht immer meine größten Tugenden – man beachte meine Lügen und gefälschten Arbeitszeugnisse –, aber ein richtiges Verbrechen? Das ist auf jeden Fall neu. Und es erfüllt mich zwar mit Adrenalin, aber nicht mit besonders viel Freude. Eine kriminelle Karriere kann ich also für mich ausschließen.

Nach dem Essen mache ich mich »bettfertig«, setze mich auf den Fahrersitz und stelle ihn so weit zurück wie möglich. Auf dem Handy schaue ich eine dumme Netflix-Serie und ignoriere die Nachrichten, die noch immer bei mir eintrudeln. Alte Freunde, ehemalige Kommilitonen, sogar eine alte Kollegin; sie alle wollen wissen, wie es mir geht. Warum ich nichts gesagt habe. Ich ignoriere sie. Ich dachte, ich wäre besser darin geworden, Hilfe anzunehmen. Doch ich bin es nicht. Meine Schwester schreibt:

Das ist so übelst peinlich.

Ich schaue in unseren Chat. Wenigstens hat sie endlich einen Grund gefunden, sich zu melden.

Tut mir leid. Ich wollte sicher nicht, dass das passiert.

Mama ist auch total sauer.

Ach? Ich hätte nicht gedacht, dass eine Tageszeitung ihr Medium der Wahl ist.

Hinter meinen Schläfen pocht die Wut. Meine Mutter hätte diese Situation vermeiden können. Aber ihre Loyalität zu ihrem Freund war größer als zu mir. Niemand ist auf meiner Seite, denke ich und ignoriere den Gedanken an Filip, der in mir aufblitzt. Er schämt sich für mich, da bin ich sicher. Das Wissen darum schmerzt.

Sei nicht gemein.

Was soll ich denn machen? Ich hab noch keine bezahlbare Wohnung gefunden.

Frag doch nach einer Gehaltserhöhung!

Ich lache laut auf, bis ich mir den Bauch halten muss vor Schmerzen. Dann fange ich an zu weinen. Weine um das Leben, das ich führen wollte. Weine um die Beziehung zu meiner Schwester. Weine um Sophie und Alana. Weine um mich. Filip schreibt:

Komm bitte her. Ich mache mir Sorgen.

Nein.

Ich schließe die Augen. Rede mir ein, dass ich allein am sichersten bin. Niemand kann mir etwas tun, wenn ich niemanden an mich heranlasse. Meine Autotür ist verschlossen. Ich bin es auch. Allein bin ich am sichersten. Ich bin allein. Ich wiederhole dieselben Fehler wieder und wieder.

• • •

Ich träume von einem Schiff, das untergeht. Ich renne über das Deck, um mich herum schreiende Menschen. Blechernes Klopfen hallt über das Schiff. Es ist laut, so laut. Zuckend schrecke ich aus dem Schlaf und stelle fest, dass die Schreie noch immer da sind, dass das Klopfen nicht aufgehört hat. Ich blinzle einige Male heftig. Und sehe in ein fremdes Gesicht, das durch meine Scheibe blickt. Der Mann trägt eine Skimaske, und dennoch weiß ich, dass er grinst – ich sehe es an seinen Augen. Es ist kein fröhliches Grinsen, sondern kalt und grausam.

»Sie ist wach!«, schreit er, und erst jetzt bemerke ich die weiteren Gestalten, die um mein Auto versammelt sind, die die Hände an die Seiten gelegt haben und es hin- und herschaukeln, die mit der Faust gegen das Blech schlagen. Mein schlaftrunkenes Hirn ist nicht schnell genug, um die Situation zu verstehen. Was geschieht hier?

Die Männer grölen und jaulen, und der eine gleich neben mir zieht seine Skimaske hoch genug, um seinen Mund und seine nasse Zunge gegen meine Scheibe zu pressen. Mein Magen dreht sich, und ich taste nach dem Knopf an der Seitentür, gehe sicher, dass abgeschlossen ist. Bin erleichtert, dass ich vorm Schlafengehen daran gedacht habe.

»Komm raus, und spiel mit uns, Emmy!«, ruft ein anderer Mann mit verstellter Stimme und schlägt wieder und wieder gegen mein Fenster. Ich suche mein Handy, doch meine Finger zittern so stark, dass es mir aus der Hand und zwischen die Sitze rutscht.

»Lasst mich in Ruhe!«, will ich schreien, aber stattdessen ist es ein Schluchzen. Ich klettere auf den vollen Rücksitz, meine Haarbürste bohrt sich in mein Bein, doch ich spüre es kaum. Tränen laufen mir über die Wangen, tropfen von meinem Kinn. Mein Herz rast so schnell, dass es jeden Moment aufgeben könnte.

Ein hohes Kratzen fährt mir durch Mark und Bein. Einer der Männer fährt mit einem spitzen Gegenstand über den Lack des Autos. Geht es um Zerstörung? Oder wollen sie mir nur Angst machen? Ich taste nach meinem Handy. Wenn ich es nur schaffe, Filip anzurufen. Oder die Polizei. Doch alles in mir schreit nach Filip. Ich will nichts lieber, als hier unten zu bleiben, mich zu verstecken. Mich zusammenrollen. Bis er kommt und mich rettet.

»Hol den Hammer!«, ruft einer der Männer, und die Worte aktivieren etwas in mir, aktivieren meinen Fluchtreflex, und obwohl ich noch immer weine, schieße ich in die Höhe, werfe mich halb über die Mittelkonsole. Wenn sie mein Fenster aufbrechen, ist alles vorbei. Ich weiß: So weit darf es nicht kommen. Der Schalthebel knallt gegen meinen Hüftknochen, und ich spüre einen dumpfen Schmerz. Ich schlage daneben, dann hole ich noch mal aus. Mein Handballen trifft die Hupe. Das Auto heult auf. Der Mann neben mir stolpert zurück. Ich schlage noch einmal und noch einmal auf die Hupe, bis ich Stimmen höre, die nicht zu den Angreifern gehören.

»Ruhe!«, schreien die ersten Fahrer aus ihren Lkws. Ich hupe, bis die Männer die Flucht ergreifen, in drei Autos steigen und verschwinden. Weinend hupe ich, bis ein Lastwagenfahrer an mein Fenster tritt und sachte dagegen klopft. »Sind Sie okay?«, fragt er vorsichtig und ich schüttle den Kopf. Nein. Nein, ich bin nicht okay.

• • •

Ich weiß nicht, wie ich das Auto zum Laufen kriege, aber ich schaffe es bis zu Filip, schaffe es irgendwie, einzuparken und zu dem Haus zu rennen. Ich vermisse mein Messer, hätte es niemals Lena geben dürfen. Ich brauche es. Stattdessen halte ich den Schlüssel umklammert, als wäre er eine Waffe, bis ich an der Tür bin und aufschließe. Ich renne die Treppen hoch, auch wenn jeder Schritt einen dumpfen Schmerz in meiner Hüfte auslöst.

»Ich bin's!«, rufe ich, als ich eintrete, damit Filip sich nicht erschreckt und damit Arya mich nicht angreift. Bellend kommt sie auf mich zu, verstummt aber schnell, als sie mich erkennt. Sie drückt sich an meine Beine. Filip taumelt aus dem Schlafzimmer, nur in Boxershorts, die Haare wild abstehend.

»Emmy?«, fragt er, und seine Stimme klingt verschlafen. »Es ist vier Uhr morgens, was ist los?«

Ich stolpere die letzten drei Schritte auf ihn zu, falle in seine Arme und schluchze. Weine heiße Tränen, die über seinen Oberkörper laufen, sich in den Haaren auf seiner Brust verfangen. Er fragt nicht weiter, sondern hebt mich hoch und trägt mich zum Sofa, hält mich fest, während ich hyperventiliere, die Panik zulasse, die in meiner Brust schlummert. Es dauert eine halbe Ewigkeit, bis ich mich beruhige, bis ich in der Lage bin, mich aufzusetzen und zu erzählen, was passiert ist.

Filip schaut mir mit ernster Miene zu, schüttelt den Kopf. »Warum bist du nicht weggefahren?«

»Keine Ahnung«, gebe ich zu. Habe das Gefühl, dass er mich nicht versteht. »Ich war wie gelähmt. Komplett überfordert. Der Gedanke ist mir nicht einmal gekommen.«

Er greift nach meiner Hand. »Ich bin froh, dass du hier bist. Dass es dir gut geht.«

»Ich auch«, sage ich ehrlich. »Aber ich verstehe nicht, wer diese Männer sind. Was sie von mir wollten.«

»Irgendwelche Arschlöcher, und du warst zur falschen Zeit am falschen Ort. Sie haben gesehen, dass eine Frau allein in ihrem Auto schläft, und wollten sich einen Spaß erlauben.«

»Das war kein Zufall«, sage ich und ziehe die Augenbrauen zusammen, als mir etwas einfällt. »Sie kannten meinen Namen.«

»Was?«

»Einer von ihnen hat meinen Namen gerufen. Die haben das geplant.« Ich richte mich auf. »Was, wenn sie es alle waren?«

»Was meinst du?«

»Alle aus der Firma.« Ich habe keine Stimmen der Angreifer erkannt, aber das hat nichts zu bedeuten. Es war eine Ausnahmesituation.

»Ich verstehe nicht, was du meinst.«

»Valentin. Johnny. Hakim. Yannick, Oliver, die beiden Marks. Was, wenn sie es alle waren? Sie haben mich angegriffen, sie haben Lena und mich bedroht. Was, wenn sie es waren?«

Filip schüttelt den Kopf und lässt meine Hand los. »Em, du kannst nicht die Leute beschuldigen, mit denen du täglich arbeitest. Das ist doch Unsinn.«

»Traust du es ihnen nicht zu?«

»Natürlich nicht!«

»Ich schon. Vor allem traue ich es Aaron zu.«

Filip atmet laut aus. »Ich weiß, dass du Aaron nicht magst, und ich weiß, dass er ein Idiot sein kann. Aber er würde so etwas niemals orchestrieren. Warum sollte er?«

Weil ich etwas auf der Spur bin, denke ich. Weil ich Sachen gefunden habe, die ich nicht hätte finden sollen. Weil er sich bedroht fühlt.

»Als wir in Berlin waren«, beginne ich, zögere aber. »War

er sauer, als ich nicht mit in den Livestream wollte. Ich war so wütend auf ihn wegen der App.«

Filip ist starr wie eine Statue. Das Pochen seiner Halsschlagader beginnt. Die Wut brodelt hinter seiner Haut und bettelt darum, freigesetzt zu werden. »Ja?«, bringt er hervor.

»Aaron stand nachts vor meinem Hotelzimmer. Hat geklopft, geschrien, mich beleidigt. Bis der Sicherheitsdienst ihn mitgenommen hat.«

»Was? Warum hast du mir das nicht erzählt?«

»Weil ich weiß, dass ihr euch nahesteht«, lüge ich. Ich sollte die Gelegenheit nutzen und ihm erzählen, was zwischen Aaron und mir war, doch ich tue es nicht. Bin zu selbstsüchtig. Denn ich will heute Nacht hierbleiben, hier bei ihm. Will keinen Streit, keinen Ärger. Nur seine Nähe.

»Es tut mir leid, dass er das getan hat«, sagt Filip, und es klingt ehrlich. »Aber ich kann mir trotzdem nicht vorstellen, dass er etwas mit dem Überfall auf dein Auto zu tun hat, Em.«

Ich denke an die Fotos auf meinem Handy, die zeigen, dass Alanas Brieftasche in seinem Büro versteckt ist, dass ein blutiges Messer in seinem Nachttisch liegt. Denke an die Hinweise, dass mit der App etwas nicht stimmt. Aaron verbirgt etwas.

Ich gehe duschen, lange. An meinem Hüftknochen bildet sich ein tiefdunkler Bluterguss, der schmerzt, wenn ich ihn berühre. Wenn ich ihn genau betrachte, sieht er aus wie der dunkle Mund, den der Mann an mein Fenster gepresst hat, bevor er seine Zunge über die Scheibe zog. Es widert mich an.

Ich lege mich zu Filip ins Bett. Sein Handy leuchtet in der Dunkelheit. Arya setzt sich an meine Seite, leckt mir über die Handinnenfläche. Ich versuche, nicht an das schaukelnde Schiff zu denken. Nicht daran, dass ich drauf und dran bin unterzugehen.

»Was ist mit der App?«, frage ich leise in die Stille.

»Was meinst du?«

»Was stimmt damit nicht?«, frage ich, ohne Filip anzusehen.

Er schweigt eine Weile, dann streicht er mir über die Haare, zärtlich. »Nichts«, sagt er, und die Worte ziehen an meinem Herzen, schaukeln das Schiff. Weil ich nicht weiß, ob er mich anlügt oder ob ich mich in etwas verrenne. Mir gefällt keine der Optionen.

Ich bin fast eingeschlafen, als Filip sanft an meiner Schulter rüttelt. »Em«, sagt er, und ich schlage die Augen auf. »Was ist?«

»Du wurdest gedoxt.« Sein Gesicht ist verzerrt.

»Was heißt das?«

»Im Internet steht, wo du nachts dein Auto parkst«, erklärt er. »Auf Reddit. Auf X. Als Kommentar unter dem Artikel von heute Morgen.«

Er hält das Handy so, dass ich auf den Bildschirm schauen kann. Die Autobahnabfahrt, die Raststätte, mein Standort neben der großen Eiche – all das steht in dem Kommentar, den ein User gepostet hat. Ich schaue auf den Benutzernamen, und mein Blut gefriert:

Ich.sagte.doch.hör.auf.

Jemand hat seine Drohung wahr gemacht.

Paulina Wilk auf LinkedIn:

Man kann den Heimweg von Frauen nicht sicherer machen, wenn sich nicht jeder beteiligt. Hier geht es nicht nur um dunkle Gassen und fremde Männer, die einen überfallen. Es geht um Frauen im öffentlichen Raum. Es geht um Männer, die Fortschritt torpedieren. #meinheimweg

Kapitel 16

Heute

Ich hab mich krankgemeldet, weil ich nach dieser Nacht auf keinen Fall im Büro rumsitzen kann. Filip hat mir nur widerwillig ihre Adresse gegeben. Ich warte im Café gegenüber, um nicht wie ein Creep vor dem Eingang ihrer Wohnung rumzustehen.

Bei jeder Person, die mich anspricht, zucke ich zusammen. Die Nacht steckt mir noch tief in den Gliedern. Es ist schon fast eins, weil ich ewig geschlafen habe, da ich erst dann einschlafen konnte, als die ersten Sonnenstrahlen durchs Fenster kamen. Die Frage, wer meinen Standort im Internet geteilt hat, geht mir nicht mehr aus dem Kopf. Ich habe niemandem gesagt, wo ich normalerweise parke. Niemand kann davon wissen. Außer, mir ist jemand gefolgt. Außer, ich habe es nicht gemerkt, anders als bei dem schwarzen Renault.

Ich versuche, mir vorzustellen, wie Aaron in seinen glänzenden Tesla steigt und mir durch die Nacht folgt, wie er zusieht, wie ich parke und mir meinen Jogginganzug anziehe, wie er mich beobachtet, als ich schlafe. Der Gedanke gefällt mir ganz und gar nicht. Und gleichzeitig fällt es mir schwer, es zu glauben. Vielleicht war es auch Johnny mit seinem rostigen Polo oder Henning mit seiner Familienkutsche. Was zum Teufel ist aus meinem Leben geworden, frage ich mich, dass ich jeden um mich herum verdächtige, mir etwas Böses zu wollen? Immerhin bin ich noch am Leben. Das kann nicht jede von sich behaupten.

Es dauert drei Cappucchinos, ein Flatbread mit Hummus und Falafel und zwei Stücke Karottenkuchen – alles davon einzeln bezahlt, damit ich jederzeit abhauen kann, was die Kellnerin mehr als ärgerte – bis ich sie durch das große Fenster sehen kann. Sie läuft über den Zebrastreifen, kramt in ihrer Tasche nach dem Schlüssel. Ich stopfe mir das letzte Stück Kuchen in den Mund und renne aus dem Laden, laufe über die Straße.

»Clara«, rufe ich, und sie hält inne. »Was für ein Timing.«

Ich verziehe das Gesicht. »Ehrlich gesagt hab ich darauf gewartet, dass du nach Hause kommst. Ich muss mit dir reden. Bitte.«

»Willst du mit reinkommen?«, fragt sie.

Überrascht nicke ich. »Das war einfacher, als ich dachte.«

»Er hat gesagt, dass du okay bist.«

»Er?«

»Filip.« Sie schließt die Haustür auf. »Er hat gesagt, dass ich mit dir sprechen soll.«

Ich schiebe die Hände in die Hosentaschen. »Ich wusste nicht, dass ihr Kontakt habt.«

»Wenig.« Sie lässt mich in den Hausflur und läuft in den ersten Stock.

»Nach meiner letzten Nachricht bei Instagram warst du abweisender.«

»Da hatte ich keine Lust, mit dir zu reden. Lena meinte, du wärst aufdringlich. Und offenbar hat sie recht.«

Ich schweige, doch Lenas Kommentar sticht.

»Es ist etwas unordentlich. Ich habe nicht mit Besuch gerechnet«, sagt Clara. Ich sehe mich um und bin nicht sicher, ob es jemals irgendwo, wo ich gewohnt habe, dermaßen ordentlich gewesen ist.

»Schon okay«, sage ich deshalb. »So schlimm ist es nicht.«

Die Wohnung ist klein, aber gemütlich. Ich ziehe meine Schuhe aus, schiebe sie mit dem Fuß beiseite. In meiner Socke ist ein Loch, gleich am großen Zeh. Einmal mein Leben so unter Kontrolle haben wie Clara, denke ich, als ich ihr durch den sauberen Flur in die Küche folge. Ich sehe auf das gerahmte Foto an der Wand, das sie und Alana Hand in Hand zeigt. Die beiden sind eng umschlungen, Claras Züge weicher als jetzt, die Augenringe sanfter. Alana grinst so sehr, dass ihre Zahnlücke zu sehen ist.

»Willst du was trinken?«

»Wasser«, sage ich und setze mich langsam. Meine Hüfte schmerzt noch immer.

Clara füllt zwei Gläser mit Leitungswasser, und ich traue mich nicht zu sagen, dass ich lieber Sprudel hätte.

»Also«, sagt sie und setzt sich. »Was willst du?«

»Es tut mir leid. Das zuallererst.«

»Dass Alana tot ist? Du kannst nichts dafür. Oder bist du hier, um mir etwas zu gestehen?«

»Nein.« Ich schüttle den Kopf. »Ich bin hier, weil ich versuche herauszufinden, was passiert ist.«

»Das versucht die Polizei seit Monaten vergebens.«

»Jemand droht mir«, sage ich. »Erst war es eine Warnung auf meinem Schreibtisch. Dann ein Angriff in der Firma. Dann hat jemand meine Adresse im Internet veröffentlicht und dafür gesorgt, dass irgendwelche Männer mich angreifen.«

Clara beugt sich vor. »Bist du okay?«

»Geht schon«, lüge ich. »Aber ich frage mich, wer verhindern will, dass ich etwas herausfinde.«

»Meinst du nicht, du bildest dir das ein? Nicht den Angriff, aber den Grund. Da draußen sind viele kranke Menschen, die so was auch nur zum Spaß machen.«

»Aber sie brechen nicht aus Spaß bei meiner Arbeit ein und legen mir einen Zettel mit einer Drohung auf den Schreibtisch.«

Sie schüttelt den Kopf. »Ich habe Alana von Anfang an gesagt, sie soll nicht einsteigen. Sie hatte vorher einen guten, sicheren Job, weißt du? Öffentlicher Dienst. Ein schönes Büro.«

Ich bin überrascht. Ich kann mir Alana mit ihren glänzenden DocMartens nirgendwo anders vorstellen als in einem hippen Start-up, vor allem nicht im öffentlichen Dienst. »Und warum hat sie es getan?«

»Es war ein Gefallen, den sie Aaron getan hat. Er konnte das Ding nicht allein reißen, er brauchte jemanden, der den Überblick hat. Also hat Alana gekündigt und bei ihm angefangen.«

»Sie wusste, dass es finanziell nicht gut lief«, erkläre ich. »Ich habe E-Mails gelesen. Und Chats von ihr, Sophie und Lena.«

»Die Newsletter?« Sie schmunzelt, kurz verloren in einer Erinnerung.

Ich richte mich auf. »Was meinst du?«

»Die Mädels hatten diese Sache«, sagt sie mit einem Lächeln. »Wenn sie lästern oder sehr private Dinge teilen wollten, ohne dass es jemand mitbekommt. Dann haben sie sich irgendwelche Newsletter weitergeleitet und ihre Nachrichten im Text versteckt.«

»Ich hab mich schon gefragt, warum sie sich so viele Newsletter schicken.«

»Es war ihr Insider. Einer von vielen.«

Ich nicke. »Sie waren eine eingeschworene Truppe.«

»Ich glaube, bei diesem Trio hätte niemand dazwischengepasst. Sie haben sich gegenseitig angestachelt, teilten die Bitterkeit über die Atmosphäre in der Firma.«

»Es ist nicht immer einfach.«

»Ich weiß. Es war einer der Gründe, warum ich nicht wollte, dass sie dort anfängt. Ich bin kein Fan von Aaron.«

Ich zögere. »Glaubst du, er hat sie ermordet?«

»Aaron?« Sie lacht kurz, hart und kalt. »Der sich immer von Filip verteidigen lassen muss?«

Ich schlucke. »Glaubst du, Filip …« Ich wage es nicht, den Satz zu beenden.

Sie schaut mich an. »Filip hat mich gebeten, dir von einigen Dinge nicht zu erzählen. Aber Mord gehört nicht dazu.«

Ich runzle die Stirn. »Er hat was?«

Sie nickt, sagt aber nichts.

»Und was genau sollst du mir nicht erzählen?«

Sie lächelt. »Ich hab's versprochen, tut mir leid. Das klärt ihr am besten unter euch.«

• • •

Es ist dunkel, als ich Claras Wohnung verlasse. Ich schreibe Filip.

Ich bin jetzt auf dem Weg zu dir.

Obwohl ich nicht weiß, was er vor mir verheimlicht. Er schickt einen Daumen nach oben, und ich teile meinen Standort mit ihm. Falls was ist. Weil immer irgendwas ist und weil ich die Heimweg-App nicht mehr benutzen will, auch wenn ich nicht sicher bin, was bei ihr falsch läuft.

Ich nehme meinen Schlüssel zwischen Zeige- und Mittelfinger, halte die Spitze nach vorne. Lasse meine Kopfhörer in der Tasche. Ich hätte mit dem Auto fahren sollen, denke ich.

Ich gehe an einem Obdachlosen vorbei, der zusammengerollt in seinem Schlafsack schläft. Ich hoffe, dass ihm nicht zu kalt ist. Meine Hände sind eisig, doch ich stecke sie nicht in meine Taschen, halte sie bereit.

Nur vereinzelt sind Leute auf der Straße unterwegs, und je weiter ich gehe, desto weniger werden es. Die ganze Stadt stinkt nach Urin, das tut sie immer. Die Straßenlaternen flackern. Mein Herz klopft laut.

Ich höre ein Rascheln hinter mir. Schaue über meine Schulter, doch dort ist niemand. Ich muss es mir eingebildet haben. Also laufe ich weiter, bis ich Schritte hinter mir höre. Sie sind laut und hart, hallen von den Häuserwänden wider. Ich schaue über die Schulter. Mit einem Abstand von vielleicht fünfzig Metern läuft ein schwarz gekleideter Mann hinter mir her. Er hat seine Kapuze tief über den Kopf gezogen, ist groß und kräftig. Ich schlucke, beschleunige automatisch meine Schritte. Auch er wird schneller. Vielleicht ist es Zufall, rede ich mir ein, vielleicht hat auch er Angst in der Dunkelheit. Vielleicht will auch er ihr entfliehen. Oder es ist, wie Filip mir einmal erzählt hat: dass er manchmal fürchtet, Frauen nachts Angst zu machen, und deswegen überholen will, damit sie nicht glauben, er würde sie verfolgen.

Doch anstatt die Straßenseite zu wechseln, wie ich es mir wünschen würde, kommt er nur noch näher. Ich fange an zu joggen. Sofort sticht meine Seite. Sofort geht mein Atem schwer. Sport stand in den letzten Monaten nicht oben auf meiner Prioritätenliste.

Auch seine Schritte werden schneller. Jetzt weiß ich, dass er mir folgt. Ich werfe einen Blick über die Schulter. Er kommt näher. Er rückt seine Kapuze zurecht. Ich sehe noch immer nicht sein Gesicht. Aber das muss ich auch nicht. Sein Gesicht zählt weniger als seine großen Hände, seine schnellen Beine.

Ich werde schneller. Die Muskeln in meinen Oberschenkel brennen. Meine Hüfte sticht. Meine Waden ziehen. Meine Lunge schreit. Ich presse die Lippen aufeinander. Kann nicht schreien, weil mir die Luft dafür fehlt. Weiß nicht, wann ich das letzte Mal so gerannt bin. Weiß nicht, wann ich das letzte Mal solche Angst hatte. In der Firma war ich sicherer. Jetzt liegt keine Tür zwischen dem Fremden und mir.

Ich kann nicht anders, als erneut einen Blick über meine Schulter zu werfen, und ich hätte es nicht tun sollen, denn der Anblick von dem dunklen Schatten direkt hinter mir lässt mich straucheln, und dann fühle ich zwei Hände, und ich falle. Ein Knie drückt sich in meinen Rücken, als der Angreifer mich zu Boden presst, eine große Hand in einem glatten Handschuh, die sich auf meinen Mund und meine Nase legt, als ich schreien will. Ich kriege kaum Luft. Meine Wange kratzt über den Asphalt.

Ich versuche, die Arme weit genug zu heben, um ihn mit der Faust zu erwischen. Vergeblich. Er beugt sich zu mir. Ich presse die Augen zusammen. Bete, dass jemand vorbeikommt. Bete, dass mich jemand sieht. Bete, dass es schnell vorbei ist.

»Hör auf«, raunt er mir ins Ohr. Sein heißer Atem kitzelt meine Wange. Mein Magen dreht sich um. »Hör auf, sonst passiert etwas Schlimmeres als das hier.« Er greift in meine Haare und reißt an ihnen, zieht meinen Kopf in die Höhe. Ich stöhne vor Schmerz in seine Hand, und er drückt nur fester, bis mein Kiefer zu explodieren droht. »Hast du mich verstanden?«, zischt er, und ich nicke, so gut ich kann, bin bereit, alles zu sagen, nur um endlich atmen zu können.

Er drückt meinen Kopf zu Boden und nimmt die Hand aus meinem Gesicht, rennt davon, verschwindet in der Nacht. Ich kann ihm nicht hinterherschauen, nicht einmal versuchen zu erkennen, wer er ist. Ich bin zu beschäftigt damit, nach Luft zu schnappen, immer und immer wieder, während heiße Tränen über meine brennenden Wangen laufen.

@charlottejahnke auf Instagram:
Wie wäre es mit einer Ausgangssperre für alle Männer nach 20 Uhr? Das fänd ich ziemlich entspannt. #meinheimweg

Kapitel 17

Heute

Ich schaffe es, mich aufzurappeln. Ich stöhne, weil der Schmerz in meiner Hüfte unerträglich ist. Meine Knie sind wackelig, aber ich stehe auf beiden Beinen. Mit zitternden Fingern berühre ich meine brennende Wange. Einen Schritt nach dem anderen, denke ich. Wenn ich es nur schaffe, einen Fuß vor den anderen zu setzen, dann wird alles gut. Es ist nicht mehr weit bis zu Filip. Und ich lebe noch. Daran halte ich mich fest, ich lebe noch.

Ich spüre es in meiner schmerzenden Lunge, in meiner pochenden Kopfhaut. In meinen Ohren rauscht das Blut. Und solange es das tut, solange mir jeder Zentimeter meines Körpers wehtut und solange die Angst durch meine Adern fließt, bin ich noch am Leben. Mit jedem Herzschlag spüre ich Sophie, mit jedem Atemzug Alana.

Ich kann mich nicht an sein Gesicht erinnern, nur an seine behandschuhten Finger über meinem Mund. Ich hätte versuchen sollen, ihn zu erkennen. Hätte mich mehr anstrengen müssen. Ich bin die beschissenste Ermittlerin der Welt. Warum bin ich den Weg allein gegangen? Hätte ich die Heimweg-App benutzen sollen? Eine Welle an Selbsthass droht mich zu ertränken. Als wäre ich selbst schuld daran, dass jemand mich angegriffen und bedroht hat. Als wäre ich schuld und nicht er.

Als ich Filips Eingangstür erreiche, weine ich erneut, doch diesmal vor Erleichterung. Ich suche den Schlüssel, und als ich im hell erleuchteten Hausflur stehe, die Tür sicher hinter mir geschlossen, fühle ich mich gleich besser. Jetzt bin ich in Sicherheit. Jetzt kann mir nichts mehr passieren.

Langsam nehme ich eine Treppenstufe nach der anderen, meine Beine sind so unendlich schwer. Ich schließe die Wohnungstür auf und sinke auf die Knie, als Arya mir entgegenkommt. Drücke mein Gesicht in ihr weiches Fell, atme ihren Duft. Bin dankbar dafür, dass sie mich beruhigt. Mir Nähe gibt. »Filip?«, rufe ich und höre, dass die Dusche läuft.

Ich schließe die Tür hinter mir und gehe zum Bad. Klopfe vorsichtig an den Türrahmen. »Filip?«, frage ich erneut, doch das Geräusch der rappelnden Waschmaschine übertönt meine Stimme. Nach ein paar Sekunden schaltet Filip das Wasser ab, fährt sich mit der Hand durchs Gesicht. »Hab dich gar nicht reinkommen hören. Kannst du mir mein Handtuch geben?«

Ich drehe mich um, greife nach dem Handtuch am Haken. Halte inne. Starre auf die Waschmaschine, die sich unaufhörlich dreht. Auf die dunkle Kleidung, die ich durch das Bullauge erkennen kann. »Was wäschst du?«, will ich wissen.

»Schwarz«, sagt er, und vor meinen Augen flackert das Bild des schwarzen Kapuzenpullis meines Angreifers. Die schwarzen Handschuhe. Hat er sie getragen, weil es kalt war? Weil er keine Spuren hinterlassen wollte? Oder weil er etwas verstecken wollte? Wie zum Beispiel auffällige Tätowierungen an seinen Händen?

Ich drehe mich um. »Wo warst du?«, frage ich und höre selbst, wie meine Stimme zittert.

Filip hält in der Bewegung inne. »Was meinst du? Ist alles okay?«

»Wo warst du?«, frage ich erneut, die Stimme schärfer. Filip öffnet den Duschvorhang. Seine nassen Haare tropfen in sein Gesicht. Er ist breit, und er ist groß, denke ich. Ich versuche, mir vorzustellen, wie sich sein Knie in meinen Rücken bohrt.

»Scheiße, Em, was ist passiert?« Sorge schwingt in seiner Stimme, als er mein Gesicht betrachtet.

Ich werfe einen kurzen Blick in den Spiegel, sehe die Schürfwunde auf meiner Wange, meine wild abstehenden Locken, meine weit aufgerissenen Augen. »Ich habe dich gefragt, wo du warst«, wiederhole ich erneut. Er macht einen Schritt auf mich zu, und ich weiche zurück, stoße gegen die Waschmaschine. »Komm nicht näher.«

»Em, ich war im Gym, ich weiß nicht, was du von mir willst. Was ist denn los mit dir?«

Die Synapsen in meinem Hirn kochen über, und ich gehe auf ihn los, mit geballten Fäusten trommle ich auf seine Brust ein. »Warst du es?«, schreie ich unter Tränen. »Hast du mich angegriffen? Hast du mir wehgetan?«

Meine Schreie mischen sich mit Aryas lautem Bellen, und dann erwischt Filip meine Handgelenke, hält sie fest, bis ich aufhöre, mich zu wehren. Ich schluchze, als er mich an sich drückt, mich festhält, obwohl er nass ist, obwohl ich ihn beschuldigt habe. Er sagt meinen Namen, wieder und wieder, Emmy, sagt er, und er wiegt mich in seinen Armen, bis ich mich nach einer halben Ewigkeit beruhigt habe.

»Es tut mir so leid«, flüstere ich. »Ich dachte plötzlich –«

Er legt einen Finger unter mein Kinn, zwingt mich, zu ihm zu schauen. »Ich würde dir niemals wehtun«, sagt er sanft, und ich glaube ihm, will ihm so sehr glauben.

»Jemand hat mich angegriffen«, presse ich hervor. »Ist mir auf dem Heimweg von Clara gefolgt. Hat mich auf den Boden gestoßen, mir den Mund zugehalten. Er hat gesagt, ich soll aufhören, sonst passiert Schlimmeres.«

Die Ader an Filips Hals ist still, stattdessen liegt eine Kälte in seinen Augen. »Wir gehen zur Polizei. Das musst du jemandem erzählen.«

»Ich hab nichts zu erzählen«, sage ich. »Ich hab nichts erkannt. Sein Gesicht war verdeckt. Er hatte schwarze Kleidung an, deswegen –« Ich weise mit dem Kopf auf die Waschmaschine. »Es tut mir so leid, ich hatte nur plötzlich solche Panik. Solche Angst, dass du es warst.«

Filip schiebt mich zur Toilette, und ich setze mich auf den Deckel, während er sich abtrocknet und das Handtuch um seine Hüften wickelt. Dann kramt er einen Erste-Hilfe-Kasten aus dem Schrank unter dem Waschbecken hervor. »Das wird jetzt wehtun. Aber ich will deine Wange desinfizieren.«

»Es ist nur ein Kratzer«, murmle ich, aber nur, weil ich Angst vor noch mehr Schmerz habe. Noch vor wenigen Monaten waren unsere Rollen vertauscht, und ich war diejenige, die ihn verarztet hat.

Er hockt sich vor mich, legt meine Hand auf seine Schulter. »Drück, wenn's zu sehr wehtut«, sagt er, aber stattdessen beiße ich mir auf die Lippen, als der Schmerz durch meine Wange zuckt. Danach nimmt er meine Hände in seine, sprüht Desinfektionsmittel auf die Wunden, ehe er sie vorsichtig abtupft.

»Geh duschen«, sagt er. »Ich such dir was Gemütliches zum Anziehen. Und dann fahren wir zur Polizei.«

»Okay, aber davor müssen wir reden.«

»Worüber?«

Ich blicke auf meine Handinnenflächen. Sie sind aufgeschürft und rot, aber Filip hat den Dreck und die kleinen Steinchen entfernen können. »Clara sagte, dass es Sachen gibt, die sie mir nicht erzählen kann. Die du mir verheimlichst.«

Filip fährt sich durch die Haare. »Es hat nichts mit dem zu tun, was heute Abend passiert ist.«

»Okay«, sage ich. »Das glaube ich dir. Aber ich will es trotzdem wissen.«

»Ich erzähle dir alles. Wenn du duschen warst«, und er wendet sich zum Gehen. Dann hält er inne. »Ich meine es ernst, dass ich dir niemals wehtun würde. Ich –« Er zögert, sein Blick flackert.

Kurz glaube ich, Angst darin zu erkennen. Angst vor mir.

»Ich liebe dich.«

• • •

Das heiße Wasser brennt auf meinen Händen, meinen

Knien, meiner Wange. Ich lasse es dennoch dankbar über mich laufen. Versuche, meine Gedanken zu ordnen. Er hat es nicht ausgesprochen bisher, ich auch nicht. Weil es mir Angst macht. Angst, diese Gefühle zuzulassen. Angst, die Tür zu öffnen.

Ich höre, wie er reinkommt, wie er mir Kleidung hinlegt. Ich weiß nicht, was ich sagen soll. Ob ich es sagen kann. Ob es gerade überhaupt Platz hat. Ich sollte mich lieber darauf konzentrieren, was ich Niemann sagen will. Wie ich ihm von meinen eigenen kläglichen Versuchen berichten kann, etwas herauszufinden. Ich muss ihm von den Drohungen und dem Angriff erzählen, ihm die Fotos des Portemonnaies und des Messers zeigen, die ich bei Aaron gefunden habe. Auch wenn ich dadurch riskiere, selbst in Schwierigkeiten zu geraten. Keine Ahnung, wie so was funktioniert, aber vielleicht kann ich ja einen Deal eingehen. Oder vielleicht passiert auch nichts. Ich kann nur hoffen, dass Niemann gnädig mit mir ist.

Ich schalte das Wasser ab und steige aus der Dusche, wickle mich in mein Handtuch. Es tropft auf die Fliesen, aber es kümmert mich nicht. Es klingelt an der Tür, vielleicht der alte Nachbar, der sich manchmal um Arya kümmert. Ich höre gedämpfte Stimmen.

Langsam trockne ich mich ab, vorsichtig an den schmerzenden Stellen. Der Bluterguss an meiner Hüfte hat sich grünlich verfärbt. Am liebsten würde ich mich ins Bett legen und schlafen. Aber Filip hat recht. Nach allem, was passiert ist, muss ich mit Niemann reden. Ihm die Wahrheit sagen.

Denn dieses Mal habe ich überlebt. Aber was, wenn ich beim nächsten Mal nicht so viel Glück habe?

Ich schlüpfe in die Leggings, die Filip mir rausgelegt hat, und in den Pulli. Er riecht nach ihm, herb und frisch. Der Geruch lässt mein Herz springen und meinen Magen flattern. Die Ärmel sind zu lang, also kremple ich sie hoch.

Als ich aus dem Bad komme, höre ich noch immer gedämpfte Stimmen. Ich kann leider nicht verstehen, was er sagt, aber daran, wie er es sagt, erkenne ich, dass Filip wütend ist. Seine Wut ist auf den zweiten Blick meiner so ähnlich, denke ich. Aus jahrelanger Übung nach innen gerichtet, platzt sie nur hervor, wenn es zu viel wird. Und ist dann nicht zu bändigen.

Mit nackten Füßen laufe ich durch die Wohnung, folge den Stimmen in die Küche. »Jetzt geh endlich«, ruft Filip aufgebracht.

Ich runzle die Stirn, dann drücke ich die Tür auf, die nur angelehnt ist. Filip hat die Arme verschränkt. Seine Muskeln zucken, und er funkelt sein Gegenüber an.

»Das ist aber eine Überraschung«, sagt Aaron, als er mich sieht, und grinst so breit, dass mein Magen schmerzt. »Ich hätte nicht gedacht, dass du gleich beide Brüder vögelst.«

@tiana1998 auf Instagram:

Bin Taxi gefahren. Der Fahrer hat mich die ganze Zeit extrem Persönliches gefragt. Wollte mit mir ausgehen. Erst als ich meinte, dass ich einen Freund hab, hat er aufgegeben. Dass ich kein Interesse habe, war egal. Dass ein anderer Mann »Besitzansprüche« hat, war wichtiger. #meinheimweg

Kapitel 18

Heute

»Ihr beide?«, fragt Filip mit weit aufgerissenen Augen. Das ist der Punkt, den er erst verdauen muss. Für mich ist es seine Verwandtschaft mit Aaron. Doch jetzt, wo ich darüber nachdenke, gibt es nichts, was offensichtlicher ist. Seine ungebrochene Loyalität zu ihm. Die Geschichten über den schwierigen kleinen Bruder. Aarons Vertrauen in ihn. Ich presse die Lippen zusammen. Es reicht Filip als Antwort. Er holt aus und schlägt mit der geballten Faust in die gläserne Tür eines Küchenschranks. Ein lauter Knall, und sie zerspringt. Ich weiche einen Schritt zurück. Filip zieht seine Hand aus den Scherben, schaut auf seine blutige Faust. Instinktiv will ich wissen, ob es ihm gut geht, schweige aber, als Aaron zu ihm eilt.

»Alter, was sollte das denn?!«, fragt er und greift nach einem Küchentuch, wickelt es um Filips Faust. »Bist du okay?«

Filip beachtet ihn nicht, schaut nur mich an. »Wann?«

»Es war vor dir«, sage ich. »Einmal.«

Er atmet aus, dann schlägt er mit der unverletzten Hand auf die Theke. Mein Herz stolpert. »Fuck, Aaron«, schreit er. »So was kannst du doch nicht machen, du bist ihr Chef!«

Aaron verschränkt die Arme. »Ich hab sie ja nicht gezwungen.« Er schaut mich an, streckt das Kinn nach vorne. »Hab ich dich gezwungen, Emmy?«

»Nein«, antworte ich. Sage aber nichts davon, wie ich mich seitdem fühle. »Warum hast du mir nicht gesagt, dass ihr Brüder seid?«

»Ich wollte«, sagt Filip. Er lässt den Kopf hängen. Seine Wut wandelt sich in Traurigkeit. »Aber dann hab ich es vor mir hergeschoben. Und irgendwann war es zu spät.«

»Wissen es alle in der Firma, nur ich nicht?«

Aaron lacht auf, aber Filip bleibt ernst und schüttelt den Kopf. »Nein, ich wollte nicht, dass ich nur als der Bruder vom Chef gesehen werde.«

Ich schaue von einem zum anderen, erkenne die gleichen blauen Augen und die Art, wie sie beide ihren Kopf schief halten. Der kleine Bruder, von dem Filip immer gesprochen hat. Den die Eltern für ein Wunderkind halten, mit dem Filip nie mithalten konnte. Der Mann, der tun konnte, was er wollte, und den Filip dennoch niemals verdächtigte. Oder es niemals zugab.

»Wart ihr es?«, frage ich und klammere mich am Türrahmen fest. Der Verdacht wirft mich beinahe um. »Die Drohungen? Die Angriffe? Habt ihr mich gedoxt?«

»Was?«, fragen beide beinahe gleichzeitig. Filip entsetzt, Aaron verwirrt. »Wo sollen wir dich angegriffen haben?«

»Erst in der Firma, dann auf dem Rastplatz und dann vor einer scheiß halben Stunde, du Arschloch«, sage ich. Mein Schock und meine Enttäuschung weichen der Wut. Der einzige Mensch, dem ich vertraue – vertraut habe –, lügt mich seit Monaten an. Und ja, auch ich war nicht ganz ehrlich und habe meine Nacht mit Aaron verschwiegen. Aber ich habe ihm nicht vorgemacht, ein anderer Mensch zu sein. Jedem anderen. Aber niemals ihm. Jetzt hinterfrage ich jede Berührung, jedes Gespräch. Wurde jedes meiner Worte an Aaron weitergetragen? Hat Filip mich monatelang ausspioniert? War er nur deswegen mit mir zusammen? Filips Verrat schmerzt so sehr, dass es mir Tränen in die Augen treibt.

»Weil wir pleite sind? Oder wegen der App?«, frage ich. »Ich weiß, dass damit etwas nicht stimmt.«

»Gott«, entfährt es Aaron. »Wir sind nicht pleite, wir sind nur weniger erfolgreich in der Finanzierung als geplant. Und lass mich in Ruhe mit dieser gottverdammten App. Diese ganze Heimweg-Geschichte bringt mir nichts als Ärger.«

»Warum?«, sage ich, und es ist weniger eine Frage als ein Vorwurf. »Du hast aus Scheiße Gold gemacht! Du hast eine ganze Bewegung ausgenutzt, um ein Produkt zu verkaufen!«

»Ja, und weil das ganze Land draufschaut, traut sich niemand zu investieren, weil sie alle Angst haben, sich die Finger zu verbrennen.«

»Weil die App beim Launch noch nicht so weit war!«, mischt sich Filip ein. Das Küchentuch um seine Hand ist inzwischen rot verfärbt. »Wir hätten noch Monate für die Entwicklung gebraucht! Und die Investoren sind zu Recht nicht begeistert von unserer Notlösung.«

»Noch eine Sache, bei der du mich angelogen hast«, stelle ich enttäuscht fest. »Ich hab dich gefragt, was damit ist.«

»Und ich hatte gehofft, dass ich es lösen kann und du dir keine Sorgen machen musst!«

Ich ignoriere Aarons genervtes Stöhnen. »Was musstest du lösen?«

»Der Anmeldeprozess funktioniert nicht richtig.«

Ich runzle die Stirn. »Bei mir hat alles geklappt.«

»Ja, die ersten Tage. Im Team haben wir alle Videos eigenständig gesichtet. Wir haben ganze Tage und Nächte nichts anderes getan als das. Aber das war auf Dauer keine Lösung.«

»Warum überhaupt die Verifizierung per Video? Das ist doch total aufwendig.«

Filip schweigt, und Aaron lacht auf. »Weil unsere tollen Entwickler eigentlich eine Verifizierung per Ausweis wollten. Und damit geplant haben. Und zwar viel zu lang.«

»Aber? Das klingt doch logisch.«

Filip fährt sich durchs Gesicht. »Das Geschlecht steht nicht im Perso. Keiner von uns hat darüber nachgedacht, das zu kontrollieren. »

»Und dann?«

»Wir haben die Videokontrolle ausgelagert. Dann wurde es zu teuer.«

»Horrende Preise«, sagte Aaron kopfschüttelnd. Das hat keinen Sinn ergeben.«

»Also haben wir versucht, es mit einer KI aufzufangen. Aber das funktioniert kaum«, sagt Filip und schaut zu Boden. »Wir haben ohne Ende User, die sie überlistet haben. Teilweise hat einfach eine Langhaarperücke gereicht.«

»Daher die negativen Rezensionen«, sage ich langsam. »Es gibt User, die die Bewertungen der Wege manipulieren.«

»Irgendwelche Trolle«, winkt Aaron ab. »Die gibt es immer.«

»Sie machen die Heimwege absichtlich unsicher«, sagt Filip. »Es tut mir leid, Em.«

»Nenn mich nicht so«, fahre ich ihn an. Ich würdige ihn keines Blickes, sondern schaue zu Aaron. »Das hast du dir anders vorgestellt, oder?«

Er zuckt mit den Schultern. »Ich gebe zu, dass ich dachte, die App wäre eine geniale Idee. Als Filip damit ankam, hab ich es deswegen direkt abgesegnet. Aber sie hat mir nur Ärger gebracht.«

»Und warum musste Alana sterben?« frage ich. »Weil sie um deine Finanzen wusste? Oder weil sie keine Lust mehr auf deine ›großen Ideen‹ hatte?« Ich male Anführungszeichen in die Luft.

Aaron stöhnt auf. »Jetzt gibst du mir auch noch die Schuld an ihrem Tod? Das ist lächerlich.«

»Hast du sie umgebracht?!«, schreie ich ihn an, und er erstarrt. Auch Filip regt sich nicht mehr.

»Du meinst das ernst.«

»Ich meine es ernst.«

»Emmy, er hätte niemals –«, mischt Filip sich ein, doch ich will nichts mehr von ihm hören. Nie wieder.

»Und was ist mit dem Portemonnaie? Und dem Messer?«, unterbreche ich ihn.

Aaron erstarrt. Filip sieht von ihm zu mir. »Wovon sprichst du?«

Wir bewegen uns nicht, sprechen kein Wort. »Was für ein Portemonnaie?«, wiederholt Filip.

»Woher weißt du von dem Messer?«, fragt Aaron. Wir haben wohl beide unabhängig voneinander beschlossen, seinen Bruder – seinen *Bruder*! – zu ignorieren.

»Ich hab's in deiner Wohnung gefunden. Gestern.«

»Du warst in seiner Wohnung?!«, fragt Filip laut.

»Gott, Filip, ja«, gebe ich entnervt zurück. »Aber sicher nicht, weil ich so große Sehnsucht nach ihm hatte.«

»Warum warst du in meiner Wohnung?!«, fragt Aaron mit großen Augen.

»Weil ich Beweise gesucht habe! Ich habe dein Diensthandy genommen und damit die Wohnungstür geöffnet. Dann habe ich alles durchsucht. Und habe ein blutiges Messer gefunden.«

Unverständnis zeichnet sich auf Filips Gesicht ab; dann Schock, dann Zweifel. »Das verstehe ich nicht.«

»Es lag eines Tages in meinem Büro!«, ruft Aaron und hebt die Hände. »Es lag einfach auf meinem Schreibtisch.«

»Und du kamst nicht auf die Idee, es der Polizei zu melden?«, fragt Filip entsetzt.

»Ich hab überlegt, was ich tun soll! Und keine zwei Stunden später stand die Polizei vor der Tür, weil jemand immer und immer wieder bei ihnen angerufen hat!«

Ich erinnere mich an den Tag, an dem Niemann und seine Kollegin unangekündigt in der Firma auftauchten. Sich umsehen wollten. An Aarons fahles Gesicht.

»Jemand wollte, dass sie mich dafür drankriegen. Ich

konnte es wohl kaum einfach abgeben! Also habe ich es mit nach Hause genommen und sicher verwahrt.«

»Du hättest es anonym abgeben können! Alles kann helfen, damit sie endlich Alanas und Sophies Mörder finden!« Filip geht einen Schritt auf ihn zu, schüttelt den Kopf. »Wie kannst du die Ermittlungen so beeinträchtigen?«

»Sie hätten Fingerabdrücke finden können!«, schreit Aaron. Sein Gesicht ist rot angelaufen, eine Vene auf seiner Stirn pocht, so, wie es sonst nur Filips Ader am Hals tut.

»Und was ist mit dem Portemonnaie in deinem Büro?«, frage ich.

»Ich habe keine Ahnung, wovon du redest. Ich habe noch nie irgendein Portemonnaie gesehen!«

»Entweder du lügst, und du hast sie doch umgebracht«, sage ich und bin selbst überrascht, wie ruhig meine Stimme klingt. »Oder du hast aktiv ihren Mörder gedeckt, weil du ein feiges Arschloch bist.« Er will widersprechen, doch ich unterbreche ihn, zeige mit dem Finger auf ihn. »Was auch immer es ist, Aaron, ich schwöre, ich mach dich fertig.«

Ich drehe mich um, gehe zur Wohnungstür.

»Was hast du vor?«, fragt Aaron, während er mir hinterherläuft. Ich antworte nicht. »Komm schon, Emmy, sag mir, was du vorhast!« Er klingt so anders als sonst. Er jammert, er bettelt. Verschwunden ist der große Redner, der Entrepreneur, der charmante Mann, der mir sagte, dass ich etwas Besonderes bin. Zurück bleibt ein einfacher Mann, der dem Bild von sich, das er erschuf, nicht gerecht wird. Doch es rührt mich nicht. Seit ich bei AA.Mal angefangen habe, wurde mir so oft das Herz gebrochen. Wurde mir Angst gemacht. Wurde mir wehgetan. Nicht zuletzt von dem Mann, den ich liebe.

»Ich rufe die Polizei«, sage ich tonlos und öffne die Tür.

»Bitte tu das nicht«, fleht Aaron, und ich muss fast lächeln bei dem Anblick der Tränen, die über seine Wangen laufen.

»Und ich kündige«, knalle ich ihm entgegen und wende mich ab. Bis ich Filips Stimme höre.

»Bitte bleib hier«, sagt er sanft. »Bitte geh nicht.«

Ich höre nicht auf ihn. Ich will nie wieder etwas von ihm hören. Allein bin ich am sichersten. Ich bin allein.

• • •

Meine Scheibenwischer kämpfen vergebens gegen den strömenden Regen an. Die Hälfte meiner Sachen liegt noch bei Filip, aber ich möchte ihn nicht sehen. Ja, ich habe ihn angelogen, was meine Wohnsituation angeht, und ja, ich habe ihm verschwiegen, dass ich mit Aaron geschlafen habe. Aber seine Lügen fühlen sich an wie Verrat. Fühlen sich an, als wäre das zwischen uns niemals echt gewesen.

Während der Fahrt krame ich die Visitenkarte hervor, die Niemann mir einmal in die Hand gedrückt hat, tippe seine Nummer in mein Handy, fahre einen kleinen Schlenker in den Gegenverkehr. Ein Auto hupt, und ich bin wieder auf meiner Spur, höre das Tuten am anderen Ende der Leitung.

»Niemann«, sagt er, und ich atme tief durch.

»Hier ist Emmy König.«

»Frau König.« Seine Stimme klingt warm, nicht überrascht. Ruhig. Steht im krassen Gegensatz zu dem Sturm in mir. Mein Boot schwankt hin und her, ist kurz davor unterzugehen. »Wie kann ich Ihnen helfen?«

»Es ist Aaron«, rufe ich ins Telefon, das ich auf Lautspreche gestellt und auf mein Bein gelegt habe. Die Freisprechanlage meines Wagens ist schon lange kaputt.

»Ich verstehe Sie sehr schlecht, Frau König, sind Sie unterwegs?«

»Ich bin im Auto, und ich telefoniere beim Fahren, nehmen Sie mich doch fest«, fauche ich ihn an. »Oder nehmen Sie den fest, der hinter alldem steht.«

Niemann schweigt. »Hören Sie mich?«, frage ich.

»Ich höre Sie sehr gut. Aber das sind schwere Anschuldigungen, die Sie erheben.«

»Ist mir egal. Ich meine, was ich sagte. Das Business lief schlecht, er bringt diejenige um, die davon weiß, und profitiert von der Geschäftsidee, die daraus resultiert. Als das Interesse an der App abflacht und weniger Menschen darüber reden, bringt er die Nächste um, um sich wieder ins Gespräch zu bringen.«

»Das klingt nach einer sehr verrückten Geschichte.«

Mein Brustkorb droht vor Wut zu platzen. Ich habe es satt, nicht ernst genommen zu werden. Habe es satt, dass die Männer um mich herum mich anlügen, mich unterschätzen. »Ich habe Alanas Portemonnaie in seinem Büro und ein Messer in seiner Wohnung gefunden. Ich habe Beweisfotos aufgenommen. Ich schicke sie Ihnen.

SMS oder E-Mail?«, frage ich.

»Bitte fahren Sie rechts ran, bevor Sie einen Unfall bauen. Das will niemand.«

»Da bin ich unsicher«, murmle ich, ehe ich lauter fortfahre: »Ich hab's im Griff. Also?«

»Per Mail bitte. Aber fahren Sie vorsichtig.«

»Versprochen«, antworte ich, während ich beginne, seine Adresse von der Visitenkarte abzutippen. Doch ich habe meine Multitaskingfähigkeiten unterschätzt und ramme den Seitenspiegel eines parkenden Autos. Der Knall lässt mich zusammenzucken, und mein Handy rutscht mir aus der Hand, fällt in den Fußraum. Ich höre nichts mehr, weiß nicht mal, ob Niemann noch dran ist.

»Ich rufe Sie zurück!«, rufe ich deswegen laut, damit er mich hoffentlich hört. »Legen Sie bitte auf!«

Kurzerhand biege ich links ab, fahre auf eine bekannte Straße. Fühle mich kurz schlecht wegen des Seitenspiegels, beschließe aber, dass meine Probleme größer sind als die des Autobesitzers.

Ich folge der Straße, dann biege ich auf den Firmenparkplatz ab, stelle mein Auto an dieselbe Stelle, wie ich es immer tue. Ich bin ein Gewohnheitstier, ein eingesperrter Tiger. Fühle mich noch nicht so frei, wie ich es sollte, obwohl ich gekündigt habe. Aber wohin soll ich auch gehen? Ich kann nicht mehr auf die Raststätte, ohne Angst zu haben, kann nicht zurück zu Filip. Habe kein Zuhause. Habe nichts mehr.

Ich steige aus und hole das Handy unter dem Sitz hervor, dann setze ich mich wieder hinein und schließe ab. Es ist dunkel und kalt, und ich wage es nicht, allein draußen stehen zu bleiben. Frustriert stelle ich fest, dass mein Handybildschirm einen Sprung hat.

Nachdem ich die E-Mail-Adresse abgetippt habe, hänge ich die Fotos an und schreibe eine kurze Nachricht:

Beweise anbei. Ich schicke Ihnen gleich noch ein Video. Lassen Sie uns so bald wie möglich reden.

Kaum ist die Nachricht abgeschickt, fällt meine Anspannung ab. Meine Aufgabe ist erledigt. Im Spiegel betrachte ich mein Gesicht, fahre über die Kratzer auf meinem Wangenknochen. Die Attacke ist erst wenige Stunden her, aber es fühlt sich an wie eine halbe Ewigkeit. Ich schließe die Augen, versuche, mich an die Stimme des Mannes zu erinnern, der mich angegriffen hat. Es waren nur wenige geraunte Worte, aber ich bringe sie einfach nicht mit Filip zusammen. Nicht einmal mit Aaron. War es einer der anderen Männer der Firma? War es irgendein Freund, den sie mit reingezogen haben? Ich lehne meine Stirn gegen das Lenkrad. Es gibt noch so viele offene Fragen. So viel, was ungeklärt ist.

Ich seufze, dann nehme ich erneut mein Handy in die Hand.

Kannst du in die Firma kommen? Wir müssen dringend reden,

schreibe ich.

Dann steige ich aus und laufe ein letztes Mal über den dunklen Parkplatz.

@k2003 auf X:

Wenn ich abends mit dem Hund gehe, trage ich Jogginghose und eine Mütze. Keine langen Haare, kein Make-up. So androgyn wie möglich. #meinheimweg

Kapitel 19

Heute

Ich schalte das Licht an. Es sieht alles aus wie immer. Nur ich bin nicht wie immer. Ich will weinen, aber die Tränen wollen nicht kommen. Wie so oft zuvor laufe ich zu meinem Schreibtisch. Meine Schuhe quietschen auf dem Linoleumboden. Ich fahre den Laptop hoch. Mein Passwort funktioniert noch. Bisher hatten Aaron und Filip keine Zeit, mich auszusperren. Der Gedanke an Filip schmerzt jetzt weniger, ist nur noch ein hallendes Pochen in meiner hohlen Brust. Verrat liegt bitter auf meiner Zunge.

Ich lade die Videodatei, die Sophie mir geschickt hat, in die Cloud. Während es lädt, schaue ich mir das Video im Schnelldurchlauf an – und kann nur hoffen, dass der Kommissar damit mehr anfangen kann als ich. Es kann kein Versehen gewesen sein, dass Sophie das Video geschickt hat. Die Dateigröße ist so gewaltig, dass der Upload dauert. Ich betrachte das senfgelbe Sofa, die Terrakotta-Pflanze, die große Uhr. Dann schicke ich den Link an Niemann.

Ich schiebe den Stuhl zurück und ignoriere, dass meine Hüfte und meine Knie bei jedem Schritt ächzen. Mein Körper braucht Ruhe, mein Kopf noch mehr. Ich öffne die Tür zu Filips Büro und hole mir Alanas Laptop, wie ich es schon einmal getan habe. Diesmal verstecke ich mich nicht, sondern nehme ihn mit zu meinem Schreibtisch.

Wieder kann ich mich problemlos einloggen. Ich suche nach den Newslettern im Postfach. Lese jedes Wort über – wie ironisch – mentale Gesundheit am Arbeitsplatz, aber ich finde keine der versteckten Nachrichten, von denen Clara gesprochen hat. Ich will die Mail bereits schließen, als mir etwas ins Auge springt. Ich zoome zur Fußzeile, in der das Impressum und die Möglichkeit zum Abbestellen sind. In der letzten Zeile, zwischen Adresse und anderen Buttons, stehen einige Buchstaben, die ich erst beim zweiten Hinsehen als einen zusammenhängenden Satz erkenne. Dort steht:

IchwillnichtmehrlasstdenLadenbrennen.

Ich runzle die Stirn. Öffne eine weitere Mail. Scrolle zum Footer.

Aaronmachtmichwahnsinnig.

Ich öffne die Suche, tippe *brennen* ein. Keine Ergebnisse. Ohne Leerzeichen scheint das Mailprogramm keine einzelnen Worte zu erkennen. Egal, was sie geschrieben haben, man findet es nicht über die Suche. Ich bin kurz davor, es trotzdem mit meinem Namen zu probieren, entscheide mich aber dagegen. Ich muss nicht wissen, was zwei tote Frauen über mich gedacht haben.

Stattdessen öffne ich die gesendeten Objekte. Klicke den

letzten Newsletter an, den Alana versendet hat. Im Footer steht nur ein einziges Wort, weswegen ich erst nicht sicher bin, ob es sich wirklich um eine geheime Nachricht handelt: *Heute*.

Die Mail ist vom ersten Oktober. Meinem ersten Tag in der Firma. Dem Tag, an dem Alana ermordet wurde.

Heute? Was war wichtig genug, sich die Mühe zu machen, eine der geheimen E-Mails zu schreiben für nur ein einziges kleines Wort? Ich vergleiche das Datum mit dem Erstellungsdatum der Videodatei, die Sophie geschickt hat. Beide sind am selben Tag entstanden. Ich lasse mir das Wort auf der Zunge zergehen: Heute. Was war heute? Was war an diesem Tag passiert? Alanas Mord, offensichtlich. Aber auch ihr Streit mit Aaron und seine bedrohlichen Nachrichten an sie. Und Alanas Verabredung mit Sophie und Lena für Wein und Aperol. Ich runzle die Stirn, fahre mir übers Gesicht. Und erstarre, als ich höre, wie sich der Schlüssel im Schloss der Eingangstür dreht.

• • •

»Hi, Emmy«, sagt Lena und zieht ihre Kapuze ab, während sie die Halle durchquert. »Ich war super überrascht, dass du mir geschrieben hast. Ist alles okay?«

Ich lehne mich im Stuhl zurück. Atme tief aus. »Gott sei Dank bist du gekommen. Ich brauche dringend jemanden zum Reden.«

In Ermangelung einer Alternative hatte ich Lena geschrieben. In der Hoffnung, dass sie mir wenigstens ein paar

Fragen beantworten kann. Und weil sie gerade die Einzige ist, die sich wie eine Freundin anfühlt.

»Natürlich. Immer«, sagt sie und vergräbt die Hände in den Taschen ihres Hoodies. Ich hab sie noch nie so wenig zurechtgemacht gesehen, und unter normalen Umständen hätte es mich beruhigt zu wissen, dass auch sie zu Hause ein entspannter und normaler Mensch ist. Doch ich habe andere Sorgen.

Ich fahre mir durch die Haare. »Wusstest du, dass Aaron und Filip Brüder sind?«

Sie lacht auf, lässt sich auf einen Stuhl fallen, legt ihre Tasche und ihren Schlüsselbund auf dem Tisch ab. »Emmy, ich bin HR-Managerin. Natürlich wusste ich es! Das ist meine Aufgabe!«

»Aber ich habe Rechnungen gesehen. Unser Impressum. Überall heißt er Aaron Mal.«

Sie zuckt mit den Schultern. »Ich glaube, das gibt er immer an. Er wollte, dass es schnell von der Zunge geht. AA.Malczewski ist nicht so eingängig.«

»Er ist völlig verrückt.« Ich schüttle den Kopf. »Ich habe ein Messer in seiner Wohnung gefunden. Er hat behauptet, es wurde ihm untergejubelt.«

»Das kann doch nicht sein«, sagte Lena, klingt aber nicht ganz überzeugt. Ihr Blick wandert über meinen Bildschirm, dann wendet sie das Gesicht ab. »Was schaust du dir da an?«

Ich zucke mit den Schultern. »Ein Video. Sophie hat es mir geschickt, aber ich hab keine Ahnung, was sie mir damit sagen wollte. Es sind fast fünf Stunden, wie sie sitzt und zeichnet.«

»Das hat sie gerne gemacht. Sie war so gut«, sagt Lena mit belegter Stimme. »Aber du hast gar nichts von dem Video erzählt.«

»Weil ich nicht weiß, was es bedeutet. Und warum sie es ausgerechnet mir geschickt hat. Aber ich habe alles an die Polizei geschickt. Jetzt können wir nur noch warten, was sie finden.«

Ich werfe einen Blick auf mein Handy, um zu prüfen, ob Niemann sich gemeldet hat. »Oh, du hast mir geschrieben«, sage ich und lese die Nachricht. Runzle die Stirn.

Lass uns morgen reden. Tim und ich haben gerade angefangen zu kochen. Bis morgen!

Ich schaue auf, sehe, dass Lena mich beobachtet. »Du hast geschrieben, du kommst nicht«, sage ich. Sie zuckt mit den Schultern.

»Ich hab mich umentschieden.«

»Warum hast du mir dann nicht noch mal geschrieben?«

»Hab mein Handy zu Hause vergessen.«

Ich erinnere mich an ein Geräusch, schlucke. »Du bist mit dem Schlüssel reingekommen.« Es ist keine Frage. Es ist eine Feststellung.

»Ich habe meinen Chip vergessen.«

Mein Blick wandert zu ihrem Schlüsselbund, der auf dem Schreibtisch liegt. Der Chip hängt gleich neben ihrem blauen AA.Mal-Anhänger. »Du bist offenbar sehr vergesslich heute.«

Lena lehnt sich zurück, kneift die Augen zusammen.

»Du kannst es nicht sein lassen, oder?«, fragt sie. »Du tust nichts, als dich ständig in Dinge einzumischen, die dich nichts angehen.«

»Ich habe –« will ich widersprechen, doch sie unterbricht mich.

»Ich, ich, ich. Immer geht es nur um dich.« Sie zieht ihre Handtasche zu sich, sucht etwas darin. Schaut auf. »Ich hab dich so oft gewarnt, dass du aufhören sollst. Du hättest einfach auf mich hören können. Stattdessen hast du immer weitergebohrt.«

Das Blut rauscht in meinen Ohren. Mein Hals ist trocken und kratzt, und ich muss jedes Wort mit Gewalt aus mir herauspressen. »Gewarnt? Was meinst du?« Doch ich weiß, was sie meint. Es ist mir plötzlich so klar. Alles ist mir so klar. »Die Drohungen. Die Männer auf dem Parkplatz. Der Überfall.«

Lena zuckt mit den Schultern. »Offenbar hat das alles nichts gebracht. Sonst wärst du nicht hier.«

»Das kannst nicht du gewesen sein. Du warst bei mir, als die Steine geflogen sind! Und es war ein Mann, der mich auf der Straße angegriffen hat.«

»Tim würde alles für mich tun.«

»Dein Freund?«, frage ich entsetzt. »Dein Freund hat mich angegriffen?«

»Ich habe ihm gesagt, dass du mich mobbst. Dass du nicht aufhörst. Dass er etwas tun muss, weil ich es nicht mehr aushalte.«

Ich versuche, mich an die Worte des Mannes zu erinnern. *Hör auf*, hatte er gesagt, am Telefon, und als er mich zu Boden drückte. Aber nicht, womit ich aufhören soll.

»Und das Portemonnaie? Das Messer?«

Sie zuckt mit den Schultern. »Das Messer hab ich Aaron als Geschenk hinterlassen. Und das Portemonnaie hatte ich in meiner Tasche, als ich es angeblich im Schrank gefunden hab.« Sie lacht.

»Ich verstehe das alles nicht.« Ich folge Lenas Blick zu meinem Bildschirm. Schaue auf Sophie. Auf das senfgelbe Sofa. Auf die große Uhr an der Wand. Und mir wird etwas klar. »Das Video«, sagte ich tonlos. »War ihr Alibi. Sie hat es zu der Zeit aufgenommen, als Alana gestorben ist.«

Ich schaue zurück zu Lena. Sie ist aufgestanden. In der Hand hält sie das Messer, das ich ihr geschenkt habe. Es ist eine Scheißironie des Schicksals, meine eigene Waffe auf mich gerichtet zu sehen.

Lenas Hand zittert leicht. Ihr Brustkorb hebt und senkt sich. Ich schlucke. »Ihr Beweis«, verbessere ich, »dass du nicht bei ihr warst, obwohl ihr es behauptet habt.«

»Diese blöde Kuh«, bricht es aus Lena hervor. »Wir hatten einen Plan, und sie war zu feige, dazu zu stehen. Aber ich hab nicht damit gerechnet, dass sie mir so in den Rücken fällt.«

»Es war geplant?!« Ich bin verwirrt, stehe nun langsam auf. Wage es aber nicht, mich zu bewegen. Bleibe wie angewurzelt stehen.

»Wir wollten nur, dass die Männer in der Firma endlich etwas ändern. Wir haben alles versucht. Es war ihnen einfach komplett egal. Allen voran Aaron. Also mussten wir was tun.«

»Aber doch nicht jemanden umbringen.«

»Es war ihre Idee!«, schreit Lena, und ich zuckte zusammen.

»Es war sicher nicht ihre Idee zu sterben«, murmle ich. »Was ist mit Sophie?«

Lena schüttelt den Kopf. »Sie wollte etwas sagen. Sie kam nicht damit klar.«

»Also hast du sie umgebracht.«

»Es ist so viel einfacher, als man denkt, Emmy. So schwer, bis es plötzlich ganz leicht ist.« Sie schüttelt den Kopf, zieht die Augenbrauen zusammen, Schmerz liegt auf ihren Gesichtszügen. Dann lacht sie verzweifelt auf. »So einfach. Jeder könnte es. Du könntest es.« Ich lege den Kopf schief.

»Jemanden ermorden? Ich denke nicht.« Ich frage mich, warum ich immer noch so entspannt bin. Trotz des Messers, das auf mich gerichtet ist. Trotz des Mordgeständnisses. Es ist, als wären die Informationen noch nicht in meinem Gehirn angekommen.

Lena nickt, einmal, zweimal. »Doch. Oh doch. Wir denken, es ist unmenschlich und unmöglich, aber dann ist es das Menschlichste überhaupt. Ein Urinstinkt.«

»Darüber werde ich nicht mit dir diskutieren, weil du ein Messer in der Hand hast. Das ich dir übrigens geschenkt habe.«

Sie lächelt finster. »Wie du schon gesagt hast: Es geht ums Überleben.«

Ich versuche, nicht darüber nachzudenken, dass sie meine eigenen Worte gegen mich richtet, wie sie es mit meiner Waffe tut.

»Was war der Plan dahinter?«, frage ich stattdessen. »Alana wird angeblich überfallen, und Aaron ist plötzlich ein neuer Mensch und nimmt Frauen ernst?«

»Alanas Plan war, dass ich sie verletze. Sie ruft den Notdienst, sie erklärt die Lage. Sie wollte ein Zeichen setzen. Aber das war nicht genug.«

»Was meinst du?«

»Ich wusste, dass es nicht reicht, wenn sie verletzt wird. Ich wusste, dass mehr passieren muss.« Ihre Augen sind groß und glasig, und sie spricht mit so viel Inbrunst, dass sich eine Gänsehaut auf meinen Armen bildet. »#meinheimweg war eine große Sache. Dinge ändern sich. Überall. Überall außer in diesem verdammten Unternehmen!«

»Sie waren deine Freundinnen.«

Lena verdreht die Augen. »Alana war bestimmend, stur und arrogant. Sie hat sich für die Anführerin gehalten, aber ich –« Sie zeigt hektisch auf sich, fuchtelt mit dem Messer. »Ich hatte als Einzige den Mut, als Einzige die Vision!«

Für einen Moment klingt sie wie Aaron. Ich weise sie nicht auf diese Ironie hin.

»Das ist alles absolut aberwitzig.«

»Es hat mit dem Bewegungsmelder angefangen«, schreit sie, und erneut zucke ich zusammen. Kurz fällt mein Blick auf das Messer, dann konzentriere ich mich wieder auf ihr Gesicht. Sie ist kleiner als ich. »Aber es geht um so viel mehr als das. Es geht auch um Valentin, der mich angemacht hat.

Es geht um diesen exklusiven Boys Club, zu dem wir nie gehören, von dem wir nie ernst genommen werden.«

»Aber ich hab die gleichen Erfahrungen gemacht. Warum hast du mich monatelang weggestoßen, anstatt mich als Verbündete zu sehen? Vielleicht hätte ich eine bessere Idee gehabt als diese gequirlte Scheiße, die ihr fabriziert habt!«

»Genau deswegen.« Sie spuckt die Worte abfällig aus, verzieht das Gesicht. »Du bist so obszön, so billig. Damit kann ich nichts anfangen.«

Ich muss beinahe lachen. Der Grund, warum ich nicht in das Mordkomplott einer Geisteskranken einbezogen wurde, ist guter alter Klassismus. Meine soziale Herkunft hat mir in meinem Leben viele Türen verschlossen, und dieses eine Mal bin ich dankbar dafür.

»Ich gehe jetzt«, sage ich mit fester Stimme.

»Du kannst nicht gehen.« Lena klingt verzweifelt. Das Messer in ihrer Hand zittert nun heftiger. So einfach kann das Töten nicht sein. Aber das spreche ich nicht aus, will sie nicht provozieren. Stattdessen gehe ich erhobenen Hauptes – und schnellen Schrittes – zur Tür. Sie ist in Reichweite. Ich muss nur noch ein, zwei Meter schaffen. Dann kann ich mich in mein Auto retten und zu Niemann fahren. Der Parkplatz, der mir so oft Angst eingeflößt hat, ist nun mein Rettungsanker.

»Emmy«, sagt Lena, und instinktiv drehe ich mich um. Sehe das Messer zu spät kommen. Mit ausgestrecktem Arm springt Lena nach vorne – und die Klinge fährt über meinen Hals, schneidet tief ins Fleisch. Blut tropft auf das Linoleum, auf meine weißen Turnschuhe. Mein Boot schaukelt. Es ist ganz leicht. Ich gehe zu Boden.

@ayla.yilmaz auf X:
Wir müssen zusammenhalten. Wenn wir eine Frau sehen, die Hilfe braucht, müssen wir helfen. Steht nicht einfach rum, sondern helft den anderen, weil ihr auch wollt, dass euch in so einer Situation geholfen wird. #meinheimweg

Kapitel 20

Heute

Die Turnhalle verschwimmt vor meinen Augen. Frisches Blut ist so viel wärmer. Ganz anders als Sophies dickes, kaltes Blut. Das Blut, das aus meiner Kehle fließt, ist dünnflüssig, und es ist überall. Zitternd taste ich nach der Wunde an meinem Hals, fühle den tiefen Schnitt und presse meine Hand darauf. Noch lebe ich. Daran muss ich mich festhalten. Ich bin eine Überlebenskünstlerin.

Lena holt erneut aus, aber ich rutsche über den Boden zurück, krabble durch mein eigenes Blut.

Ich rappele mich auf. Lena steht jetzt zwischen mir und der Eingangstür. Steht mir im Weg, der Parkplatz unerreichbar. Kurzerhand drehe ich mich um, zwinge meine Beine dazu, sich zu bewegen. Adrenalin pumpt durch meine Adern. Sorgt dafür, dass ich Geschwindigkeit aufbaue.

»Bleib hier!«, schreit Lena, als ich einen der Schreibtische erreiche. Mit der freien Hand greife ich blindlings einen Tacker und werfe ihn. Er fällt vor ihren Füßen zu Boden. Sie kommt näher, also greife ich das Nächste, erwische den Laptop, reiße achtlos die Kabel raus und werfe mit aller Kraft. Lena schreit auf, als er sie am Arm erwischt. Sie taumelt, und ich nutze den Moment. Ich drücke den Lichtschalter, und es wird dunkel in der Turnhalle. Einen Moment ist alles still. Ich presse mich an die Wand.

»Mach das Licht wieder an«, sagt Lena. Sie klingt ganz ruhig, entschlossen. Hat sich von meinem Treffer schnell erholt. Jetzt, wo ich sie nicht mehr sehen kann, ist sie noch bedrohlicher. Erst jetzt packt mich die Angst, dass ich in dieser Halle sterben werde. In diesem scheiß Hipster-Laden, in dem ich nie akzeptiert wurde. In dem ich so viele Fehler gemacht habe. Nun werde ich nie die Chance haben, aus ihnen zu lernen. Werde es niemals besser machen können. Werde mich nie bei Filip entschuldigen können.

Der Gedanke weckt neue Energie in mir. Ich schiebe mich an der Wand entlang, weg vom Lichtschalter, damit sie mich nicht so schnell findet. Wir beide bewegen uns beinahe geräuschlos durch die dunkle Halle. Dann quietscht Lenas Schuh in meiner Nähe – oder nicht? In der Dunkelheit kann ich kaum einschätzen, wo ich mich befinde. Ich gehe auf die Knie, taste mich vorwärts, bis ich an einen Tisch komme, unter dem ich mich verstecke. Mein Handy liegt noch immer auf meinem Schreibtisch. Wenn ich es dorthin schaffe, kann ich die Polizei rufen. Vielleicht habe ich dann eine Chance. Auch wenn mein Hals beinahe nicht mehr schmerzt. Und ich nicht glaube, dass das ein gutes Zeichen ist.

»Emmy«, sagt Lena laut, und ich zucke zusammen. »Hör auf mit den Spielchen. Es ist vorbei.«

Ich presse die Lippen fest zusammen. Das Licht flackert zweimal, dann geht eine Neonröhre nach der anderen an. Lena hat den Lichtschalter schneller gefunden, als mir lieb ist. Ich ziehe die Beine an. Ich erkenne, dass ich unter Valentins Schreibtisch hocke. Ausgerechnet. Ich atme flach. Tiefe Atemzüge scheinen nicht mehr möglich zu sein. Ich weiß nicht, ob das von der Panik kommt oder vom Blutverlust.

Als Kinder haben wir Verstecken gespielt. Oft hat Angie sich in mein Versteck gequetscht, weil sie Angst davor hatte, allein zu sein. Unser Papa hat uns gesucht, hat sich manchmal absichtlich lang Zeit gelassen. Dann saßen wir zu zweit im Kleiderschrank, mein Arm um Angie, bis er einschlief. Aber ich hab ihn nie weggezogen. Auch nicht, wenn er kribbelte und mich ihre Haare in der Nase kitzelten. Mein Arm fühlt sich auch jetzt schwer an, beinahe taub. Kurz glaube ich, ich bin wieder in der Wohnung meiner Eltern. Kurz glaube ich, es sind Angies Haare, die mich kitzeln, nicht einige herabhängende Kabel. Meine Augen fallen zu. Aber so kann ich sie noch mal wiedersehen. Vielleicht ein letztes Mal. Vielleicht bin ich längst ein Geist, suchen mich Erinnerungen an sie heim.

Dann legt sich eine Hand um meinen Knöchel und zieht an mir. Die Welt dreht sich, und ich brauche einen Moment, bis ich verstehe. Bis ich in Lenas weit aufgerissene Augen schaue. Sie beugt sich über mich, holt erneut mit dem Messer aus, aber ich trete nach ihr wie wild, treffe ihr Handgelenk mit meinem Fuß, und das Messer fällt zu Boden. Sie ist viel schneller als ich, wirft sich hinterher, greift danach. Ich nutze die Gelegenheit, um mich aufzurappeln, stütze mich am Tisch ab, als die Welt sich dreht und schwarze Sterne vor meinen Augen tanzen.

Schwankend bewege ich mich auf die Tür zu. Kann

längst nicht mehr einschätzen, wie schnell ich bin. Ob ich mich in Zeitlupe bewege oder ob ich renne. Ob ich seit Stunden vor Lena fliehe oder erst seit ein paar Minuten. Wie lange ich schon blute. Ob ich überhaupt noch eine Chance habe. Aber in meinem Hirn hallt nur ein Wort: überleben, überleben, überleben.

Ich spüre Lena hinter mir, ich löse die Hand von meinem Hals, und mit beiden Händen greife ich das Erste, das ich in die Finger bekomme. Ich schwinge die bronzene Statue mit letzter Kraft. Es knackt laut, als ich Lenas Kopf damit treffe. Sie geht zu Boden. Ich lasse die Statue fallen. *Start-up des Jahres*, steht auf dem Sockel.

Lena liegt regungslos da. Selbst blutig sehen ihre Haare noch seidig aus. Aber wie hat sie mich genannt? Obszön und billig? »Fick dich«, keuche ich, presse es unter Schmerzen hervor. Ich habe mich zu lange in kleine Stücke gebrochen. Damit ist jetzt Schluss. Sollen sie doch alle an mir ersticken.

Ich bücke mich mühsam, greife nach dem Messer, halte es fest umklammert. »Und das hier gehört mir«, bringe ich hervor. Dann wird alles um mich herum schwarz.

• • •

Ich blinzle verwirrt, als ich zu mir komme. Schaue in fremde Gesichter, die sich über mich beugen. Will mich aufsetzen, habe aber keine Kraft. Taste umher, finde mein Messer nicht. Halte meine Hand zu einer Faust geballt. »Ganz ruhig«, sagt jemand in einer dunklen Jacke. »Sie haben viel Blut verloren. Wir bringen Sie ins Krankenhaus.«

Ich verstehe, dass ich auf einer Trage liege. Dass die fremden Menschen Rettungssanitäter sind. Ich taste nach meinem Hals, fühle einen Verband. »Wir haben einen Druckverband angelegt«, erklärt der Mann mir. »Nur für den Weg. Im Krankenhaus kümmern sich die Kollegen darum, dass Sie wieder auf die Beine kommen.«

Er drückt eine Sauerstoffmaske auf mein Gesicht. Meine Augen wandern wild umher, suchen Lena. Stattdessen sehe ich Niemann, der mit seiner Kollegin abseitssteht und mich beobachtet. Es war Notwehr, will ich ihm sagen. Kann es aber nicht.

Jemand schreit und rennt zu mir, dann fühle ich raue Hände auf meinen Armen. Sehe in Filips blaue Augen, gerötet vom Weinen. Er sagt meinen Namen, immer und immer wieder.

Obwohl der Sanitäter mich aufhalten will, löse ich die Maske von meinem Gesicht.

»Schau nicht so traurig«, presse ich hervor und nehme seine Hand. »Es ist vorbei.« Mühsam öffne ich meine Faust, löse die Finger. »Es ist vorbei«, wiederhole ich. Zwinge mich selbst dazu, endlich loszulassen.

Kapitel 21

Zwei Wochen später

»Schaffen Sie das?«, fragt mich die Krankenschwester skeptisch, als sie sieht, wie ich die Tasche schultere.

»Da ist ja fast nichts drin«, sage ich und lächle.

»Soll ich Ihnen ein Taxi rufen?«

Ich schüttle den Kopf. »Nein, danke. Das geht schon.«

Ich lasse meinen Blick ein letztes Mal durch das Zimmer schweifen, um sicherzugehen, dass ich nichts vergessen habe. Die Blumen in der Vase auf dem Tischchen beim Fenster fangen an zu welken. Es ist Zeit zu gehen. Ich trage meine Tasche durch den Flur und warte auf den Aufzug. Die vorbeilaufenden Schwestern und Pfleger verabschieden sich von mir. Die erste Woche war ich kaum ansprechbar, aber in der zweiten habe ich mitbekommen, wie gut sie sich um mich kümmern. Und dass sie nicht zugelassen haben, dass die Presse den Weg zu mir findet. Sie alle wurden abgewiesen, bevor sie es auch nur auf die Station geschafft haben. Nur ausgewählte Besucher wurden durchgelassen.

Angie war zu Besuch gewesen. Sie hatte an meinem Bett gesessen, und wir beide wussten nicht, was wir sagen sollten. Und selbst wenn – wir waren zu sehr damit beschäftigt zu weinen. Als eine Krankenschwester sie darauf hingewiesen hatte, dass die Besuchszeit bald vorbei sei, hatte sie den Kopf geschüttelt: »Ich kann nicht gehen. Noch nicht.«

Ich weiß nicht, ob das bedeutet, dass ich in Zukunft mehr von ihr hören werde. Aber vorerst reicht mir dieser Moment mit ihr.

Auch Niemann hatte mich besucht. Hielt mir eine Standpauke wegen der fatalen Entscheidungen, die ich getroffen hatte. Wegen der ich fast gestorben war. Als er sich genug aufgeregt hatte, war er nett genug gewesen, mich über den neusten Stand der Dinge aufzuklären. Aaron kriegten sie nur wegen Insolvenzverschleppung dran, aber Niemann ging nicht davon aus, dass mehr als eine Geldstrafe auf ihn wartete. Es wundert mich nicht. Männer wie Aaron landen immer auf den Füßen.

Bei Lena sah die Sache ganz anders aus: Totschlag, vorsätzlicher Mord, versuchter Mord. Sobald ich hier raus bin, muss ich gegen sie aussagen. Ich bin die wichtigste Zeugin. Zum Glück hat sie bei ihrem Angriff meine Stimmbänder nicht verletzt. Ich bin also noch in der Lage auszusagen. Und ich werde es tun. Für Sophie und Alana. Und für mich.

Ich hatte generell großes Glück, hatte mir eine freundliche Ärztin erklärt: Hätte Lena die Halsschlagader getroffen oder die Luftröhre, wäre ich tot gewesen. Und wäre die Polizei nur wenig später eingetroffen, wäre ich es womöglich auch. Der Blutverlust hätte für einen Herzinfarkt oder Schlaganfall sorgen können. Ich kann von Glück reden, dass Filip eine Ahnung hatte, wo ich hingefahren sein könnte, und mich gesucht hatte, um mit mir zu reden. Dass er mich nicht aufgegeben hatte. Dass er die Polizei und den Notdienst gerufen hat, als er mich blutend auf dem Boden fand. Ich habe ihm mein Leben zu verdanken. Wohl in mehr als einer Hinsicht. Und auch Lena hatte Glück. Ich habe ihr ein schweres Schädelhirntrauma verpasst, was mir leidtäte, hätte sie nicht versucht, mich umzubringen. Würde ich nachts nicht immer noch von Albträumen geplagt und schweißgebadet aufwachen. Ich träume viel von Sophie, aber ich träume auch von dem Moment, als Lena mich mit dem Messer traf. Von dem Schmerz. Von der Angst. Mein Messer liegt bei der Polizei, wird eine wichtige Rolle in den Ermittlungen spielen. Ich habe Kommissar Niemann gesagt, dass ich es nicht zurückhaben möchte. Ich kann darauf verzichten.

Im Fahrstuhl betrachte ich mich im Spiegel: meine unordentlichen Locken, meine blasse Haut. Den Verband am Hals, unter dem die Verletzung abheilt. Es wird eine auffällige Narbe geben, hatte mich die Ärztin gewarnt. Ich werde damit klarkommen. Denn meine Augen funkeln. Ein wenig aufgeregt. Aber lebendig. Es ist ein neues Gefühl, eines von vielen.

Ich laufe durch die Lobby. Meine Beine sind schwach vom vielen Liegen, doch ich gehe schnellen Schrittes zur Tür und stoße sie auf. Frische Luft strömt mir entgegen. Ich schließe die Augen und atme tief durch. Es riecht nach Frühling.

»Hi.« Ich öffne die Augen. Filip kommt mir entgegen, nimmt mir die Tasche ab. »Ich dachte, du wartest. Du sollst doch nicht so schwer tragen.«

»Ich habe eine Stichwunde und bin nicht schwanger«,

lache ich. »Eine bereits sehr gut verheilende Stichwunde wohlbemerkt!«

Er lächelt und zieht mich an sich, platziert einen Kuss auf meinen Scheitel. »Du siehst gut aus. Fühlst du dich fit genug?«

»Absolut. Melden wir uns für einen Marathon an?«

Filip lacht. »Erst mal steht ein Marathon an Bewerbungen an, fürchte ich.«

Ich bin froh, noch krankgeschrieben zu sein. Meine Kündigung musste Filip in meiner Zeit im Krankenhaus für mich schreiben – mündlich hat es wohl nicht ausgereicht. Hat sich aber gut angefühlt. Filip überlegt, sich selbstständig zu machen, aber ich plane nicht, bei ihm einzusteigen. Ich halte es für keine gute Idee, wieder für einen Malczewski-Bruder zu arbeiten. Auch nicht für den Guten von beiden.

Filip war der Erste, der mich im Krankenhaus besuchte. Der mir in Ruhe alles erklärte, der sich entschuldigte für seine Lügen. Der sich meine Entschuldigungen anhörte. Sie akzeptierte. Er streckt mir seine Hand entgegen.

»Gehen wir nach Hause?«, fragt er, und in mir breitet sich eine Wärme aus, die ich so lang nicht mehr gespürt habe. Ein Gefühl wie ein geschmückter Tannenbaum, wie Hausschuhe, in die man schlüpft, wie ein warmes Bett nach einem langen Tag. Wie Erleichterung. Wie zu Hause. Ich lege meine Hand in seine und mache mich auf den Heimweg.

Danksagung

Emmys Geschichte ist die vieler Frauen. Und sie wartet schon lange darauf, geschrieben zu werden. Die Dunkelfeld-Befragung »Sicherheit und Kriminalität in Deutschland« (SKiD) wird gemeinsam vom BKA und den Polizeien der Bundesländer durchgeführt, erstmals in 2020. Laut der Befragung fühlen Frauen sich nachts in der Öffentlichkeit deutlich unsicherer als Männer. Eine der gestellten Fragen lautete: »Wie sicher fühlen Sie sich, wenn Sie abends allein in Ihrer Nachbarschaft unterwegs sind?« Rund 40 Prozent der befragten Frauen gaben an, das Haus nachts gar nicht zu verlassen.

Tendenziell werden Männer häufiger Opfer von Straftaten, Frauen sind jedoch häufiger von Sexualstraftaten und Partnerschaftsgewalt betroffen. Das Bundesamt für Familie und zivilgesellschaftliche Aufgaben (BAFzA) berichtet, dass es bundesweit jährlich zu etwa 12.000 bis 13.000 Anzeigen wegen Vergewaltigung oder sexueller Nötigung kommt – dazu kommt eine nicht unerhebliche Dunkelziffer.

Von sexualisierter Gewalt betroffene Frauen sowie Verwandte, Freundinnen und Freunde können sich an das Hilfetelefon »Gewalt gegen Frauen« des BAFzA wenden. Dieses berät, beantwortet Fragen und stellt Kontakt zu Unterstützungseinrichtungen her – online oder unter der Nummer 116 016.

Mein Dank gilt daher dem Ullstein Verlag, der mir die Möglichkeit gegeben hat, über dieses wichtige Thema zu schreiben, und besonders meiner Lektorin Nicola, die dieses Buch mit ihren Ideen besser gemacht hat – ich freue mich schon auf den nächsten gemeinsamen Aperol am Spreeufer.

Besonderer Dank gilt auch meiner Agentin Anne-Katrin, die vom ersten Moment an diese Geschichte geglaubt hat – noch bevor wir uns überhaupt kennengelernt haben. Ich kann mich sehr glücklich schätzen, dass du stets ein offenes Ohr hast und mich mit deinen Ratschlägen unterstützt.

Danke auch an den Bonner Stammtisch des Syndikats – mit euch fühlt sich Schreiben ganz und gar nicht einsam an.

Danke an meine treuesten Testleserinnen Andrea und Alina, die fleißig jede Krise abgewendet und mich mit viel Liebe unterstützt haben; an Katharina, die stets meine Namenswahl kritisiert, an Nadine, die auf ein Start-up-Setting gewartet hat, und an Ina, die jedes Buch mindestens dreimal vorbestellt.

Ganz besonders möchte ich auch Anne danken, die mich mit ihrer Expertise für Polizeiarbeit beraten und mit ihren begeisterten Sprachnachrichten unterhalten hat – jede einzelne war so viel wert!

Danke an meine Mama, die jeden Anruf geduldig beantwortet hat, und an meinen Papa, der mal wieder falschlag, was die Auflösung anging. Danke meinen Schwestern – in gewisser Weise ist dieses Buch für euch. Ich danke meinen

Freundinnen, die mich fragen, ob ich gut zu Hause angekommen bin. Und danke, Chris, dass die Antwort wegen dir immer ja lautet.

Der Mentor sprach: Töte!

Zwei Frauenleichen, regelrecht abgeschlachtet und im Wald verscharrt. Im Nacken tragen sie eingeritzt die Zahlen I und III. Von Leiche Nummer II fehlt jede Spur. Für den Heidelberger Kommissar Jakob Krohn eine absolute Ausnahmesituation. Hilfe verspricht er sich von einer Sondereinheit des LKA München, doch Fallanalytikerin Nova Winter ermittelt am liebsten im Alleingang. Die beiden müssen sich zusammenraufen, denn die Spur führt zu einem studentischen Geheimbund und einem grausamen Antagonisten, der gerade erst mit dem Töten begonnen hat …

Svenja Diel
Der Mentor
Thriller

Taschenbuch
Auch als E-Book erhältlich
www.ullstein.de

ullstein